EDIÇÕES BESTBOLSO

O homem que queria ser rei e outras histórias

Joseph Rudyard Kipling (1865-1936) nasceu em Bombaim, na Índia britânica, mas foi educado na Inglaterra até os 17 anos, quando então retornou à Índia. Tornou-se um jornalista brilhante e logo começou a escrever ficção e poesia, publicando seu primeiro livro de poemas em 1886 e, nos três anos seguintes, mais de setenta contos. Kipling é considerado um dos grandes inovadores na arte do conto e seus livros para crianças são clássicos da literatura infantil. Foi um dos escritores mais populares da Inglaterra no final do século XIX e início do XX. Em 1907, foi premiado com o Nobel de Literatura, tornando-se o primeiro autor de língua inglesa a receber esse prêmio. Dirigida por John Huston e protagonizada por Sean Connery e Michael Caine, a adaptação do conto "O homem que queria ser rei" chegou ao cinema em 1975. Rudyard Kipling também é autor de *Kim* e *Mogli, o menino lobo*.

RUDYARD KIPLING

O homem que queria ser **REI** *e outras histórias*

Tradução de
CRISTINA CARVALHO BOSELLI

EDIÇÕES
BestBolso
RIO DE JANEIRO – 2011

CIP-BRASIL. CATALOGAÇÃO-NA-FONTE
SINDICATO NACIONAL DOS EDITORES DE LIVROS, RJ

K64h Kipling, Rudyard, 1865-1936
       O homem que queria ser rei e outras histórias / Rudyard Kipling;
       tradução Cristina Carvalho Boselli. – Rio de Janeiro: BestBolso, 2011.

       Tradução de: The Man Who Would Be King and Other Stories
       ISBN 978-85-7799-235-5

       1. Ficção inglesa. I. Boselli, Cristina Carvalho. II. Título.

                                    CDD: 823
10-3061   CDU: 821.111-3

O homem que queria ser rei e outras histórias, de autoria de Rudyard Kipling.
Título número 225 das Edições BestBolso.
Primeira edição impressa em fevereiro de 2011.
Texto revisado conforme o Acordo Ortográfico da Língua Portuguesa.

Título original inglês:
THE MAN WHO WOULD BE KING AND OTHER STORIES

Copyright da tradução © by Distribuidora Record de Serviços de Imprensa S.A.
Direitos de reprodução da tradução cedidos para Edições BestBolso, um selo da
Editora Best Seller Ltda. Distribuidora Record de Serviços de Imprensa S. A. e
Editora Best Seller Ltda são empresas do Grupo Editorial Record.

www.edicoesbestbolso.com.br

Revisão de tradução: Ana Maria Camacho

Design de capa: Tita Nigrí sobre pintura de Francis Hayman intitulada "Robert
Clive and Mir Jafar after the Battle of Plassey, 1757".

Todos os direitos desta edição reservados a Edições BestBolso um selo da
Editora Best Seller Ltda.
Rua Argentina 171 – 20921-380 Rio de Janeiro, RJ – Tel.: 2585-2000.

Impresso no Brasil

ISBN 978-85-7799-235-5

Sumário

1. O homem que queria ser rei — 7
2. Comédia à margem da estrada — 49
3. Mogli — 63
4. À beira do abismo — 95
5. Meu senhor, o elefante — 103
6. Wee Willie Winkie — 127
7. O pequeno Tobrah — 141
8. O túmulo dos ancestrais — 145
9. Georgie Porgie — 185
10. No fim do caminho — 197

1
O homem que queria ser rei

> Irmão de um príncipe
> e amigo de um mendigo,
> se ele for digno.

A lei determina uma conduta de vida moderada, difícil de ser seguida. Fui amigo de um mendigo em circunstâncias que nos impediam de ver se um era digno do outro. E quase me tornei irmão de um príncipe que me prometeu a reversão de um reino, o que me deixou próximo de ser aquilo que pode ser considerado um autêntico rei – exército, tribunais, fisco e política, tudo incluído. Hoje, porém, receio que meu rei esteja morto e, se quiser uma coroa, terei de buscá-la por mim mesmo.

Tudo começou em um trem de Ajmer para Mhow. Houve um déficit no orçamento, que me obrigou a viajar não na segunda classe, que tem apenas metade do conforto da primeira classe, mas na classe econômica, que é realmente um horror. Não há assentos estofados, e a população de cada vagão se divide em eurasiana, nativa, que é desagradável para uma longa noite de viagem, ou vadia, interessante, mas embriagada. Os passageiros da classe econômica não frequentam o vagão-restaurante. Trazem a comida em trouxas e panelas, compram a sobremesa nos doceiros nativos e bebem água à beira da estrada. É por isso que quando o calor aumenta alguns desses passageiros são retirados mortos de dentro dos vagões, e em qualquer estação do ano são tratados com absoluto desprezo.

Minha cabine permaneceu vazia até chegar a Nasirabad, quando entrou um cavalheiro de grandes sobrancelhas negras, em mangas de camisa, que, seguindo o costume das classes econômicas, ficou vendo o tempo passar. Era um vagabundo errante como eu, mas com inclinação para o uísque. Contou histórias de coisas que vira e fizera nos quatro cantos do Império por onde andou, e aventuras nas quais arriscara a vida por um prato de comida.

– Se a Índia só tivesse homens como você e eu, que, como os corvos, não sabem o que vão comer no dia seguinte, esta terra não pagaria 70 milhões em impostos: seriam 700 milhões – disse.

Quanto mais eu prestava atenção em seu modo de falar, mais me sentia inclinado a concordar com ele.

Falamos de política, a política da vagabundagem, que vê as coisas pelo lado avesso, onde o acabamento não é uniforme, e falamos sobre o correio, pois meu amigo queria enviar um telegrama da próxima estação para Ajmer, o ponto de desvio da linha de Bombaim para Mhow quando se vai na direção oeste. Meu amigo só tinha 8 anás, que queria guardar para o jantar, e eu não tinha dinheiro algum, por causa do problema com o orçamento. Além disso, eu ia para um deserto onde, embora precisasse manter contato com o Ministério da Fazenda, não havia um posto telegráfico. Era impossível, portanto, ajudá-lo.

– Poderíamos obrigar um agente ferroviário a passar um telegrama fiado – disse meu amigo –, mas isso acabaria em interrogatório para você e para mim, e *eu* ando ocupadíssimo esses dias. Você não disse que vai voltar daqui a alguns dias?

– Dez dias – respondi.

– Não dá para ser daqui a oito? – perguntou. – Meu assunto é muito urgente.

– Posso passar seu telegrama daqui a dez dias, se lhe interessar – respondi.

– O telegrama não chegaria a tempo. Já sei: se meu amigo sair de Délhi no dia 23 para Bombaim, vai passar por Ajmer na noite do dia 23.

– Mas eu vou para o deserto da Índia – expliquei.

– Bom *e* muito oportuno – disse ele. – Para chegar a Jodhpur você vai ter de fazer baldeação no entroncamento de Marwar, e ele vai passar por lá na madrugada do dia 24, no correio de Bombaim. Você não poderia se encontrar com ele lá? Não queria incomodar, porque sei como é preciso o pouco que se consegue nesses estados da Índia Central, mesmo se você fingir que é correspondente do *Backwoodsman*.

– Já tentou isso alguma vez? – perguntei.

– Mais de mil vezes, mas os residentes descobrem e, então, você é escoltado até a fronteira antes de ter tempo de enfiar uma faca neles. Mas voltando ao meu amigo. *Tenho* que dar notícias dizendo o que me aconteceu, senão ele não vai saber para onde ir. Seria muito gentil da sua parte se você saísse da Índia Central a tempo de se encontrar com ele no entroncamento de Marwar, e lhe dissesse: "Ele foi para o sul por uma semana." Ele vai entender. É um homem grande com barba ruiva, e muito alinhado. Estará dormindo como um cavalheiro, com toda a bagagem em volta, numa cabine da segunda classe. Mas não precisa ficar com medo. Basta abrir a janela e dizer: "Ele foi para o sul por uma semana", e ele entenderá. Só vai encurtar sua temporada por aqueles lados uns dois dias. Estou lhe pedindo como um estranho que vai para o oeste – falou com afetação.

– De onde *você* vem? – perguntei.

– Do leste – disse ele –, e espero que você dê o recado direitinho, pelo amor da minha mãe e da sua também.

Os ingleses, em geral, não são sensíveis aos apelos à memória de suas mães, mas, por razões que ficarão bem claras, achei conveniente concordar.

– É muito importante – continuou –, é por isso que estou pedindo; e agora sei que posso confiar em você. Um vagão da segunda classe no entroncamento de Marwar, e um ruivo dormindo. Não vá se esquecer. Desço na próxima estação, e terei de ficar lá até ele chegar ou me enviar o que desejo.

– Darei o recado se o encontrar – afirmei – e, pelo amor da sua mãe e da minha também, vou lhe dar um conselho. Nem pense em ir para os estados da Índia Central como correspondente do *Backwoodsman*. Há realmente um correspondente circulando por lá, e poderia dar confusão.

– Obrigado – disse ele simplesmente –, e quando esse cachorro vai embora? Não posso morrer de fome só porque ele está arruinando o meu trabalho. Eu queria mesmo era me encontrar com o rajá de Degumber para falar sobre o que ele fez com a viúva do pai dele, e dar um susto nele.

– Mas o que ele fez com a viúva do pai?

– Ele a encheu de pancada, pendurou-a numa viga e a deixou lá para morrer. Eu mesmo descobri isso, e sou o único homem que tem a audácia de chantageá-lo. Vão querer me envenenar, como fizeram em Chortumna quando fui saquear por lá. Mas será que você vai dar o meu recado no entroncamento de Marwar?

Ele saltou em uma pequena estação à beira da estrada e fiquei pensando. Mais de uma vez tinha ouvido falar de homens que se faziam passar por correspondentes de jornais e extorquiam dinheiro de pequenos estados nativos com ameaças de escândalo, mas nunca encontrara antes ninguém dessa casta. Eles levam uma vida dura e em geral morrem de repente. Os estados nativos têm uma salutar antipatia aos jornais ingleses, que podem expor seus métodos peculiares de governo a qualquer momento, e fazem o possível para silenciar seus correspondentes com champanhe, ou mudar sua opinião com carruagens puxadas por quatro cavalos. Não compreendem que ninguém se importa com a administração desses estados, desde que a opressão e o crime sejam mantidos dentro de limites aceitáveis, e que o governador não esteja drogado, bêbado ou doente do primeiro ao último dia do ano. São os recantos sombrios da terra, repletos de crueldade inimaginável, limitados pela ferrovia e pelo telégrafo, de um lado, e do outro, pela influência de Harun-al-Raschid. Quando saltei do trem, fechei negócio com diversos reis, e em oito dias passei por muitos estilos de vida. Às vezes, vestia casaca e acompanhava príncipes e políticos, bebendo em copos de cristal e comendo em baixelas de prata. Outras vezes, sentava-me no chão e devorava o que conseguia em um prato feito de folhas, bebia água da bica e dormia sob a mesma árvore que meu criado. Tudo dependia do trabalho do dia.

Parti para o grande deserto da Índia na data marcada, como tinha prometido, e o correio noturno me deixou no entroncamento de Marwar, onde uma ferrovia curiosa, pequena, administrada pelos nativos, vai dar em Jodhpur. O correio de Bombaim, vindo de Délhi, faz uma parada rápida em Marwar. Chegamos juntos, e eu só tive tempo de correr para a outra plataforma e seguir a composição. Havia apenas um vagão de segunda classe no trem. Abri a janela e avistei uma flamejante barba ruiva. Aquele era o meu homem, quase adormecido, e toquei-o delicadamente nas costas. Acordou com um resmungo, e vi seu rosto à luz dos lampiões. Era um rosto imponente e brilhante.

– Passagens outra vez? – perguntou.

– Não – respondi. – Vim lhe dizer que ele foi para o sul por uma semana. Foi para o sul por uma semana!

O trem começara a se movimentar. O ruivo esfregou os olhos.

– Foi para o sul por uma semana – repetiu. – Agora é só seguir o plano. Por acaso ele disse que eu lhe daria alguma coisa? Porque não vou.

– Não disse nada – retruquei, e fui embora; continuei observando as luzes vermelhas desaparecerem na escuridão.

Fazia um frio terrível, e o vento levantava rajadas de areia. Voltei ao meu trem (desta vez não era um vagão de classe econômica) e adormeci.

Se o homem de barba ruiva tivesse me dado 1 rupia, eu a teria guardado como recordação de um caso bem curioso. Mas a consciência do dever cumprido era minha única recompensa.

Mais tarde deduzi que dois cavalheiros como os meus amigos não conseguiriam nada caso se encontrassem e se fizessem passar por correspondentes de jornal, e ainda poderiam, se chantageassem um dos pequenos estados-ratoeiras da Índia Central ou Rajputana do Sul, meter-se em sérias complicações. Por isso, tive o trabalho de descrevê-los o mais detalhadamente possível a pessoas que estariam interessadas em deportá-los; e fui bem-sucedido, como me informaram mais tarde, em fazê-los voltar das fronteiras de Degumber.

Em seguida, me tornei um cidadão respeitável, e voltei a um escritório onde não havia reis nem incidentes – a não ser os relativos à feitura diária de um jornal. A redação de um jornal parece atrair todo tipo de gente contrária à disciplina. Senhoras da missão de Zenana chegam pedindo ao editor que abandone por um instante o que está fazendo para descrever uma quermesse cristã realizada atrás de um cortiço em uma aldeia totalmente inacessível. Coronéis que foram preteridos nas promoções sentam-se e fazem o resumo de uma série de 10, 12 ou 24 artigos de fundo sobre Antiguidade *versus* Merecimento. Missionários desejam saber por que não tiveram permissão para responder às investidas de um membro da missão patrocinado por outro grupo editorial. Companhias teatrais em dificuldades se reúnem para explicar que não podem pagar seus anúncios, mas que, ao voltarem da Nova Zelândia, ou do Taiti, pagarão com juros. Inventores de mecanismos patenteados para mover ventiladores, engates de vagões, espadas inquebráveis e eixos de roda telefonam com as respectivas especificações nas mãos e muito tempo livre. Organizadores de chás entram e desenham seus prospectos com as canetas do escritório. Secretárias de comissões de bailes exigem que as glórias de sua última festa sejam postas em destaque. Estranhas senhoras entram sussurrando: "Quero imprimir cem cartões de visita *imediatamente*, por favor", o que por certo faz parte das atribuições de um editor. E todo desordeiro que já vadiou pela grande estrada principal acha um ótimo negócio pedir emprego de revisor. E, enquanto isso, o telefone não para de tocar, reis são assassinados no continente, impérios declaram: Você é o próximo, o senhor Gladstone prageja contra as colônias britânicas, os pequenos mensageiros negros choramingam: *"Kaa-pi chayha-yeh"* (quero uma cópia), como abelhas cansadas, e a maior parte do papel continua tão em branco como o escudo de Mordred.*

Mas esta é a época agradável do ano. Há outros seis meses em que ninguém aparece, o termômetro vai subindo até o fim da coluna de mercúrio, o escritório fica na penumbra, com luz suficiente apenas para ler, não se pode encostar nas rotativas de tão quentes e ninguém escreve coisa alguma, a não ser a notícia dos programas na Colina ou os avisos fúnebres. O telefone passa a ser, então, o terror sonoro, pois lhe informa a morte inesperada de homens e mulheres que você conheceu intimamente; as brotoejas o cobrem como uma peça de roupa e você se senta e escreve: "O distrito de Khuda Jant Khan registrou um ligeiro avanço da epidemia. Trata-se de um fato apenas temporário e, graças aos enérgicos esforços das autoridades, já está praticamente sob controle. No entanto, é com profundo pesar que registramos a morte etc."

---

*Mordred – um dos cavaleiros da Távola Redonda cujo escudo permanecia em branco, por não ter realizado nenhuma façanha. (*N. do E.*)

A epidemia realmente se alastra, e quanto menos registros e noticiários, melhor para a paz dos assinantes. Mas os impérios e os reis continuam a se divertir com o mesmo egoísmo de antes, o chefe acha que um jornal diário precisa mesmo sair uma vez em cada 24 horas, e todos na Colina, em meio a suas distrações, dizem: "Santo Deus! Este jornal não poderia ser mais interessante? Tenho certeza de que aqui acontece uma porção de coisas."

Este é o lado escuro da Lua e, como dizem os anúncios, "precisa ser experimentado para ser apreciado".

Foi naquele verão, um verão particularmente terrível, que o jornal começou a rodar o último número da semana na noite de sábado, o que equivale dizer na manhã de domingo, segundo o costume dos jornais de Londres. Isto era muito conveniente, pois assim que o jornal ia para a prensa o termômetro baixava de 36° para 29° por meia hora, e nesta friagem – você só faz ideia de como 29° é frio quando começa a rezar para que a temperatura diminua – um homem muito cansado poderia dormir um pouco até que o calor o despertasse.

Era uma noite de sábado e eu cumpria a agradável tarefa de colocar o jornal na prensa. Um rei, uma cortesã ou uma comunidade ia morrer, assinar uma nova Constituição, ou fazer algo importante do outro lado do mundo, e o jornal permanecia em aberto até o último minuto, aguardando mais notícias.

A noite estava escura como breu, tão sufocante quanto uma noite de junho pode ser, e o *Lu*, o vento fresco do oeste, soprava nas árvores como em pavios secos, trazendo a chuva atrás de si. De vez em quando, um pingo de água quase fervendo caía na poeira com um baque, mas nosso mundo cansado sabia que era puro fingimento. Estava mais fresco na oficina que na redação, então, me sentei lá, enquanto os tipos batiam e estalavam, os curiangos piavam nas janelas e os linotipistas quase nus limpavam o suor da testa e pediam água. O que esperávamos, fosse o que fosse, não aconteceria, apesar de o *Lu* ter chegado, de o último tipo ter sido ajustado e de o mundo ter ficado em silêncio no calor chocante, com o dedo nos lábios, à espera do desfecho. Cochilava e me perguntava se o telégrafo seria uma vantagem e se o homem que morria ou o povo que lutava estariam a par do inconveniente atraso que provocavam. Não havia uma razão especial, além do calor e da contrariedade, que provocasse tensão, mas, como os ponteiros do relógio se arrastassem até as 3 horas, como as máquinas girassem suas rodas duas ou três vezes para ver se tudo estava em ordem antes de eu dizer a palavra que as fizesse trabalhar, eu poderia ter tido um acesso de riso nervoso.

Foi então que o ruído das engrenagens começou a romper o silêncio. Levantei-me para sair, mas dois homens vestidos de branco pararam à minha frente. O primeiro disse:

– É ele!

O segundo concordou:

– Aí está ele!

E os dois riram quase tão alto quanto o ruído das máquinas, e enxugaram a testa.

– Vimos uma luz acesa lá do outro lado da rua, estávamos descansando próximo daquela vala, onde é mais fresco, quando eu disse para o meu amigo aqui: "O escritório está aberto. Vamos passar lá e falar com o responsável pela nossa saída do estado de Degumber." – disse o menor dos dois.

Era o homem que eu havia encontrado no trem de Mhow, e seu companheiro era o ruivo do entroncamento de Marwar. Era impossível se esquecer das sobrancelhas de um ou da barba do outro.

Fiquei contrariado, porque pretendia ir dormir, e não discutir com vagabundos.

– O que vocês querem? – perguntei.

– Meia hora de conversa com você, no fresco e no conforto, no escritório – disse o homem da barba ruiva.

– *Gostaríamos* de beber alguma coisa (o contrato ainda não está vigorando. Peachey, você não precisa me olhar assim), mas o que queremos mesmo é um conselho. Não queremos dinheiro. Viemos lhe pedir esse favor porque descobrimos que você perturbou nossa vida lá no estado de Degumber.

Conduzi-os da oficina para a sufocante redação com mapas na parede, e o ruivo esfregou as mãos.

– É mais ou menos isso – disse ele. – Sem querer, viemos ao lugar certo. Agora, meu senhor, vou lhe apresentar o irmão Peachey Carnehan, que é ele, e o irmão Daniel Dravot, que sou *eu*, e quanto menos a gente falar das nossas profissões, tanto melhor, pois já fizemos de tudo um pouco. Soldado, marinheiro, tipógrafo, fotógrafo, revisor, pregador *e* correspondente do *Backwoodsman,* quando achamos que o jornal estava precisando. O Carnehan está sóbrio, e eu, também. Primeiro, olhe para nós, para ter certeza. Isto vai evitar que você me interrompa. Cada um de nós vai pegar e acender um dos seus charutos.

Observei o teste. Os homens estavam absolutamente sóbrios e, assim, dei a cada um deles um uísque morno com soda.

– Bom *e* muito oportuno – disse o Carnehan das sobrancelhas, limpando o bigode. – Deixe *eu* falar agora, Dan. Andamos por toda a Índia, quase sempre a pé. Já fomos montadores de caldeira, maquinistas de trem, pequenos empreiteiros, uma porção de coisas, e decidimos que a Índia é pequena demais para gente como nós.

Com certeza, a redação era pequena demais para eles. A barba de Dravot parecia encher metade da sala e os ombros de Carnehan a outra metade, quando se sentaram à grande mesa. Carnehan continuou:

– O país não foi explorado nem pela metade porque quem governa não deixa você tocar nele. Passam o tempo todo governando, e você não pode levantar uma pá, nem lascar uma rocha, nem procurar petróleo, nada disso, sem o governo lhe dizer: "Deixe o país sossegado, deixe que nós governamos." Por isso, *já* que é assim, vamos deixá-lo em paz, e vamos embora para outro lugar, onde um homem não se sinta pressionado e possa cuidar da sua vida. Não somos gentinha, e não temos medo de nada, a não ser da bebida, e assinamos um contrato sobre esse assunto. *Por isso*, vamos embora para ser reis.

– Reis por direito – resmungou Dravot.

– Sim, claro – eu disse. – Vocês têm andado debaixo do sol, está uma noite muito quente, e não pensaram com cuidado no assunto. Voltem amanhã.

– Nem bêbados, nem com insolação – disse Dravot. – Pensamos no assunto meio ano, fizemos questão de procurar nos livros e mapas, e decidimos que agora só existe um lugar no mundo que dois fortes podem chamar de ótimo. É o Kafiristão. Pelos meus cálculos, fica no canto de cima à direita do Afeganistão, a uns 500 quilômetros de Peshawar. Lá existem 32 ídolos pagãos, e nós vamos ser os números 33 e 34. É um país montanhoso, e as mulheres de lá são lindas!

– Mas isso está proibido no contrato – disse Carnehan. – Nem mulheres nem be-bi-da, Daniel.

– E isso é tudo o que sabemos, além do fato de que nenhum de nós foi lá, e que eles lutam; e em qualquer lugar onde há luta um homem que sabe treinar os outros pode ser rei. Iremos a esses lugares e perguntaremos a algum rei que aparecer: "Quer derrotar seus inimigos?", e mostraremos como treinar seus homens, pois disso entendemos mais que qualquer um. Então, derrubaremos o rei, tomaremos o trono e começaremos uma dinastia.

– Vocês serão picados em pedacinhos antes de passarem 80 quilômetros da fronteira – disse eu. – Vocês terão de passar pelo Afeganistão para chegar a esse país. É um maciço de montanhas, picos e geleiras, e nenhum inglês passou por lá. O povo é selvagem, e mesmo que vocês chegassem até lá, não poderiam fazer nada.

– Está melhorando – disse Carnehan. – Se você achasse que somos loucos, gostaríamos mais ainda. Viemos até aqui para saber sobre esse país – ler um livro sobre ele, ver uns mapas. Escolhemos você para nos dizer que somos uns idiotas e para nos mostrar seus livros.

Ele se voltou para a estante.

– Está falando sério? – perguntei.

– Um pouco – disse Dravot delicadamente. – O maior mapa que você arranjar, mesmo que tudo esteja em branco no lugar do Kafiristão, e todos os livros que conseguir. Não temos muita instrução, mas sabemos ler.

Peguei o grande mapa da Índia na escala de 1:200 e dois mapas menores de fronteira, desci o volume da *Encyclopaedia Britannica* e os homens consultaram o material.

– Veja aqui! – disse Dravot, com o dedo no mapa. – Acima de Jagdallak, Peachey e eu conhecemos a estrada. Estivemos lá com o exército de Robert. Temos de seguir pelo território de Laghman e virar à direita, em Jagdallak. Assim vamos chegar às montanhas... 4 mil metros, 4.500 metros... Parece ser um lugar frio para trabalhar, mas não é muito longe no mapa.

Passei-lhe *Nascentes do Oxus*, de Wood. Carnehan estava concentrado na enciclopédia.

– Estão muito misturados – disse Dravot pensativo – e não ajuda nada saber o nome das tribos. Quanto mais tribos houver, mais eles vão lutar, e será melhor para nós. De Jagdallak até Ashang... Aaaah!

– Mas toda a informação sobre o país é resumida e imprecisa – protestei. – Ninguém sabe nada de concreto. Aqui está o arquivo do Instituto de Serviços Unificados. Leia o que diz Bellew.

– Suma com Bellew! – disse Carnehan. – Dan, eles são um bando de pagãos fedorentos, mas este livro aqui diz que são aparentados conosco, ingleses.

Enquanto eu fumava, os homens liam cuidadosamente Raverty, Wood, os mapas e a enciclopédia.
– Não adianta você ficar aqui – disse Dravot educadamente. – Já devem ser 4 horas da manhã. Vamos embora antes das 6 horas; vá dormir, não roubaremos nada. Não fique velando. Somos dois loucos inofensivos, e se você for amanhã à noite ao Caravançará, nós nos despediremos de você.
– Vocês *são* dois idiotas – respondi. – Não vão passar da fronteira ou vão ser assassinados no minuto em que puserem os pés no Afeganistão. Querem algum dinheiro ou uma carta de recomendação? Posso ajudá-los a arranjar um emprego na semana que vem.
– Semana que vem vamos estar dando duro, obrigado – disse Dravot. – Ser rei não é tão fácil quanto parece. Quando nosso reino estiver estabelecido, lhe avisaremos, e você poderá aparecer para nos ajudar a governar.
– Você acha que dois loucos seriam capazes de fazer um contrato como este? – perguntou Carnehan, com visível orgulho, mostrando-me um pedaço de papel amassado, no qual estava escrito o que segue. Copiei uma coisa e outra, de curiosidade:

Este contrato entre mim e você dá testemunho em nome de Deus. Amém e assim por diante:

(Um) Que eu e você vamos entrar neste negócio juntos, isto é, vamos ser reis do Kafiristão.
(Dois) Que você e eu, enquanto este negócio estiver sendo resolvido, não vamos olhar para nenhuma bebida, nem para nenhuma mulher negra, branca ou mestiça, pois se envolver com uma e outra é prejudicial.
(Três) Que vamos nos conduzir com dignidade e discrição, e se um de nós se meter em confusão o outro responde por ele.

Assinado neste dia por você e eu.
Peachey Taliaferro Carnehan.
Daniel Dravot.
Dois cavalheiros decentes.

– Não havia necessidade do último artigo – disse Carnehan corando com modéstia –, mas dá uma impressão de regularidade. Agora você sabe que tipo de homem são os vadios – até sairmos da Índia, Dan, *somos* vadios –, e *você* acha que íamos assinar um contrato como esse se não estivéssemos falando sério? Deixamos de lado as duas coisas que valem a pena na vida.

– Vocês não vão viver muito mais para aproveitar coisa alguma se insistirem nessa aventura idiota. Não toquem fogo no escritório – eu disse –, e saiam daqui antes das 9 horas.

Deixei-os ainda estudando os mapas e tomando notas no verso do "contrato".

– Não deixe de aparecer no caravançará amanhã – foram suas palavras de despedida.

O caravançará Kumharsen é o grande caldeirão da humanidade, onde as caravanas de camelos e cavalos vindas do norte são carregadas e descarregadas. Todas as nacionalidades da Ásia Central e a maioria das tribos da própria Índia podem ser vistas por lá. Balkh e Bokhara se encontram com Bengala e Bombaim, e tentam entrar em acordo. No caravançará é possível comprar pôneis, turquesas, gatos persas, alforjes, carneiros de engorda e almíscar, além de coisas estranhas que não servem para nada. À tarde, desci para ver se meus amigos haviam mantido a palavra ou se estavam lá jogados, bêbados.

Um padre vestido de fragmentos de tiras e farrapos veio a passos largos na minha direção, girando com seriedade um cata-vento de papel. Atrás dele estava seu criado, curvado sob o peso de um caixote de brinquedos imundos. Os dois carregavam dois camelos, e os habitantes do caravançará observavamnos com acessos de riso.

– O padre está louco – disse um negociante de cavalos. – Ele vai a Cabul vender brinquedos ao emir. Ou bem ele é canonizado, ou bem lhe cortam a cabeça. Chegou aqui hoje de manhã e está se comportando como louco desde então.

– Os pobres de espírito entrarão no Reino dos Céus, gaguejou um *uzbegin* bochechudo em hindi malfalado. – Eles predizem acontecimentos futuros.

– Podiam ter previsto que a minha caravana seria detida pelos *shinwaris* no desfiladeiro! – resmungou o comerciante *Yusufzai* de um estabelecimento rajaputra, cujos bens foram desviados para as mãos de outros ladrões ao cruzar a fronteira, e cujo prejuízo se restringia ao que havia de mais irrisório no bazar. – Ei, padre, de onde o senhor vem e para onde vai?

– De Roum eu vim – gritou o padre, agitando o cata-vento –, de Roum, soprado por cem demônios, cruzei os mares! Oh, ladrões, assaltantes, mentirosos, a bênção de Pir Khan* aos porcos, cães e perjuros! Quem levará o Protegido de Deus ao norte para vender bugigangas que interessam ao emir? Os camelos não hão de se esfolar, os filhos não hão de adoecer e as esposas permanecerão fiéis aos homens que me derem um lugar em sua caravana. Quem me ajudará a calçar um chinelo de ouro com solado de prata no rei dos roos? Que a proteção do Pir Khan reine sobre suas tarefas!

Ele segurou sua capa e saiu rodopiando pelas filas de cavalos amarrados.

– Ali começa uma caravana que vai de Peshawur a Cabul em vinte dias, *Huzrut* – disse o comerciante *Yusufzai*. – Meus camelos vão com ela. Vá também e traga-nos boa sorte.

– Irei agora mesmo! – gritou o padre. – Partirei em meus camelos alados e estarei em Peshawur em um dia! Ah! Hazar

---

*Pir Khan foi um líder espiritual da Ordem Sufi. O pai, Jazrat Inayat, saiu da Índia em 1910 e estabeleceu a Ordem Sufi em Londres em 1916. (*N. do E.*)

Mir Khan – bradou para o criado –, conduza os camelos, mas deixe-me primeiro montar o meu.

Quando o animal se ajoelhou, montou nele e, virando-se para mim, gritou:

– Venha também, *sahib*, dar um passeio na estrada, e vou-lhe vender um amuleto que fará de você o rei do Kafiristão.

Algo se acendeu na minha mente, e segui os dois camelos para fora do caravançará, até chegarmos à estrada, onde o padre se deteve.

– O que você está pensando? – perguntou em linguagem corrente. – O Carnehan não aguentou muito tempo aquela conversa fiada, então, o fiz meu empregado. Não foi à toa que rodei 15 dias pelo país. Dá para entender o que estou dizendo? Vamos de carona numa caravana de Pashawur até Jagdallak, aí tentaremos trocar nossos camelos por umas mulas, e vamos direto para o Kafiristão. Cata-ventos para o emir, veja só! Ponha a mão debaixo dos caixotes e me diga o que encontrou.

Toquei a coronha de um rifle Martini, de outro e mais outro.

– Vinte – disse Dravot calmamente. – Vinte e mais munição correspondente debaixo dos cata-ventos e das bonecas sujas.

– Deus ajuda quem anda com essas coisas! – eu disse. – Um Martini vale seu peso em ouro entre os afegãos.

– Mil e quinhentas rupias de capital, tudo que conseguimos ganhar, pedir emprestado ou roubar está investido nestes dois camelos – disse Dravot. – Não vão nos pegar. Vamos pelo Khyber com uma caravana de linha. Quem vai atacar um padre pobre e maluco?

– Conseguiram tudo o que queriam? – perguntei, recobrando-me do espanto.

– Ainda não, mas vamos conseguir logo. Conceda-nos um instante de sua atenção, *irmão*. Você me fez um favor ontem e aquele dia em Marwar. Metade do meu reino pertencerá a você, assim o digo.

Puxei uma bússola minúscula da corrente do relógio e passei-a ao padre.

– Até logo – disse Dravot, estendendo-me a mão cuidadosamente. – É a última vez que apertamos a mão de um inglês por muitos dias. Aperte a mão dele, Carnehan – gritou, e o segundo camelo passou por mim.

Carnehan se abaixou e me apertou a mão. Então, os camelos se foram pela estrada poeirenta, e fiquei meditando. Meu olho não pôde detectar uma única falha no disfarce. A cena do caravançará provou que eles haviam se convertido totalmente à mentalidade nativa. Assim sendo, passava a existir uma possibilidade de que Carnehan e Dravot conseguissem percorrer o Afeganistão sem serem detidos. Mas, além daquele ponto, encontrariam a morte – morte certa e terrível.

Dez dias mais tarde um correspondente nativo, ao me passar as últimas notícias de Peshawur, assim terminou sua carta: "Temos nos divertido muito por aqui com um padre maluco que, segundo diz, vai vender quinquilharias e miudezas insignificantes que considera de grande interesse para S.A. o emir de Bokhara. Passou por Peshawur e se associou à caravana do Segundo Verão que vai para Cabul. Os mercadores gostam porque, por superstição, imaginam que pessoas malucas atraem boa sorte."

Os dois, portanto, tinham ultrapassado a fronteira. Teria rezado por eles mas, naquela noite, um rei de verdade morreu na Europa e foi necessário um aviso fúnebre.

O MUNDO DÁ VOLTAS, passando várias vezes pelo mesmo lugar. Foi-se o verão e, depois dele, o inverno também veio e se foi. O jornal diário continuou, e durante o terceiro verão aconteceu uma noite quente, um número rodado à noite, e alguém obrigado a esperar por um telegrama do outro lado do mundo, exatamente como antes. Poucos homens importantes morreram nos últimos dois anos, as máquinas ficaram mais barulhentas e as árvores do jardim da redação cresceram alguns centímetros. Essa era a única diferença.

Dirigi-me à oficina, e deparei com uma cena igual à que já descrevi. A tensão nervosa era maior que a de dois anos atrás, e eu sentia o calor com mais intensidade. Às 3 horas, gritei: "Imprimam!", e me virei para sair, quando se arrastou na direção da minha cadeira o que restara de um homem. Ele se curvava, a cabeça enterrada nos ombros, e movia os pés, um após outro, como um urso. Com dificuldade pude perceber se andava ou se arrastava, aquele aleijado esfarrapado e lamuriento que me chamava pelo nome, gritando que tinha voltado.

– Pode me dar um trago? – choramingou. – Pelo amor de Deus, me dê um trago!

Voltei à redação, seguido pelo homem que gemia de dor, e virei a lâmpada.

– Não está me reconhecendo? – suspirou, caindo em uma cadeira, e voltou o rosto cansando, coroado por cabelos grisalhos em desordem, para a luz.

Olhei-o atentamente. Já vira antes umas sobrancelhas que se encontravam em cima do nariz como larga listra negra, mas juro que não conseguia me lembrar de onde.

– Não o reconheço – disse eu, estendendo-lhe o uísque. – O que posso fazer pelo senhor?

Tomou um gole da bebida e teve um calafrio, apesar do calor sufocante.

– Voltei – repetiu –, e fui rei do Kafiristão; eu e Dravot fomos coroados reis! Decidimos tudo nesta sala: você sentado ali, nos mostrando os livros. Sou Peachey, Peachey Taliaferro Carnehan, e você continuou sentado aí desde aquela época. Meu Deus!

Fiquei atordoado, e não consegui disfarçar.

– É verdade – disse Carnehan, com uma gargalhada seca, acariciando os pés enrolados em trapos. – Verdade igual à Bíblia. Nós fomos reis, de coroa na cabeça, eu e Dravot, coitado de Dan, ah, coitado de Dan, que nunca seguiu um conselho, nem quando implorei!

– Tome o uísque – disse– e tenha calma. Conte-me tudo de que puder se lembrar, do começo ao fim. Vocês cruzaram a fronteira com os camelos, Dravot fantasiado de padre maluco e você de empregado. Lembra-se disso?

– Não estou louco... por enquanto, mas estou no caminho. É claro que me lembro. Continue olhando para mim, ou então não vou dizer coisa com coisa. Continue olhando dentro dos meus olhos e não diga nada.

Curvei-me e olhei seu rosto o mais fixamente que pude. Ele deixou cair a mão sobre a mesa e eu agarrei-o pelo pulso. Estava retorcida como as garras de um pássaro e, nas costas, havia uma cicatriz vermelha em forma de losango.

– Não, não olhe para isso, olhe para mim – disse Carnehan. – Isso vem depois, mas, pelo amor de Deus, não me distraia. Partimos com a caravana, eu e Dravot fazendo todo tipo de macaquices para distrair o pessoal que estava conosco. Dravot costumava fazer a gente rir de noite, quando cada um preparava seu jantar e... O que eles faziam? Acendiam umas fogueirinhas com umas brasas que entravam na barba de Dravot, e vós todos morríamos de rir. Eram umas brasas muito vermelhas, entrando na grande barba ruiva de Dravot... Tão engraçado.

Seus olhos deixaram os meus e ele deu um sorriso forçado.

– Vocês seguiram até Jagdallak com aquela caravana – arrisquei –, depois de acender as fogueirinhas. Até Jagdallak, onde se desviaram para tentar chegar ao Kafiristão.

– Não, nada disso. Do que você está falando? Nós nos desviamos antes de Jagdallak, porque ouvimos dizer que a estrada era boa. Mas não era boa para dois camelos, o meu e o de Dravot. Quando deixamos a caravana, Dravot tirou toda a roupa dele, e a minha também, e disse que íamos virar selvagens, porque os *kafirs* não deixam os muçulmanos falar com eles. Então, nos vestimos mais ou menos, de um jeito que nunca vi antes nem quero ver outra vez. Ele queimou metade da barba, jogou uma pele de carneiro nos ombros, raspou a cabeça, fazendo uns desenhos. Raspou a minha também, e me fez vestir umas coisas escandalosas para parecer selvagem. Era um país quase só de montanhas, e os nossos camelos não podiam mais andar por causa das montanhas. Eles eram altos e pretos, e quando eu estava indo para lá, os vi lutando como bodes selvagens – há muito bode no Kafiristão. E aquelas montanhas, elas nunca ficam quietas, igual aos bodes. Sempre lutando, não deixam você dormir de noite.

– Tome mais um uísque – eu disse bem devagar. – O que você e Daniel Dravot fizeram quando os camelos não puderam prosseguir por causa das estradas acidentadas que levam ao Kafiristão?

– O que fizemos? Tinha um sujeito chamado Peachey Taliaferro Carnehan que estava com o Dravot. Você quer que eu fale dele? Ele morreu de frio lá. Foi atirado da ponte, o velho Peachey, e ficou girando no ar feito um cata-vento barato que você vende para o emir. Não, aqueles cata-ventos eram um pouco mais caros, ou, então, estou muito enganado e doente também... E os camelos não serviam mais para nada, e o Peachey disse para o Dravot: "Pelo amor de Deus, vamos nos livrar disso antes que arranquem a nossa cabeça", e, com isso, mataram os camelos lá nas montanhas, sem nada para comer, mas primeiro tiraram as caixas com armas e munição, até que apareceram dois homens com quatro mulas. O Dravot ficou dançando na frente deles, cantando: "Me vendam quatro mulas." O primeiro homem disse: "Se vocês têm dinheiro para comprar, têm para serem roubados", mas antes que ele pegasse uma faca o Dravot quebrou o pescoço dele, e o outro sujeito saiu correndo. Então, o Carnehan carregou as mulas com os rifles que eles tiraram dos camelos e seguimos juntos para aqueles lados das montanhas geladas, e não havia uma estrada mais larga que a palma da sua mão.

Ele fez uma pausa e aproveitei para perguntar se conseguia se lembrar da paisagem do país por onde viajara.

– Estou contando o melhor que posso, mas a minha cabeça não está funcionando muito bem. Eles enfiaram um prego nela para que eu ouvisse melhor como foi a morte de Dravot. O país era cheio de montanhas, as mulas eram teimosas e os habitantes viviam separados e solitários. Subiam e subiam, desciam e desciam, e o outro sujeito, o Carnehan, implorava a Dravot para que não cantasse e assobiasse tão alto, ou provocaria uma terrível avalanche. Mas Dravot dizia que se um rei não podia cantar, não valia a pena ser rei, e batia no lombo das mulas, e ficou dez dias frios de cabeça quente. Chegamos a um grande vale no meio das montanhas, e as mulas já estavam quase mortas, então, acabamos de matá-las, já não havia nada para elas ou para a gente comer. Sentamos nas caixas e começamos um joguinho com os cartuchos que caíram.

"Então, dez homens de arco e flecha correram para o vale, atrás de vinte homens de arco e flecha, e a confusão foi horrível. Eram uns homens bonitos, mais bonitos que você e eu, de cabelos louros e muito bem-feitos de corpo. O Dravot dizia, desencaixotando as armas: 'Começou o nosso negócio. Vamos lutar do lado dos dez homens.' E, com isso, disparou dois rifles contra os vinte homens, e jogou um deles a 200 metros da pedra em que estava sentado. Os outros saíram correndo, mas Carnehan e Dravot se sentaram nas caixas, e foram abatendo um por um – tanto os que subiam quanto os que desciam o vale. Então, fomos até os dez homens que também tinham corrido na neve e eles atiraram umas flechas insignificantes contra nós. Dravot atirou por cima da cabeça deles e todos se prostraram ante nós. Aí, ele os chutou e depois os levantou e apertou a mão de todos como se fossem amigos. Chamou e deu a eles as caixas para carregarem, e acenou a mão para todo mundo como se já fosse rei. Eles levaram as caixas pelo vale e subiram uma colina com um bosque de pinheiros no alto, onde estava meia dúzia de ídolos grandes de pedra. O Dravot foi até o maior, que eles chamam de Imbra, botou um rifle e um cartucho aos pés dele, esfregou o nariz no nariz dele, passou a mão na cabeça do deus e fez uma reverência. Olhou os homens, balançou a cabeça e disse: 'Muito bem. Já sou conhecido, e todos esses tipinhos são meus amigos.' Então, abriu a boca e apontou para dentro, e quando o primeiro homem trouxe comida, disse: 'Não'; e quando o segundo homem trouxe comida, disse: 'Não.' Mas quando um dos velhos sacerdotes e o chefe da aldeia trouxeram comida, disse: 'Sim', muito orgulhoso, e comeu devagar. Foi assim que chegamos à nossa primeira aldeia, sem problema nenhum, como se tivéssemos caído do céu. Mas tombamos mesmo foi de uma dessas malditas pontes de corda, entende, e você não pode esperar de um homem que ele seja o mesmo depois disso."

– Tome mais um uísque e continue – disse. – Essa foi a primeira aldeia a que vocês chegaram. Como conseguiu ser rei?

– Eu não fui rei – disse Carnehan. – Dravot é que foi rei, e ficou lindo com a coroa de ouro na cabeça e tudo mais. Ele e o outro sujeito ficaram nessa aldeia, e toda manhã o Dravot se sentava ao lado do velho Imbra, o povo vinha e o adorava. Era ordem de Dravot. Aí, um grupo de homens chegou ao vale, e o Carnehan e o Dravot abateram um por um antes que eles soubessem onde estavam, e, então, correram para o vale, subiram pelo outro lado e encontraram uma aldeia igual à primeira, e o povo também se prostrou ante eles, e o Dravot disse: "Então, qual é o problema entre as duas aldeias?" E o povo apontou para uma mulher, bonita como você e eu, que tinha sido raptada, e Dravot a levou de volta para a aldeia dela e contou os mortos: eram oito. Para cada morto, o Dravot derramou um pouco de leite no chão e girou os braços como um cata-vento, e disse: "Tudo bem." Então, ele e Carnehan pegaram os chefes das aldeias pelo braço, levaram-nos para o meio do vale, mostraram-lhes como riscar uma linha com uma lança na terra, e deram a cada um deles um tufo de grama dos dois lados da linha. O povo todo desceu e gritou que nem louco, e o Dravot disse: "Vão arar a terra, e ela dará frutos e os multiplicará"; foi o que fizeram, mesmo sem terem entendido. Então, ele perguntou o nome das coisas no dialeto deles: pão, água, fogo, ídolos e tal, e levou o sacerdote de cada aldeia até o ídolo, disse que eles teriam de ficar sentados ali para julgar o povo e se alguma coisa desse errado ele atiraria neles.

"Na semana seguinte, todos eles aravam a terra do vale quietos como abelhas, e muito mais bonitos; os sacerdotes ouviam todas as reclamações e diziam a Dravot por mímica o que estava acontecendo: 'É só o começo', disse Dravot. 'Eles pensam que somos deuses.' Ele e Carnehan escolheram vinte homens bons e os ensinaram a atirar com rifle, rastejar e avançar em formação, e eles gostaram muito daquilo; que beleza vê-los pegando o jeito da coisa! Então, ele tirou o cachimbo e a bolsa de fumo e deixou cada um numa aldeia, e lá fomos nós ver o que tinha de ser feito no vale seguinte. Era tudo de pedra, e lá estava uma pequena aldeia, e Carnehan disse: 'Mande plantarem no outro vale.' E lhes deu umas terras que ainda não tinham sido tomadas. Era uma tribo pobre, e sacrificamos um cabrito antes de deixar que fossem para o novo reino. Isto era para impressionar o pessoal, e então eles se acalmaram, e Carnehan voltou para junto de Dravot, que fora para outra aldeia, pura neve e gelo e quase que só montanha. Não havia gente lá e o exército ficou apreensivo, por isso Dravot atirou num deles, e continuamos até encontrar algumas pessoas numa aldeia. O exército explicou a eles que não deveriam usar os mosquetes, senão seriam mortos; porque esses tinham mosquetes. Fizemos amizade com o sacerdote, e fiquei lá sozinho com dois do exército, treinando os homens, e um chefe enorme atravessou a neve com tambores e cornetas soando, porque ouvira dizer que havia um deus novo circulando por lá. Carnehan apontou para a mancha escura dos homens no meio da neve, a 500 metros de distância, e disparou num deles. Então, enviou a seguinte mensagem ao chefe: se ele queria continuar vivo, deveria apertar a minha mão e deixar as armas de lado. O chefe veio sozinho, e Carnehan apertou a mão dele e girou os braços, como Dravot fazia, e ele ficou muito espantado e cutucou a minha sobrancelha. Então, Carnehan foi até o chefe, e lhe perguntou, por mímica, se tinha algum inimigo que detestava. 'Tenho', disse o chefe. Carnehan escolheu os melhores homens e botou os dois do exército para treiná-los, e no fim de 15 dias os homens sabiam manobrar tão bem quanto os voluntários. Então, ele marchou com o chefe para um grande planalto no alto de uma montanha, e os homens do chefe investiram contra uma aldeia e a tomaram; éramos três rifles Martini atirando a cego contra o inimigo. Tomamos aquela aldeia também, e dei ao chefe um trapo do meu casaco e disse: 'Tome o meu lugar até que eu retorne', como está nas Escrituras. Como um lembrete, quando eu e o exército estávamos mais ou menos a um quilômetro de distância, atirei na direção dos que tinham ficado na neve, e o povo caiu com a cara no chão. Então, mandei uma carta para Dravot, onde ele estivesse, em terra ou no mar."

Arriscando tirá-lo do transe, interrompi:

– Como conseguiu escrever uma carta num lugar tão distante?

– A carta? Ah!... A carta! Continue olhando dentro dos meus olhos, por favor. Era uma carta de barbante, que aprendemos a fazer com um mendigo cego no Punjab.

Lembrei-me de uma ocasião em que um cego chegou à redação com um galhinho cheio de nós e um barbante que se enrolava no galho segundo um código próprio. Era possível, após um lapso de dias ou semanas, repetir a frase que estivesse enrolada. Ele reduzira o alfabeto a 11 sons primitivos e tentou me ensinar seu método, mas não cheguei a compreendê-lo.

– Mandei aquela carta para o Dravot – continuou Carnehan – e lhe pedi que voltasse porque o reino estava ficando grande demais para uma só pessoa, e então segui para a primeira aldeia, a fim de ver o trabalho dos sacerdotes. A aldeia que tomamos com o chefe era chamada de Bashkai, e a primeira aldeia, de Er-Heb. Os sacerdotes de Er-Heb estavam trabalhando direito, mas havia alguns casos pendentes sobre terras, e uns homens de outra aldeia andaram atirando umas flechas de noite. Saí e procurei a tal aldeia, e disparei quatro tiros de aproximadamente um quilômetro de distância. Isso acabou com os cartuchos que eu tinha; fiquei esperando Dravot, que estava fora fazia uns dois ou três dias, e mantive o povo quieto.

"Uma manhã ouvi um ruído de tambores e cornetas, e Dan Dravot marchou descendo a colina com seu exército e uma fileira de uns cem homens e, o que era mais lindo, tinha uma coroa de ouro bem grande na cabeça. 'Meu Deus, Carnehan', disse Daniel, 'é um negócio tremendo, e a gente conseguiu do país tudo o que poderia conseguir. Sou o filho de Alexandre e da rainha Semíramis, e você é meu irmão mais moço e um deus também! É a melhor coisa que já vimos. Andei marchando e lutando mês e meio com o exército, e todas as aldeolas num raio de 80 quilômetros se juntaram a nós felizes da vida; e, mais do que isso, consegui a chave do sucesso, como você pode ver: consegui uma coroa para você! Mandei que fizessem duas num lugar chamado Shu, onde o ouro aparece na rocha como o sebo no lombo de carneiro. Ouro eu vi, e turquesa chutei na rocha, e tinha granadas na areia do rio, e aqui está um pedaço de âmbar que um homem me trouxe. Chame todos os sacerdotes e, aqui, receba a sua coroa.'

"Um dos homens abriu uma bolsa de pele preta, e enfiei a coroa. Era pequena e pesada demais, mas usei porque era a glória. Era ouro forjado, pesando 2 quilos, como um arco de barril.

"'Peachey', disse Dravot, 'não vamos mais lutar. Agora é usar a cabeça, me ajude!' E trouxe aquele mesmo chefe que eu deixara em Bashkai. Nós o chamamos de Billy Fish, porque se parecia demais com o Billy Fish que dirigiu o tanque de

Mach, no Bolan, nos bons tempos. 'Aperte a mão dele', disse Dravot, e eu o cumprimentei, e quase caí, porque Billy me fez a saudação. Eu não disse nada, mas tentei a saudação do Grau de Companheiro. Ele respondeu corretamente, e tentei a saudação do Grau de Mestre, mas foi um erro. 'Ele é um companheiro, é o que ele é', falei para Dan. 'Ele sabe a senha?' 'Sabe', disse Dan, 'e todos os sacerdotes sabem. É um milagre! Os chefes e os sacerdotes tomam parte nos trabalhos da loja do Grau de Companheiro de uma maneira muito parecida com a nossa, e fizeram marcas nas rochas, embora não conheçam o Terceiro Grau, mas vão descobrir. É Verdade Divina! Nesses longos anos, aprendi que os afegãos conheciam até o Grau de Companheiro, mas isso é um milagre. Um Deus e um Grão-mestre da Fraternidade sou, e uma loja do Terceiro Grau vou abrir, e vamos juntar os sacerdotes e os chefes das aldeias.'

"'Isso é contra a lei', eu disse, 'abrir uma loja sem autorização de ninguém, e você sabe que nunca tomamos parte nos trabalhos de uma loja.'

"'É um golpe de mestre em matéria de política', observou Dravot. 'Quer dizer, é dirigir o país como um vagão descendo a ladeira. Não podemos parar agora para perguntar, senão se viram contra nós. Estou com 40 chefes sob os meus pés, e faço e desfaço deles de acordo com o merecimento. Acomode esses homens nas aldeias, e providencie para iniciarmos os trabalhos de uma loja qualquer. O templo do Imbra passa a ser sede da loja. As mulheres vão fazer os aventais do jeito que você mostrar. Receberei os chefes hoje à noite e iniciaremos os trabalhos da loja amanhã.'

"Eu estava louco para sumir dali, mas não tão louco a ponto de não ver o empurrão que esse negócio de Fraternidade deu em nós. Mostrei às famílias dos sacerdotes como fazer os aventais de acordo com a graduação, mas no avental de Dravot o friso azul e os desenhos foram feitos com turquesa no couro branco; não era pano. Escolhemos uma pedra grande e quadrada no templo para servir de trono ao Venerável Mestre e pedrinhas menores para os tronos dos obreiros; enchemos o chão preto de pedras brancas, e fizemos o possível para que tudo ficasse conforme a regra.

"Na reunião daquela noite na colina, com grandes fogueiras, Dravot anunciou que ele e eu éramos deuses, filhos de Alexandre, antigos Grão-mestres da Fraternidade, e tínhamos ido fazer do Kafiristão um país onde todos os homens pudessem comer em paz, beber com tranquilidade e, principalmente, nos obedecer. Então, os chefes apertaram as mãos uns dos outros, e estavam tão peludos, brancos e bonitos como se estivessem saudando velhos amigos. Demos a eles os nomes daqueles que conhecêramos na Índia e que se pareciam com eles: Billy Fish, Holly Dilworth, Pikky Kergan, que era dono de um bazar quando eu estava em Mhow, e assim por diante.

"O milagre mais surpreendente aconteceu na loja na noite seguinte. Um dos velhos sacerdotes não desgrudava os olhos de nós, e eu estava apreensivo, porque sabia que teríamos de improvisar o ritual, e eu não sabia até que ponto aquele homem o conhecia. O velho sacerdote era um estranho que tinha vindo de mais distante que a aldeia de Bashkai. No momento em que Dravot vestiu o avental de Mestre que as moças fizeram para ele, o sacerdote gritou, soltou urros, e tentou virar a pedra onde Dravot estava sentado. 'Acabou a brincadeira', pensei. 'É o que dá se meter com a Fraternidade sem autorização!' Dravot não piscou sequer os olhos, nem quando dez sacerdotes pegaram e viraram o trono do Venerável Mestre, quer dizer, a pedra do Imbra. O sacerdote começou a esfregar a base do trono para limpar a lama preta, e mostrou a todos a Marca do Mestre, a mesma que estava no avental de Dravot, gravada na pedra. Nem mesmo os sacerdotes do templo do Imbra sabiam que o trono tinha aquela marca. O velhote se jogou no chão e beijou os pés de Dravot. 'Sorte outra vez', me disse Dravot lá na loja. 'Eles dizem que essa é a Marca que faltava e que ninguém compreendia. Agora estamos mais do que salvos.' Ele bateu com o cabo da arma como se bate um martelo de juiz e disse: 'Em virtude da autoridade em mim investida por minha mão direita e com a ajuda de Peachey, me declaro Grão-mestre de toda a Maçonaria do Kafiristão, conforme a Grande Loja da Inglaterra, e rei do Kafiristão assim como Peachey!' Em seguida, ele colocou a coroa dele e eu coloquei a minha (eu fazia o papel das Luzes da Loja), e iniciamos os trabalhos com toda a pompa. Foi um milagre maravilhoso! Os sacerdotes se colocaram na loja nos dois primeiros graus quase sem falar, como se tivessem recobrado a memória. Depois, Peachey e Dravot promoveram os que mereciam: altos sacerdotes e chefes de aldeias longínquas. Billy Fish foi o primeiro, e lhe digo que o impressionamos. Eu não concordava em usar assim o ritual, mas ele se prestava para o que queríamos. Só promovemos os dez homens mais importantes, porque não queríamos fazer do grau algo comum. E eles estavam clamando para serem promovidos.

"'Daqui a seis meses', disse Dravot, 'vamos enviar outra prancha,* e ver como vocês estão trabalhando.' Então, lhes perguntou sobre a aldeia de cada um, e soube que estavam lutando uns contra os outros, e ficou furioso. E quando não estavam lutando entre si, estavam lutando contra os maometanos. 'Vocês vão poder lutar contra eles quando invadirem o nosso país', disse Dravot. 'Escolham um homem em cada dez de suas tribos para serem guardas da fronteira, e mandem duzentos de uma só vez a este vale para serem treinados. Ninguém nunca mais vai levar tiro nem lança se agir com correção, e sei que vocês não vão me enganar, porque são brancos, filhos de Alexandre, não são comuns como os maometanos negros. Vocês são *meu* povo, pela graça de Deus', disse ele, disparando em língua de gente no fim. 'Vou fazer de vocês uma nação decente, se não morrer no meio do caminho!'

---

*Prancha – circular que uma loja maçônica envia às outras. (*N. do E.*)

"Não sei dizer o que nós fizemos naqueles seis meses, porque Dravot fez muita coisa que eu não consegui entender, e até aprendeu a língua deles de um jeito que eu nunca consegui. Meu trabalho era ajudar o povo a arar a terra e, de vez em quando, sair com alguém do exército para ver o que as outras aldeias estavam fazendo, e ensiná-los a jogar pontes de corda por cima dos precipícios que cortavam o país. Dravot era muito bom para mim, mas quando andava para cima e para baixo no bosque, puxando aquela maldita barba ruiva com dois dedos, eu sabia que ele estava arquitetando uns planos e que eu não podia dar palpite; então, só aguardava as ordens.

"Mas Dravot nunca me desrespeitou em público. Eles tinham medo de mim e do exército, mas adoravam Dan. Ele era muito amigo dos sacerdotes e dos chefes; qualquer um que aparecia vindo do outro lado das montanhas com uma reclamação, Dravot ouvia até o fim, juntava quatro sacerdotes e dizia o que era preciso fazer. Costumava chamar o Billy Fish, de Bashkai, o Pikky Kergan, de Shu, e um velho chefe, Kafuzelum (o nome dele mesmo era mais ou menos assim), e se reunia em conselho com eles sempre que havia alguma briga nas pequenas aldeias. Este era o Conselho de Guerra, e os quatro sacerdotes de Bashkai, Shu, Khawak e Madora formavam o seu Conselho Particular. Da multidão que eles me mandaram, segui com quarenta homens e vinte rifles, e uma carga de turquesa transportada por sessenta homens para o país de Ghorband, a fim de comprar aqueles rifles Martinis feitos à mão, que saem das oficinas do emir de Cabul para um dos regimentos do emir de Herati, onde a maioria é capaz de vender a alma por turquesas.

"Fiquei um mês em Ghorband, e subornei o governador com o que havia de melhor nos meus cestos; e também o coronel do regimento; e, contando com o apoio dos dois e o do povo da tribo, conseguimos mais de cem *martinis*, cem *jezails kohat* dos bons, com alcance de 600 metros, e quarenta homens carregados de munição de qualidade baixa para os rifles. Voltei com o que tinha e distribuí entre os homens que os chefes me mandaram treinar. Dravot andava ocupado demais para se preocupar com essas coisas, mas o exército antigo, o primeiro que formamos, me ajudou, e despachamos quinhentos homens que sabiam treinar, e duzentos que usavam armas com precisão. Até aquelas armas saca-rolhas, feitas à mão, eram um milagre para eles. O Dravot falava sobre as grandes lojas de munição e fábricas, andando de um lado para o outro do bosque, enquanto o inverno chegava.

"Eu não vou formar uma nação", ele dizia. "Vou construir um Império! Esses homens não são negros, são ingleses! Repare nos olhos deles, na boca. Observe a postura deles. Sentam-se em cadeiras em suas casas. São as Tribos Perdidas, ou qualquer coisa parecida, e nasceram para ser ingleses. Vou fazer um recenseamento na primavera, se isso não espantar os sacerdotes. Deve ter bem uns dois milhões deles nessas colinas. As vilas estão cheias de crianças pequenas. Dois milhões de pessoas, duzentos e cinquenta mil homens lutando, e todos ingleses! Só precisam de rifles e de um pouco de treino. Duzentos e cinquenta mil homens, prontos para deter a Rússia pelo flanco direito, quando ela tentar invadir a Índia! Peachey, homem", ele disse, mastigando uns tufos de barba, "vamos ser imperadores, imperadores da Terra! O rajá Brooke* vai parecer um principiante, se comparado a nós dois. Vou falar com o vice-rei de igual para igual. Vou lhe pedir que mande 12 ingleses escolhidos (12 que conheço) para nos ajudar a governar. Eu chamaria o Mackray, sargento reformado em Segowli, pelos jantares que me ofereceu e pelas calças que sua mulher me deu.

---

*O rajá de Sarawak, Sir James Brooke (1803-1868), adquiriu o sultanato de Sarawak por intervir em um levante contra o sultão de Brunei. Posteriormente, ficou conhecido como o rajá branco. Foi nomeado cavaleiro em 1847. (*N. do E.*)

O Donkin, diretor da prisão de Tounghoo. Há centenas que eu poderia escolher se estivesse na Índia. O vice-rei vai fazer isso por mim. Na primavera mandarei alguém procurar esses homens, e vou escrever pedindo uma dispensa da Grande Loja pelo que fiz como Grão-mestre. Isso – e todos os Sniders que serão enviados quando as tropas nativas da Índia levantarem o Martini. Eles vão estar esgotados, mas lutarão naquelas colinas. Doze ingleses, cem mil Sniders marchando para o país do emir aos poucos – vinte mil num ano seria o suficiente –, e nós seríamos um império. Quando tudo estivesse em ordem, eu entregaria esta coroa que estou usando agora, de joelhos, para a rainha Vitória, e ela diria: "Levante-se, Sir Daniel Dravot." Ah, seria o máximo! Seria o máximo! Mas ainda há muito o que fazer em Bashkai, Khawak, Shu, e em todo lugar.

"O quê?", foi o que consegui dizer. "Não há mais homens vindo para treinamento neste outono. Olhe essas nuvens grossas, escuras. Estão trazendo neve."

"Não é isso", disse o Daniel, pondo a mão pesada no meu ombro, "e não estou querendo falar mal de você, porque ninguém teria me seguido ou feito de mim o que sou como você. Você é um comandante em chefe de primeira, e o povo sabe disso; mas... é um país grande, e acho que você não pode me ajudar, Peachey, não do jeito que eu quero."

"Vá para os seus sacerdotes dos infernos, então!", eu disse, e depois me arrependi, mas me feriu ver o Daniel falando com ar tão superior, quando eu é que tinha treinado os homens e feito tudo como ele mandou.

"Não vamos brigar, Peachey", disse o Daniel, sem me censurar. "Você também é rei, e metade desse reino é seu; mas não vê que agora precisamos de gente mais inteligente que nós, de uns três ou quatro – para espalharmos por aí como nossos enviados. É um estado muito grande, nem sempre estou certo do que deve ser feito, não tenho tempo para tudo, e o inverno está chegando." Ele enfiou metade da barba, ruiva como o ouro da coroa, na boca.

"Desculpe, Daniel", eu disse. "Fiz o que pude. Treinei os homens, ensinei o povo a empilhar aveia, e consegui aqueles mosquetes lá de Ghorband; mas sei do que você está falando. Acho que os reis sempre se sentem oprimidos dessa maneira."

"E tem mais", continuou o Dravot, andando de um lado para o outro. "O inverno está chegando e esse pessoal vai dar muito trabalho, e a gente não vai poder se mexer. Eu quero uma esposa."

"Pelo amor de Deus, deixe as mulheres de lado!", eu disse. "Nós fizemos todo o serviço sozinhos, apesar de *eu* não servir pra nada. Pense no contrato, e fique sem mulheres."

"O contrato só valia até a hora de sermos reis, e isto já aconteceu", retrucou Dravot, avaliando o peso da coroa com as mãos. "Você vai arranjar uma esposa também, Peachey – uma garota bonita, robusta, sadia, que o ajude a se aquecer no inverno. Elas são mais bonitas que as moças inglesas, e a gente pode escolher. Dê uma escaldada, ou duas, que ficam igual a frango com presunto."

"Não me tente!", falei. "Não quero saber de mulheres pelo menos até tudo estar mais organizado. Ando trabalhando por dois homens, e você por três. Vamos descansar um pouco, e ver se conseguimos um fumo melhor do país afegão e uma bebida boa, mas nada de mulheres."

"Quem está falando de *mulheres*?", disse Dravot. "Eu disse *esposa*: uma rainha que dê um filho ao rei. Uma rainha da tribo mais forte, que fará de você irmão de sangue deles e que ficará do seu lado dizendo o que o povo acha de você e dos problemas lá deles. É isso que eu quero."

"Você se lembra daquela mulher bengali que tive no Caravançará Mogul, quando era assentador de trilhos?", perguntei. "Ela era ótima para mim. Me ensinou a língua do lugar e mais uma ou duas coisas; mas o que aconteceu? Fugiu com o empregado do chefe da estação e metade do meu salário. No entroncamento de Dadur, ela se arrumou com um mestiço e teve o desplante de dizer que eu era marido dela; e a mesma coisa com os barqueiros do rio!"

"Isso já passou", disse Dravot, "as mulheres daqui são mais brancas que você e eu, e terei uma rainha nos meses de inverno."

"Pela última vez, estou lhe pedindo, Dan, *não*", supliquei. "Vai nos trazer confusão. A Bíblia diz que os reis não devem gastar energia com mulheres, principalmente quando têm um reino novo para governar."

"Pela última vez estou lhe dizendo que vou", retrucou ele, e sumiu no meio dos pinheiros, parecendo um diabão vermelho, com o sol batendo na coroa, na barba, em toda a sua figura.

Mas arranjar uma esposa não era tão fácil como Dan pensava. Colocou o assunto em votação no conselho, e não teve resposta até que Billy Fish disse que era melhor ele perguntar às moças. Dravot xingou todos eles: "Que há de errado comigo?", gritou, em pé na frente do ídolo Imbra. "Sou um cachorro ou não sou homem bastante para essas fulanas? Não protegi este país com minhas próprias mãos? Quem deteve o último ataque afegão?" Na verdade, fui eu, mas Dravot estava bravo demais para se lembrar. "Quem trouxe as armas para vocês? Quem consertou as pontes? Quem é o Grão-mestre do sinal gravado na pedra?", perguntou, e bateu a mão na pedra que usava para sentar-se na loja e no conselho, já que sempre iniciava as sessões como na loja. Nem Billy Fish nem os outros se manifestaram. "Cabeça fria, Dan", eu disse, "e pergunte às moças. É assim na nossa terra, e esse pessoal é igual aos ingleses."

"Casamento de rei é assunto de Estado", disse Dan, vermelho de raiva, porque sentia, eu acho, que ia agir contra a sua natureza. Saiu da sala do conselho e os outros ficaram sentados quietos, olhando para o chão.

"Billy Fish, qual é o problema?", perguntei ao chefe de Bashkai. "Uma resposta direta a um amigo de verdade."

"Você sabe", disse ele. "Como um homem pode dizer isso a você, que sabe tudo? Como as filhas dos homens podem se casar com deuses ou demônios? Não combina."

Me lembrei de ter lido alguma coisa sobre isso na Bíblia; mas, se depois de conviver conosco tanto tempo eles ainda acreditavam que éramos deuses, eu não iria decepcioná-los.

"Um deus pode fazer qualquer coisa", eu disse. "Se o rei gostar de uma garota, ele não vai deixar que ela morra." "Ela tem que morrer", disse Billy Fish. "Nessas montanhas existe todo tipo de deuses e demônios e, de vez em quando, uma moça se casa com um deles e desaparece para sempre. Além do mais, vocês dois conhecem o sinal gravado na pedra. Só os deuses sabem disso. Achamos que eram homens até que mostraram a Marca do Mestre."

Na hora pensei que a gente bem que podia ter explicado que tínhamos aprendido os segredos com um mestre maçom na nossa primeira viagem, mas não disse nada. Naquela noite, ouvi o som de cornetas num templo pequeno e escuro a meio caminho da colina, e também uma moça se acabando de chorar. Um dos sacerdotes nos disse que ela estava sendo preparada para se casar com o rei.

"Não sou maluco a esse ponto", disse Dan. "Não quero me meter nos seus costumes, mas eu é que vou escolher minha própria esposa."

"A moça está com um pouco de medo", disse o sacerdote. "Ela acha que vai morrer, e eles a estão animando lá no templo."

"Cuidem bem dela", disse Dravot, "ou vou animar vocês com o cano do rifle, para que nunca mais animem ninguém." Dan lambeu os beiços, em antecipação, e ficou andando mais da metade da noite, pensando na esposa que estava para ter de manhã. Eu não me sentia nada bem, porque sei o que é lidar com mulher no estrangeiro; mesmo que tenham coroado você rei vinte vezes, é sempre arriscado. De manhã levantei bem cedo, enquanto Dravot ainda dormia, e vi os sacerdotes conversando, e eles olhavam para mim com o canto do olho.

"Que que há, Fish?", perguntei ao homem de Bashkai, que estava enrolado nas suas peles e era digno de ser visto.

"Não sei dizer ao certo", disse, "mas se você conseguir fazer o rei desistir de toda essa loucura de casamento, vai lhe fazer um grande favor, e também a mim e a você mesmo."

"Não tenho dúvida", concordei: "Mas, com certeza, você sabe, Billy, tão bem quanto eu, depois de lutar contra nós e do nosso lado, que o rei e eu somos apenas dois dos melhores homens que Deus Todo-Poderoso criou. Nada mais, eu lhe garanto."

"Pode ser", disse Billy Fish, "e desde já sinto muito se for assim." Ele afundou a cabeça no grande manto de pele e ficou pensativo. "Rei", ele disse, "seja você homem, deus ou demônio, continuo do seu lado. Tenho vinte homens comigo, e eles vão me seguir. Vamos para Bashkai até a tempestade passar."

Nevou durante a noite e tudo estava branco, menos aquelas nuvens grossas, escuras, que vinham do norte. Dravot surgiu com a coroa na cabeça, balançando os braços e batendo os pés, mais bem-humorado que a *Punch*.*

"Pela última vez, desista, Dan", sussurrei. "Billy Fish disse que vai haver tumulto."

"Um tumulto no meio do meu povo!", disse Dravot. "Isso não é nada, Peachey, você é bobo de não arranjar uma esposa também. Onde está a moça?", perguntou gritando. "Reúna todos os chefes e sacerdotes, e vamos ver o que o imperador acha da esposa."

Não foi preciso chamar ninguém. Já estavam todos lá, encostados nos rifles e nas lanças em volta da clareira no meio do

---

Punch – revista semanal britânica de humor e sátira publicada de 1841 a 1992 e de 1996 a 2002. (*N. do E.*)

bosque. A maioria dos sacerdotes foi buscar a moça no templo e as trompas sopraram para acordar os defuntos. Billy Fish foi chegando e ficou o mais perto que pôde de Daniel, e atrás dele ficaram os vinte homens com os mosquetes. Não havia um homem a menos de 2 metros. Eu estava perto de Dravot e atrás de mim estavam vinte homens do exército regular. Até que chegou a moça, uma mulher grande, coberta de prata e turquesas, mas branca feito um defunto, o tempo todo olhando para os sacerdotes.

"Serve", disse Dan, examinando. "Está com medo de quê, moça? Venha cá me dar um beijo." Passou o braço em volta dela. A jovem arregalou os olhos, deu um guincho, e baixou o rosto até a flamejante barba ruiva de Dan.

"Essa ordinária me pegou!", disse ele, colocando a mão no pescoço e, fique sabendo, a mão dele estava vermelha de sangue. Billy Fish e dois homens de mosquete agarraram Dan pelos ombros e o arrastaram para o meio do bando de Bashkai, enquanto os sacerdotes grunhiam na língua deles: "Nem deus nem demônio, só homem!" Fiquei meio abalado, porque um sacerdote me cortou a testa, e o exército começou a atirar nos homens de Bashkai.

"Deus Todo-Poderoso!", gritou Dan. "O que significa tudo isso?"

"Volte! Vá embora!", disse Billy Fish. "É a ruína, um motim. Vamos para Bashkai, se conseguirmos."

Tentei dar algumas ordens aos meus homens (os homens do exército regular), mas não adiantou nada; então, atirei sobre eles com um Martini inglês e acertei três vagabundos na linha de ação. O vale estava cheio de gente gritando e gemendo, e todo mundo repetindo: "Não é deus nem demônio, só homem!" A tropa de Bashkai, com Billy Fish, era muito corajosa, mas seus mosquetes não valiam a metade das armas de retrocarga lá de Cabul, e quatro caíram. Dan bufava como um touro, porque estava morrendo de ódio, e Billy Fish deu um duro para não deixar que ele saísse correndo para cima da multidão.

"Não vamos aguentar", disse Billy Fish. "Temos de correr para o meio do vale. Aqui todo mundo está contra nós." Os homens de mosquete correram e desceram o vale, apesar do estado de Dravot. Ele xingava de um jeito horrível e gritava que era rei. Os sacerdotes jogaram umas pedras enormes na gente e o exército regular atirou para valer, e não mais que seis homens, sem contar Dan, Billy e eu, chegaram vivos lá embaixo no vale.

Então pararam de atirar e as trompas sopraram de novo. "Vão embora, pelo amor de Deus, vão embora!", dizia Billy Fish. "Eles vão mandar mensageiros para todas as vilas antes de conseguirmos chegar a Bashkay. Lá protejo vocês, mas aqui não posso fazer nada."

Acho que foi nessa hora que Dan enlouqueceu de vez. Ele se debatia feito um porco amarrado e queria matar os sacerdotes, um a um, com as próprias mãos; e ele ia fazer isso mesmo. "Imperador é o que eu sou", dizia, "e no ano que vem vou ser Cavaleiro da Rainha."

"Está certo, Dan", falei, "mas se apresse agora enquanto é tempo."

"É culpa sua", afirmou ele, "por não ter cuidado melhor do seu exército. Eles estavam armando um motim e você não sabia, seu cão danado, maquinista de trem, assentador de trilhos, carregador de defuntos!" Ele se sentou numa pedra e me chamou de todos os nomes que lhe apareceram na cabeça. Eu estava tão triste que nem fiquei com raiva, apesar de ter sido a burrice dele que armou a confusão.

"Desculpe, Dan", eu disse, "mas não se pode contar com os nativos. Esse negócio foi a nossa perdição. Quem sabe não conseguimos alguma coisa lá em Bashkai?"

"Então vamos para Bashkai", concordou Dan, "e, pelo amor de Deus, quando eu voltar aqui vou passar uma vassoura nesse vale que não vai ficar um micróbio!

Andamos aquele dia inteiro, e durante a noite Dan caminhou pesadamente na neve, mastigando a barba e resmungando.

"Não há como sair dessa", disse Billy Fish. "Os sacerdotes já mandaram mensageiros às vilas dizendo que vocês são apenas homens. Por que não continuaram sendo deuses até as coisas ficarem mais assentadas? Sou um homem morto." Depois disso Billy Fish se atirou na neve e começou a rezar para os seus deuses.

No dia seguinte estávamos num país para lá de selvagem: sem um lugar seguro e sem comida. Os seis homens de Bashkai olharam para Billy Fish como se estivessem famintos, e quisessem perguntar alguma coisa, mas não disseram uma palavra. Ao meio-dia chegamos ao topo de uma montanha plana coberta de neve, e havia um exército em posição nos esperando!

"Os mensageiros andaram depressa", disse Billy Fish com um risinho. "Estão nos esperando."

Três ou quatro homens começaram a atirar do lado inimigo e uma bala perdida acertou a panturrilha de Dan. Isto o trouxe de volta à razão. Ele contemplou o exército sobre a neve e viu os rifles que tínhamos trazido para o país.

"Nós colaboramos", disse. "Esse povo é inglês – e foi minha maldita loucura que trouxe vocês até aqui. Volte, Billy Fish, e leve seus homens. Você já fez o que pôde, agora chega. Carnehan, aperte a minha mão e vá embora com Billy. Talvez não matem vocês. Vou encontrá-los sozinho. Fui eu quem começou isso. Eu, o rei!"

"Vá!", retruquei. "Vá para o Inferno, Dan! Estou com você. Billy Fish, você some, e nós dois vamos enfrentar esse povo."

"Eu sou um chefe", disse Billy Fish bem calmo. "Fico com vocês. Meus homens podem ir."

Os homens de Bashkai não esperaram uma segunda ordem e saíram correndo, e Dan, eu e Billy Fish fomos andando na direção do toque dos tambores e do sopro das trompas.

Fazia frio, um frio horrível. Ainda sinto esse frio na nuca. Parte disso me acompanha.

Os empregados tinham ido dormir. Duas lâmpadas de querosene brilhavam na redação, o suor corria pelo meu rosto e pingava no mata-borrão quando eu me inclinava. Carnehan tinha calafrios e eu temia que perdesse a memória. Enxuguei o rosto, segurei aquelas mãos dilaceradas e perguntei:

– O que aconteceu depois?

A súbita modificação do meu olhar interrompeu a sequência.

– O que o senhor estava dizendo? – gemeu Carnehan. – Eles se aproximaram sem nenhum ruído. Nem um sussurro na neve, nem mesmo quando o rei derrubou o primeiro homem que pôs as mãos nele, ou quando o velho Peachey atirou o último cartucho para cima deles. Nem um único ruído aqueles porcos fizeram. Eles se colocaram bem perto um do outro, e, estou lhe dizendo, as capas fediam. Havia um homem chamado Billy Fish, bom amigo de todos nós, e cortaram a garganta dele, meu senhor, de lado a lado, como um porco; e o rei chutou a neve ensanguentada e disse: "Enterramos bem nosso dinheiro. O que falta agora?" Mas Peachey, Peachey Taliaferro, estou lhe dizendo, confiando no senhor como um amigo, perdeu a cabeça. Não, não perdeu. O rei perdeu a cabeça numa dessas pontes de corda. O senhor pode me passar o cortador de papel. O combate foi assim. Marcharam com ele 2 quilômetros, na neve, até a ponte de corda por cima de um precipício sobre um rio. O senhor já deve ter visto. Espetavam as costas do rei, como um boi. "Malditos sejam seus olhos!", praguejou. "Vocês acham que não vou morrer como um nobre?" Ele se virou para Peachey, que chorava como uma criança: "Eu trouxe você até aqui, Peachey", disse. "Tirei você da sua vida tranquila para ser morto no Kafiristão, onde você chegou a ser o comandante em chefe das forças do imperador. Diga que me perdoa, Peachey." "Perdoo", disse Peachey. "De todo o coração, o perdoo, Dan." "Aperte minha mão, Peachey", disse ele, "Agora me vou." E se foi, sem olhar para os lados, e ficou pendurado no meio daquelas cordas, balançando... "Cortem, vagabundos", gritou; e eles cortaram, e o velho Dan caiu, rodando, rodando, rodando, 300 mil metros, porque levou meia hora caindo até bater na água, e pude ver seu corpo preso numa rocha com a coroa de ouro do lado.

"Mas o senhor sabe o que fizeram com o Peachey, no meio de dois pinheiros? Eles o crucificaram, meu senhor, como pode ver pelas mãos do Peachey. Usaram cravos de madeira nas mãos e nos pés dele, e ele não morreu. Ficou lá pendurado, gritando; desceram ele no dia seguinte, e disseram que era um milagre não estar morto. Desceram ele, pobre velho Peachey, que nunca lhes fez mal... que nunca fez..."

Balançou a cabeça e chorou amargamente, enxugando os olhos com as costas das mãos maceradas, gemendo como criança, durante uns 10 minutos.

– Foram cruéis a ponto de lhe darem comida no templo, porque disseram que ele era mais deus que o velho Daniel, que era homem. Viraram ele para o lado da neve e lhe disseram que fosse para casa, e Peachey levou bem um ano para chegar em casa, mendigando nas estradas, mas em segurança, porque Daniel Dravot, ele andava na frente e dizia : "Vamos embora, Peachey. Temos muito o que fazer." As montanhas dançavam de noite e queriam cair na cabeça de Peachey, mas Dan levantava a mão e Peachey passava por baixo. Ele trazia consigo a mão e a cabeça de Dan. Eles lhe deram de presente no templo, para ele se lembrar e nunca mais voltar e, apesar de a coroa ser de ouro puro, e de o Peachey estar morrendo de fome, ele nunca vendeu aquela coroa. O senhor conheceu Dravot! O senhor conheceu o valoroso irmão Dravot! Olhe para ele agora!

Apalpou desajeitadamente a massa de trapos em volta de seu corpo, retirou uma bolsa de couro negro de cavalo bordada de fios de prata e puxou de dentro dela para cima de minha mesa a cabeça seca, esbranquiçada, de Daniel Dravot! O sol da manhã, que aos poucos empalidecia as lâmpadas, atingiu a barba ruiva e os fundos olhos cegos; atingiu também um pesado diadema encravado de turquesas brutas, que Carnehan colocou delicadamente sobre a fronte machucada.

– Contemple agora – disse Carnehan – o imperador como ele era, o rei do Kafiristão com a coroa na cabeça. Pobre Daniel, que um dia foi monarca!

Estremeci, pois, apesar das diversas deformações, reconheci a cabeça do homem do entroncamento de Marwar. Carnehan levantou-se para sair. Tentei detê-lo. Não estava em condições de andar.

– Deixe eu levar o uísque e me dê algum dinheiro – suspirou. – Já fui rei. Vou pedir ao intendente que me coloque num asilo até eu ter saúde de novo. Não, obrigado, não posso ficar esperando você arranjar uma charrete para mim. Tenho uns negócios particulares urgentes... no Sul... em Marwar.

Cambaleou para fora da redação e partiu na direção da casa do intendente. Ao meio-dia tive oportunidade de descer até a alameda quente e encoberta, e vi um homem curvado se arrastando na poeira clara da estrada, chapéu na mão, tremendo dolorosamente. Não havia vivalma, e ele estava fora do alcance das casas. Cantava pelo nariz, voltando-se para um lado e outro:

> O Filho de Deus a guerra faz
> Pela coroa real;
> Um rubro estandarte traz!
> Quem é amigo leal?

Esperei até não mais ouvi-lo, coloquei o pobre infeliz em minha carruagem e levei-o ao posto missionário mais próximo para uma eventual transferência ao asilo. Ele repetiu duas vezes a cantiga enquanto estava comigo, sem ao menos me reconhecer, e deixei-o cantando no posto.

Dois dias depois indaguei sobre seu estado ao superintendente do asilo.

– Ao ser admitido, sofria de insolação. Morreu ontem de manhã cedo – disse o superintendente. – É verdade que ficou meia hora com a cabeça descoberta sob o sol do meio-dia?

– É sim – eu disse –, mas o senhor chegou a saber se por acaso ele trazia alguma coisa consigo ao morrer?

– Não que eu saiba – respondeu o superintendente.

E assim se encerrou o assunto.

2
Comédia à margem da estrada

> Todas as coisas têm seu tempo e julgamento.
> Pois é grande a aflição que pesa sobre os homens.
>
> *Eclesiastes* 8:6

O destino e o governo da Índia transformaram em cárcere a Estação de Kashima; e por não haver salvação possível para as pobres almas que lá permanecem na aflição, escrevo este conto, na esperança de que o governo da Índia seja levado a espalhar aos quatro ventos a população europeia.

Kashima é circundada pelas colinas rochosas de Dosehri. Na primavera, resplandece em rosas. No verão, morrem as rosas, e os ventos quentes sopram das colinas. No outono, a névoa branca dos *jhils* cobre de umidade o local e, no inverno, a geada corta tudo que é novo e tenro do solo. Só há uma paisagem em Kashima: uma extensão de pasto e terra arável totalmente plana, subindo para o cerrado azul-cinza das colinas de Dosehri.

Não há divertimento, exceto o *snipe* e a caça ao tigre; mas os tigres há muito foram acossados de suas tocas nos rochedos, e o *snipe* se pratica apenas uma vez por ano. Narkarra – a 230 quilômetros de distância – é a estação mais próxima de Kashima. Mas Kashima nunca vai a Narkarra, onde há pelo menos 12 pessoas inglesas. Kashima permanece restrita ao círculo das colinas de Dosehri.

Toda a Kashima exime a Sra. Vansuythen de qualquer intenção de causar dano; mas toda a Kashima sabe que ela, e só ela, provocou seu desgosto.

Boulte, o engenheiro, a Sra. Boulte e o capitão Kurrell sabem disso. Constituem a população inglesa de Kashima, se tirarmos o major Vansuythen, que não tem nenhuma importância, e a Sra. Vansuythen, que é a mais importante de todos.

Você deve se lembrar, embora não compreenda, de que toda lei enfraquece em comunidades pequenas e isoladas, onde não há opinião pública. Quando um homem se encontra totalmente só em uma estação, corre o risco de enveredar pelo mau caminho. Esse risco é multiplicado cada vez que se adiciona à população o número 12 – número dos membros do júri. A partir daí, têm início o medo e a consequente repressão, e as ações humanas tornam-se menos grotescas.

Reinava profunda paz em Kashima até a chegada da Sra. Vansuythen. Era uma mulher fascinante. Todos comentavam. Apesar disso, ou talvez por isso, já que o destino é tão perverso, ela se importava com um único homem, o major Vansuythen. Se fosse ela vulgar ou ignorante, seu comportamento teria sido compreensível para Kashima. Mas era uma mulher graciosa, de tranquilos olhos cinzentos, da cor do lago antes de tocar-lhe o sol. Nenhum homem que tivesse visto aqueles olhos saberia explicar a conduta que atribuíam àquela mulher. Seus olhos deslumbravam. As mulheres diziam que ela "não era feia, mas o que a estragava era se fingir de séria". Mas mesmo sua seriedade era natural. Não costumava sorrir. Apenas levava a vida, olhando para os que passavam; e as mulheres reprovavam, enquanto os homens se prostravam e a adoravam.

Ela tem consciência do mal que causou a Kashima, e o lamenta profundamente; mas o major Vansuythen não consegue entender por que a Sra. Boulte não aparece para o chá da tarde pelo menos três vezes por semana.

– Quando só há duas mulheres na estação, elas devem usufruir da presença uma da outra – diz o major Vansuythen.

Muito tempo antes de a Sra. Vansuythen chegar daqueles locais distantes onde existe sociedade e distração, Kurrell descobriu que a Sra. Boulte era a única mulher no mundo para ele – e não ouse censurá-los. Kashima ficava fora do mundo, como o Céu ou outro lugar, e as colinas de Dosehri guardavam bem o segredo deles. Boulte não sabia o que estava acontecendo. Cada vez que acampava, ficava duas semanas fora. Era um homem forte, rude, nem a Sra. Boulte nem Kurrell se apiedavam dele. Tinham toda a Kashima e um ao outro só para si; e Kashima era o Jardim do Éden naqueles dias. Quando Boulte voltava de suas andanças, costumava bater nas costas of Kurrell e chamá-lo "amigo velho", e os três jantavam juntos. Kashima vivia feliz, então, quando a Lei de Deus parecia quase tão distante quanto Narkarra ou a ferrovia que vai dar no mar. Mas o governo enviou o major Vansuythen a Kashima, e com ele sua esposa.

A etiqueta de Kashima em tudo se parece com a de uma ilha deserta. Quando um estrangeiro ali naufraga, todas as mãos descem à praia para lhe dar as boas-vindas. Kashima se reuniu na plataforma de alvenaria, próxima à estrada de Narkarra, e serviu chá aos Vansuythen. Aquela cerimônia era considerada uma obrigação formal, que os tornava íntimos da estação, de seus direitos e privilégios. Quando os Vansuythen se estabeleceram, ofereceram uma pequena festa de inauguração da casa para toda a Kashima, o que tornou a cidade íntima de sua casa, de acordo com o imemorável costume da estação.

Depois, vieram as chuvas, e ninguém podia ir para o acampamento; a estrada de Narkarra ficava submersa pelo rio Kasun e, nas pastagens em forma de cálice, o gado avançava a custo, com água pelos joelhos. As nuvens desceram das colinas de Dosehri e cobriram tudo.

Quando a chuva passou, o comportamento de Boulte em relação à esposa mudou e se tornou ostensivamente afetivo. Estavam casados há 12 anos, e a mudança surpreendeu a Sra. Boulte, que odiava o marido com o ódio de uma mulher que só encontrou benevolência em seu companheiro e, em troca, causou-lhe um grande mal. Além disso, ela tinha seus próprios problemas: a vigilância para conservar sua propriedade, Kurrell. Por dois meses a chuva escondeu as colinas de Dosehri e muito mais; mas, ao se afastarem, mostraram à Sra. Boulte que seu homem entre os homens, seu Ted – era assim que ela o chamava nos velhos tempos, quando Boulte não estava por perto –, havia escapado dos laços da fidelidade.

– A Vansuythen o tomou de mim – disse a Sra. Boulte para si mesma; e quando Boulte se foi, confirmou sua suposição diante dos veementes carinhos de Ted.

A tristeza em Kashima tem a mesma sorte que o amor, pois não há nada para enfraquecê-la, a não ser a passagem do tempo. A Sra. Boulte nunca mencionou sua suspeita a Kurrell porque não podia confirmá-la; e sua natureza exigia que estivesse bem certa antes de tomar qualquer atitude. Este foi o motivo de ter se comportado daquela maneira.

Boulte entrou em casa uma noite e apoiou-se no umbral da porta da sala, mastigando o bigode. A Sra. Boulte arrumava flores em um jarro. Até em Kashima há uma pretensão de civilização.

– Mulherzinha – disse Boulte calmamente –, você gosta de mim?

– Demais – respondeu ela, com uma risada. – Ainda pergunta?

– Estou falando sério – disse ele. – Você *se importa* comigo?

A Sra. Boulte deixou cair as flores e voltou-se rapidamente.

– Quer uma resposta sincera?

– Cla-aro, foi o que pedi.

A Sra. Boulte falou em voz baixa, serena, durante cinco minutos, explicando bem, para que não houvesse mal-entendidos. Ao derrubar os pilares de Gaza, Sansão não fez nada que pudesse ser comparado à destruição deliberada do patrimônio de uma mulher diante de seus próprios ouvidos. Não havia uma amiga sensata para aconselhar a Sra. Boulte, esposa particularmente prudente, para segurar sua mão. Feriam o coração de Boulte porque o seu próprio estava corroído pela suspeita contra Kurrell e esgotado pela longa tensão de esperar sozinha o término das chuvas. Não havia plano ou propósito no seu discurso. As frases se formavam ao acaso, e Boulte ouvia, apoiando-se no umbral com as mãos nos bolsos. Quando terminou, a Sra. Boulte começou a respirar fundo até irromper em lágrimas; ele riu e cravou os olhos nas colinas de Dosehri.

– É tudo? – perguntou. – Obrigado, eu só queria saber, você entende.

– O que você vai fazer? – perguntou a mulher entre soluços.

– Fazer! Nada. O que eu faria? Matar Kurrell, mandá-la de volta para a sua cidade, ou pedir uma licença para me divorciar? O *dâk* leva dois dias até Narkarra.

Ele riu novamente e continuou:

– Vou lhe dizer o que *você* pode fazer. Pode convidar Kurrell para jantar amanhã... não, na quinta-feira, para você ter tempo de fazer as malas e fugir com ele. Dou-lhe a minha palavra de que não vou segui-los.

Colocou o capacete e saiu da sala, e a Sra. Boulte sentou-se e ali ficou pensando até que um raio de luar clareasse o chão. Ela fizera o possível, sob o impulso do momento, para derrubar a casa; mas isso não aconteceu. Além disso, não conseguia entender o marido, e tinha medo. Depois, a insensatez de sua sinceridade inútil abateu-se sobre ela, e não teve coragem de escrever a Kurrell, dizendo: "Enlouqueci e contei tudo. Meu marido diz que estou livre para abandoná-lo e viver com você. Consiga um *dâk* para quinta-feira e sairemos após o jantar."

Havia uma frieza neste tipo de comportamento que não a atraía. Assim, continuou sentada, quieta e pensativa.

Na hora do jantar, Boulte voltou de seu passeio, pálido e abatido, e a mulher ficou comovida com seu sofrimento. À medida que a noite passava, ela murmurava alguma expressão de tristeza, algo próximo do arrependimento. Boulte saiu de um estado de meditação profunda e disse:

– Ah, isso! Eu não tinha pensado nisso. Então, o que Kurrell acha de vocês ficarem juntos?

– Não estive com ele – disse a Sra. Boulte. – Meu Deus, é só isso?

Mas Boulte não a ouvia, e sua frase terminou com um gole em seco.

O dia seguinte não trouxe conforto à Sra. Boulte, pois Kurrell não apareceu, e a nova vida que ela, nos cinco minutos de loucura da noite anterior, pretendeu construir sobre as ruínas da antiga, não parecia estar próxima.

Boulte tomou seu café, disse-lhe que fosse ver o pônei árabe que criavam no quintal, e saiu. A manhã passou e, ao meio-dia, a tensão se tornou insuportável. A Sra. Boulte não conseguia chorar. Esgotara seu pranto à noite e agora não queria ficar sozinha. Talvez pudesse ir conversar com a Vansuythen e, quem sabe, encontrar algum conforto em sua companhia. Ela era a única outra mulher na estação.

Em Kashima não há horário de visitas preestabelecido. Qualquer um pode aparecer à vontade na casa do outro. A Sra. Boulte colocou um grande chapéu de *terai* e caminhou para a casa dos Vansuythen, a fim de pedir emprestado o *Queen* da semana anterior. Os polos opostos se atraíram e, em vez de ir pela estrada, ela atravessou a cerca de cacto, entrando na casa pelos fundos. Ao passar pela sala de jantar, ouviu, atrás do *purdah* que encobria a porta da sala de visitas, a voz de seu marido, dizendo:

– Mas pela minha honra! Pela minha alma e a minha honra, eu lhe digo que ela não se importa comigo. Foi o que me disse ontem à noite. Eu lhe teria dito se o Vansuythen não estivesse com você. Se é por causa *dela* que você não tem nada a me dizer, pode se decidir tranquilamente. É Kurrell...

– O quê? – fez a Sra. Vansuythen com uma risadinha histérica. – Kurrell! Ah, não pode ser! Vocês dois devem ter cometido um terrível engano. Quem sabe o senhor... o senhor perdeu a cabeça, ou entendeu mal, ou algo assim. As coisas *não podem* ser tão ultrajantes como o senhor diz.

A Sra. Vansuythen mudara sua defesa para evitar as súplicas do homem e tentava desesperadamente livrar-se dele.

– Deve haver algum engano – continuou ela –, logo tudo vai ser esclarecido.

Boulte riu com seriedade.

– Não pode ser o capitão Kurrell! Ele me garantiu que nunca teve o menor, o menor interesse pela sua esposa, Sr. Boulte. – Ah, me ouça! Ele jurou que não teve – disse a Sra. Vansuythen.

O *purdah* farfalhou e a conversa foi interrompida pela entrada de uma mulher pequena e magra, de olhos arregalados. A Sra. Vansuythen pôs-se de pé, ofegante.

– O que foi que você disse? – perguntou a Sra. Boulte. – Não me importo com este homem. O que Ted lhe disse? O que ele lhe disse? O que ele lhe disse?

A Sra. Vansuythen sentou-se indefesa no sofá, dominada pela agitação de sua inquiridora.

– Ele disse... Não posso me lembrar exatamente do que ele disse... Mas entendi ele dizer... Quer dizer... Mas, francamente, Sra. Boulte, não é uma pergunta bem estranha?

– *Vai* me contar o que ele disse? – repetiu a Sra. Boulte.

Até um tigre fugiria de um urso cujos filhotes tivessem sido roubados, e a Sra. Vansuythen era apenas uma mulher como as outras. Ela principiou com desespero:

– Bem, ele disse que nunca se importou com você e, claro, não havia a mínima razão para que tivesse se importado, e... e... só isso.

– Você disse que ele *jurou* que não ligava para mim. É verdade?

– É – respondeu a Sra. Vansuythen delicadamente.

A Sra. Boulte vacilou por um instante e caiu para a frente, desmaiada.

– O que eu lhe disse? – manifestou Boulte, como se a conversa não tivesse sido interrompida. – Pode ver por si mesma. Ela se preocupa com *ele*.

Uma luz começou a brilhar em sua mente obtusa, e prosseguiu:

– E ele, o que *ele estava lhe dizendo*?

Mas a Sra. Vansuythen, sem ânimo para explicações ou protestos inflamados, ajoelhara-se sobre a Sra. Boulte.

– Ah, seu grosseiro! – chorava. – *Todos* os homens são assim? Ajude-me a levá-la para o meu quarto... Ela cortou o rosto na mesa. Ah, *vai* ficar quieto e me ajudar a carregá-la? Eu odeio o senhor, e também o capitão Kurrell. Tenha cuidado com ela, e agora... Vá! Vá embora!

Boulte carregou a esposa para o quarto da Sra. Vansuythen e saiu antes da tempestade de desgosto e cólera daquela senhora, impenitente e ardendo de ciúme. Kurrell andara fazendo amor com a Sra. Vansuythen – ele faria a Vansuythen o mesmo mal que fizera a Boulte, que se surpreendeu considerando se a Sra. Vansuythen desmaiaria caso descobrisse que o homem que amava a traíra.

Em meio a estas meditações, Kurrell chegou a galope pela estrada e se aproximou com um jovial "bom dia".

– Metendo-se com a Sra. Vansuythen, como de costume, hein? Isso é péssimo, para um homem sério, casado. O que a Sra. Boulte vai dizer?

Boulte levantou a cabeça e disse, devagar:

– Ah, seu mentiroso!

O rosto de Kurrell se transformou.

– O que houve? – perguntou rapidamente.

– Nada de mais – disse Boulte. – Minha esposa já lhe disse que vocês estão livres para partir quando quiserem? Ela teve a gentileza de me explicar toda a situação. Você foi meu amigo de verdade, não foi, Kurrell, meu velho?

Kurrell resmungou e começou a pensar numa desculpa idiota que soasse como uma "satisfação". Mas seu interesse pela mulher tinha terminado, junto com o fim das chuvas e, mentalmente, ele a maldizia por sua surpreendente indiscrição. Teria sido tão fácil acabar com aquilo de maneira decente e gradativa; agora ele estava comprometido. A voz de Boulte o despertou.

– Acho que eu não ganharia nada se o matasse, e tenho certeza de que você não teria nenhuma vantagem me matando.

Em seguida, em tom queixoso, em ridícula desproporção com o dano sofrido, Boulte acrescentou:

– É mesmo uma pena que você não tenha a decência de continuar com a mulher, agora que a conseguiu. Tem sido um amigo fiel para *ela* também, não é?

Kurrell o encarou seriamente. Estava perdendo o controle da situação.

– O que quer dizer? – perguntou.

Boulte respondeu mais para si mesmo que para o interlocutor:

– Minha esposa chegou à casa da Sra. Vansuythen há pouco; e parece que você andou lhe dizendo que nunca se importou com Emma. Imagino que seja mais uma de suas mentiras. O que a Sra. Vansuythen tem a ver com você, ou você com ela? Diga a verdade, ao menos uma vez.

Kurrell recebeu a dupla ofensa sem se abalar, e respondeu com outra pergunta:

– Continue. O que aconteceu?

— Emma desmaiou — disse Boulte simplesmente. — Mas, olhe aqui, o que você andou dizendo à Sra. Vansuythen?

Kurrell riu. A Sra. Boulte, ao dar com a língua nos dentes, destruíra os planos dele, mas ele podia ao menos se vingar ferindo o homem diante de quem fora humilhado e desacreditado.

— Dizendo a ela? Para que um homem *diz* uma mentira dessas? Imagino que tenha dito coisa muito parecida com o que você disse, a menos que esteja bastante enganado.

— Eu disse a verdade — retrucou Boulte, outra vez mais para si do que para Kurrell. — Emma disse que me odiava. Ela não tem direitos sobre mim.

— Não! Acho que não. Você é apenas o marido dela, eu sei. E o que a Sra. Vansuythen disse depois que você lhe entregou seu coração descomprometido?

Kurrell sentiu-se quase virtuoso, pela maneira como colocou a questão.

— Isso não vem ao caso — replicou Boulte —, e não é da sua conta.

— Mas é, sim! Digo-lhe que é... — começou Kurrell cinicamente.

A frase foi cortada pelo estrondo de uma risada de Boulte. Kurrell ficou em silêncio por um instante, e então também riu — um riso comprido e alto, sacudindo-se na sela. Era um som desagradável, a triste alegria daqueles homens na longa linha branca da estrada de Narkarra. Não havia estrangeiros em Kashima, ou eles poderiam pensar que o cativeiro nos limites das colinas de Dosehri enlouquecera metade da população europeia. A risada cessou abruptamente, e Kurrell foi o primeiro a falar.

— Bem, o que você vai fazer?

Boulte levantou os olhos para a estrada e para as colinas.

— Nada — disse calmamente. — Qual a vantagem? É muito aborrecimento por nada. Devemos deixar que a vida continue.

Só posso lhe chamar de cachorro e mentiroso, mas não posso continuar xingando você para sempre. Além do mais, não me acho melhor que você. Não podemos sair deste lugar. O que se pode fazer?

Kurrell olhou em volta a ratoeira que era Kashima e não respondeu. O marido ofendido assumiu, de modo surpreendente, seu papel de vítima.

– Vá em frente e fale com Emma, se quiser. Deus sabe que não ligo para o que vocês fizerem.

Continuou seu caminho e deixou Kurrell contemplando o vazio atrás de si. Kurrell não prosseguiu, fosse para ver a Sra. Boulte ou a Sra. Vansuythen. Ficou sentado em sua sela pensando, enquanto o pônei pastava à margem da estrada.

O rangido de uma carruagem o tirou de seus devaneios. A Sra. Vansuythen levava a Sra. Boulte para casa, branca e abatida, com um corte na testa.

– Pare, por favor – pediu a Sra. Boulte. – Quero falar com Ted.

A Sra. Vansuythen obedeceu, mas enquanto a Sra. Boulte se inclinava para a frente, pondo a mão no para-lama da carruagem, Kurrell disse:

– Vi seu marido, Sra. Boulte.

Não havia necessidade de mais nenhuma explicação. Os olhos dele estavam fixos, não na Sra. Boulte, mas em sua companheira. A Sra. Boulte percebeu o olhar.

– Fale com ele! – Ela implorou; voltando-se para a mulher ao seu lado. – Ah, fale com ele! Diga-lhe o que me disse agora mesmo. Diga que o odeia! Diga que o odeia!

Tombou para a frente e chorou amargamente, enquanto o *sais*, impassível, inclinou-se, acompanhando o cavalo. A Sra. Vansuythen enrubesceu e deixou cair as rédeas. Preferia não participar daqueles esclarecimentos degradantes.

– Não tenho nada a ver com isso – começou friamente, mas os soluços da Sra. Boulte a venceram, e ela se dirigiu ao homem. – Não sei o que dizer, capitão Kurrell. Não sei como chamá-lo. Acho que o senhor... O senhor se comportou de maneira abominável, e ela cortou a testa de maneira horrível na beirada da mesa.

– Não está doendo. Não é nada – disse a Sra. Boulte debilmente. – *Isto* não tem importância. Diga a ele o que me disse. Diga que não se importa com ele. Oh, Ted, você não *vai* acreditar nela?

– A Sra. Boulte me fez entender que o senhor foi... que o senhor foi seu admirador uma época – continuou a Sra. Vansuythen.

– Bem – disse Kurrell com rispidez. – Parece-me que a Sra. Boulte faria melhor se fosse admiradora do próprio marido.

– Pare! – disse a Sra. Vansuythen. – Primeiro ouça. Eu não me importo... Não quero saber de coisa alguma sobre o senhor e a Sra. Boulte, mas quero que *o senhor* saiba que o odeio, que o acho desprezível, e que nunca, *nunca* mais, vou falar com o senhor. Ah, não ouso dizer o que penso do senhor, o senhor... homem!

– Quero falar com Ted – gemeu a Sra. Boulte, mas a carruagem sacudiu ruidosamente, e Kurrell foi deixado na estrada, envergonhado e fervendo de raiva da Sra. Boulte.

Esperou que a Sra. Vansuythen voltasse para casa e, liberada da embaraçosa presença da Sra. Boulte, ele tomou conhecimento pela segunda vez de sua opinião sobre ele e suas ações.

À tarde era hábito de toda Kashima se encontrar na plataforma da estrada de Narkarra para tomar chá e discutir as trivialidades do dia. O major Vansuythen e sua esposa estavam sozinhos no local de encontro provavelmente pela primeira vez, e o alegre major, contrariando a notável e razoável sugestão da esposa, de que os outros da estação deveriam estar doentes, insistiu em passar pelos dois bangalôs desentocando a população.

— Sentados ao crepúsculo! – disse ele, com grande indignação, aos Boultes. – Nada disso! Larguem tudo, nós aqui somos uma família! Vocês têm de sair, e o Kurrell também. Vou mandar trazer o banjo.

Tão grande é o poder da simplicidade, além de uma boa digestão para consciências pesadas, que toda Kashima mudou de opinião e saiu, até mesmo o banjo; o major abraçou o grupo com um sorriso largo. Enquanto ele ria, a Sra. Vansuythen levantou os olhos por um instante e olhou para toda Kashima. Seu significado era claro. O major Vansuythen nunca chegaria a saber. Continuaria estranho àquela família feliz, que tinha por gaiola as colinas de Dosehri.

— Você está cantando baixo e fora do tom, Kurrell – disse o major com sinceridade. – Passe-me o banjo.

E cantou com alma, até as estrelas saírem e toda a Kashima ir jantar.

Aquele foi o começo da nova vida de Kashima, a vida que a Sra. Boulte acionou na tarde em que deu com a língua nos dentes.

A Sra. Vansuythen nunca contou o acontecido ao major; e como ele insistisse em manter uma incômoda cordialidade, ela se viu compelida a quebrar sua promessa de não mais falar com Kurrell. Esta conversa, que o imperativo da necessidade mantém sob uma aparência de polidez e interesse, serviu admiravelmente para manter acesa a chama do ciúme e do ódio opressivo no peito de Boulte, posto que despertou as mesmas paixões no coração de sua esposa. A Sra. Boulte odeia a Sra. Vansuythen, porque esta lhe tirou Ted e, de maneira curiosa, a odeia porque – e aqui os olhos da esposa enxergam com mais clareza que os do marido – ela detesta Ted. E Ted, o galante capitão e homem de bem, sabe que é possível odiar uma mulher antes amada, a ponto de querer silenciá-la para sempre de um só golpe. Mais do que tudo, está chocado porque a Sra. Boulte não consegue enxergar os próprios erros.

Boulte e ele vão caçar tigres na maior amizade. Boulte colocou seu relacionamento de uma maneira bastante satisfatória:

– Você é um canalha – disse a Kurrell – e por sua causa perdi meu amor-próprio; mas quando você está comigo, sei que não está com a Sra. Vansuythen, nem fazendo Emma infeliz.

Kurrell suporta tudo o que Boulte lhe diz. Às vezes, saem juntos por três dias, e então o major insiste para que sua mulher visite a Sra. Boulte; apesar de a Sra. Vansuythen ter declarado repetidas vezes que prefere a companhia do marido a qualquer outra no mundo. A julgar pela maneira como se apega a ele, certamente parece dizer a verdade.

Mas, sem dúvida, como diz o major, "em uma pequena estação devemos todos ser amigos".

3
Mogli

O filho único deitou-se outra vez e sonhou que
sonhava um sonho.
Com estalo de fagulha a última cinza no fogo se apagou,
E o filho único levantou-se outra vez e
na escuridão clamou:
– Ora, nasci de mulher e ouvi da mãe acalanto?
Pois sonhei repousar em sombrio recanto.
E nasci de mulher e encontrei no pai defesas?
Pois sonhei achar refúgio em longas presas.
Ah, nasci de mulher e tive solitários brinquedos?
Pois sonhei com amigos mordendo-me em seus folguedos.
E mergulhei no leite o pão de cevada?
Pois sonhei com currais e carne crua estraçalhada.
Falta uma hora e falta uma hora para o anoitecer
Mas, com o dia claro, pontos negros no chão posso ver!
É uma légua e uma légua até as Quedas do Lena
onde o *sambhur* em tropel se vai reunir,
Mas a corça nova atrás da mãe balindo posso ouvir!
É uma légua e uma légua até as Quedas do Lena
onde a seara e o planalto se vão encontrar,
Mas o vento quente e úmido que sopra no trigal posso cheirar!

O filho único

Entre as engrenagens do serviço público que giram sob o governo da Índia, nenhuma é mais importante que o Departamento de Parques e Florestas. O reflorestamento de toda a

Índia está em suas mãos, ou estará, quando o governo tiver dinheiro para gastar. Seus empregados lutam corpo a corpo com tempestades de areia e dunas errantes: cercam os lados com trançados de varas, contêm a frente, e no alto fincam grama e pinheiros, conforme instruções de Nancy. São responsáveis por toda a madeira das florestas estaduais dos Himalaias, e pelas encostas despidas que as monções arrastam para o leito de rios secos e ravinas enxutas; e todos proclamam aos quatro ventos até que ponto pode chegar a falta de cuidado. Experimentam batalhões de árvores estrangeiras, forçam os eucaliptos a criarem raízes e, quem sabe, acabar com a febre do Canal. Nas planícies, sua tarefa principal é manter em bom estado os cinturões de pastagens que circundam as reservas florestais, de modo que, quando a seca chegar e o gado passar fome, possam liberar a reserva para os rebanhos e permitir que os próprios aldeões catem gravetos. Abastecem de carvão as estradas de ferro que não possuem combustível próprio; calculam os lucros das planícies até cinco casas decimais; são os médicos e parteiros das imensas florestas de teca na Alta Birmânia, de borracha nas Matas Orientais e de carvalho no Sul; e são sempre tolhidos pela falta de verbas.

Entretanto, como essa atividade leva o Funcionário Florestal para longe das estradas e das estações ferroviárias, ele cresce em sabedoria, aprendendo a identificar os tipos de madeira e a conhecer o povo e a organização da selva; encontrando tigres, ursos, leopardos, lobos e toda a família dos cervos, não ocasionalmente, após dias de batida, mas com frequência, no cumprimento de seu dever. Ele passa muito tempo sobre a sela ou sob a lona – amigo das árvores recém-plantadas, colega de incultos guardas-florestais e cabeludos trilhadores – até que os cuidados tornam-se visíveis, e os bosques, por sua vez, imprimem nele sua marca. É então que desiste das maliciosas canções francesas que aprendeu em Nancy, e passa a cultivar o silêncio da mata.

Gisborne, do Parques e Florestas, passou quatro anos no departamento. A princípio, gostou daquilo, sem procurar compreender, porque lhe permitia viver ao ar livre montado em um cavalo, e lhe dava autoridade. Depois, detestou furiosamente, e teria dado o salário de um ano por um mês de convívio com o que a Índia oferece. Passada a crise, as florestas o envolveram novamente e ele se contentou em servi-las, em aprofundar e ampliar suas pastagens, em observar a nuvem verde de uma nova plantação em contraste com as velhas folhagens, em dragar o ribeirão obstruído e em acompanhar e fortalecer a última batalha da floresta para não sucumbir ao capinzal. Em dias parados, aquela grama incendiava-se e uma centena de animais fugia correndo diante das chamas pálidas do meio-dia. Depois, a floresta voltava a se arrastar sobre o terreno enegrecido em filas ordenadas de árvores novas, e Gisborne, apreciando, alegrava-se. Seu bangalô, uma casa rústica de paredes brancas e telhado de sapé, com dois quartos, estava situado em uma das extremidades do grande *rukh*, tendo-o por paisagem. Não precisava cultivar um jardim, pois o *rukh* chegava até sua porta, subindo em touceiras de bambu; ele ia da varanda até seu núcleo sem utilizar qualquer transporte.

Abdul Gafur, seu gordo copeiro maometano, atendia-o quando ele estava em casa, e passava o resto do tempo mexericando com o pequeno bando de empregados nativos, cujas choupanas ficavam atrás do bangalô. Havia dois cavalariços, um cozinheiro, um carregador de água e uma faxineira. Gisborne limpava suas próprias armas e não tinha cachorro. Os cães afugentam a caça, e agradava-lhe poder dizer onde os vassalos de seu reino iriam beber ao nascer da lua, comer ao crepúsculo e descansar no calor do dia. Os trilhadores e guardas-florestais viviam em pequenas choupanas distantes, no interior do *rukh*, e só apareciam quando se machucavam, por causa da queda de uma árvore ou do ataque de algum animal selvagem. Portanto, Gisborne estava só.

Na primavera, o *rukh* produzia poucas folhas novas, mas permanecia seco e sereno, intocado pelas estações do ano, à espera da chuva. Apenas ouviam-se então mais gritos e rugidos na escuridão das noites calmas; o tumulto de uma luta cerrada entre tigres, o bramido de algum cervo arrogante, ou o estalar da madeira produzido por um velho javali afiando a presa em um tronco de árvore. Gisborne abandonara totalmente sua arma, pois, para ele, era pecado matar. No verão, durante o escaldante calor de maio, o *rukh* cambaleava na bruma, e Gisborne aguardava o primeiro sinal de espirais de fumaça denunciando um incêndio florestal. Depois, vinham as chuvas com estrondo, e o *rukh* mergulhava em sucessões de névoa morna, as folhas largas fazendo ressoar na noite os pingos grossos; havia um ruído constante de água corrente, de plantas suculentas rompendo-se com as rajadas de vento; e os relâmpagos riscavam o céu por trás do denso emaranhado de folhagem, até que o sol escapulia novamente e o *rukh*, voltava os flancos fumegantes para o céu recém-lavado. Então, o calor e o frio seco reduziam tudo outra vez à cor do tigre. Assim Gisborne aprendeu a conhecer seu *rukh* e era muito feliz. Seu pagamento vinha todos os meses, mas necessitava de pouco dinheiro. As notas se acumulavam na gaveta, onde guardava as cartas de sua terra. Se tirava alguma coisa, era para fazer uma aquisição do Jardim Botânico de Calcutá, ou pagar à viúva de um guarda-florestal uma quantia que o governo da Índia custava liberar pela morte do marido.

O salário era bom, mas exigia bastante em troca, e ele fazia por merecê-lo. Uma noite, um mensageiro exausto e ofegante chegou-lhe com a notícia de que um guarda-florestal jazia morto junto ao rio Kani, com parte da cabeça esmagada como a casca de um ovo. Gisborne saiu de madrugada para procurar o assassino. Apenas os viajantes e, vez por outra, jovens soldados, são conhecidos pelo mundo como grandes caçadores. Os funcionários florestais consideram a caçada uma rotina diária e ninguém lhe dá maior importância. Gisborne foi a pé ao local da chacina: a viúva se lamentava junto ao cadáver sobre um enxergão, enquanto dois ou três homens examinavam pegadas no terreno úmido.

– É o Vermelho – disse um homem. – Eu sabia que, mais cedo ou mais tarde, ele se voltaria contra o homem, mas, sem dúvida, há caça suficiente para todos. Ele deve ter feito isso por perversidade.

– O Vermelho fez sua toca nas rochas, por trás dos salgueiros – disse Gisborne. Ele conhecia o tigre sob suspeita.

– Agora não, *sahib*, agora não. Ele deve estar furioso vagando de um lado para o outro. Lembre-se de que a primeira morte prenuncia sempre morte tripla. Nosso sangue o leva à loucura. Ele pode estar nos espreitando neste momento, enquanto conversamos.

– Ele deve ter ido para a choupana mais próxima – disse outro. – São só quatro *koss*. Encarregado, quem é aquele homem?

Gisborne voltou-se no mesmo momento que os outros. Um homem caminhava pelo leito seco do ribeirão, vestido apenas com uma tanga, mas coroado por uma guirlanda de flores brancas de trepadeira. Tão silenciosamente moveu-se sobre os pequenos seixos que mesmo Gisborne, habituado ao pisar macio, assustou-se.

– O tigre assassino – começou ele sem qualquer cumprimento – foi beber e agora dorme sob a rocha atrás daquela colina.

A voz era clara e metálica, totalmente diferente dos gemidos comuns dos nativos, e a face, quando ele a mostrou à luz do sol, poderia ser a de um anjo desgarrado no meio do bosque. A viúva cessou seu lamento junto ao cadáver e olhou fixamente para o estranho, retornando a sua tarefa com energia redobrada.

– Devo conduzir o *sahib*? – indagou simplesmente.

– Se você estiver certo... – começou Gisborne.

– Certeza absoluta. Eu o vi há apenas uma hora... o cão. Ainda não é tempo de ele voltar a comer carne humana. Há uma dúzia de dentes firmes naquela cabeça diabólica.

Os homens ajoelhados sobre as pegadas tiraram-se sorrateiramente, com medo de que Gisborne os chamasse para acompanhá-lo, e o jovem sorriu.

– Venha, *sahib* – gritou ele, e voltou-se, caminhando à frente do grupo.

– Mais devagar. Não posso seguir seu passo – disse o homem branco. – Pare! Seu rosto é novo para mim.

– Assim deve ser. Cheguei recentemente a esta floresta.

– Vindo de que aldeia?

– Não venho de aldeia. Venho de lá. – Apontou para o norte.

– Um cigano, então?

– Não, *sahib*. Sou homem sem casta e, por esta razão, sem pai.

– Como os homens o chamam?

– Mogli, *sahib*. E qual é o nome do *sahib*?

– Sou o administrador deste *rukh*; Gisborne é meu nome.

– Como? Aqui as árvores e as placas de grama têm número?

– Isso mesmo; a menos que os ciganos como você as lancem ao fogo.

– Eu? Não faria mal à selva por nada no mundo. Este é o meu lar.

Voltou-se para Gisborne com um sorriso irresistível e levantou uma das mãos em sinal de aviso.

– Agora, *sahib,* devemos ir mais quietos. Não é preciso despertar o cão, embora ele durma profundamente. Talvez fosse melhor eu caminhar sozinho na frente e guiá-lo na direção do vento até o *sahib*.

– Alá! Desde quando os tigres são guiados de um lado para outro como gado por homens nus? – quis saber Gisborne, perplexo diante da audácia do homem.

Ele tornou a rir delicadamente.

– Venha comigo e atire nele, como é seu costume, com o grande rifle inglês.

Gisborne seguiu a pista de seu guia, torceu-se, rastejou, galgou, curvou-se e sofreu todas as muitas agonias de uma aproximação furtiva na selva. Já estava arroxeado e pingando suor quando Mogli, finalmente, pediu-lhe que levantasse a cabeça e espiasse por sobre uma rocha crestada próxima a um pequeno lago na colina. Lá estava o tigre, estirado e cômodo, se lambendo preguiçosamente para limpar mais uma vez sua enorme perna e a pata dianteira. Era velho, de dentes amarelos, esquálido, mas, naquela posição e à luz do sol, bastante imponente.

Gisborne não tinha a pretensão de praticar esporte ao lidar com um devorador de homens. Aquele era um animal indesejável, e precisava ser morto o mais rápido possível. Esperou até recobrar o fôlego, descansou o rifle na rocha e assobiou. A cabeça da fera voltou-se a menos de 6 metros da boca do rifle, e Gisborne acertou os tiros, profissionalmente, um atrás do ombro e outro pouco abaixo do olho. Àquela distância, a pesada ossatura não o protegeu das balas dilacerantes.

– Bem, não compensaria guardar a pele, de qualquer maneira – disse ele, quando a fumaça se dispersou e o animal caiu escoiceando e arfando na última agonia.

– Morte de cão para um cão – disse Mogli calmamente. – Na verdade, não há nada em tal carniça que valha a pena ser levado.

– Os bigodes. Você não tira os bigodes? – disse Gisborne, que sabia como os trilhadores davam valor a esse tipo de coisa.

– Eu? Sou um piolhento *shikarri* da selva para revolver o focinho de um tigre? Deixe que descanse. Seus amigos estão vindo.

Uma águia baixando piou estridente, enquanto Gisborne recolhia as cápsulas vazias e enxugava o rosto.

– Se você não é um *shikarri*... onde adquiriu o conhecimento do mundo dos tigres? – quis saber. – Nenhum trilhador teria feito melhor.

– Odeio todos os tigres – disse Mogli, lacônico. – Deixe-me, *sahib*, carregar sua arma. Oh, é excelente! E para onde vai o *sahib* agora?

– Para casa.

– Posso acompanhá-lo? Nunca vi antes o interior da casa de um homem branco.

Gisborne retornou ao bangalô, com Mogli dando passadas silenciosas adiante dele, a pele morena cintilando à luz do sol.

Ele olhou curioso a varanda e suas duas cadeiras, tocou desconfiado as cortinas de tiras de bambu, e entrou, sempre olhando para trás. Gisborne soltou uma cortina para vedar a entrada do sol. Ela desceu com estrondo, mas antes que tocasse a laje da varanda Mogli fugiu de um salto, e parou com o peito arquejante ao ar livre.

– É uma armadilha.

Gisborne riu.

– Homens brancos não prendem outros homens em armadilhas. Sem dúvida, você pertence à selva.

– Vejo – disse Mogli – que ela não prende nem cai. Eu... eu nunca presenciei tais coisas até o dia de hoje.

Entrou na ponta dos pés e observou de olhos muito abertos a mobília dos dois cômodos. Adbul Gafur, que lavava a louça do almoço, encarou-o com profunda repugnância.

– Tanto trabalho para comer e tanto trabalho para arrumar as coisas depois de comer! – disse Mogli com um sorriso aberto. – Fazemos melhor na selva. É maravilhoso. Aqui há muitas coisas de valor. O *sahib* não tem medo de ser roubado?

Ele apreciava uma empoeirada travessa de bronze de Benares sobre um suporte vacilante.

– Só um ladrão da selva haveria de roubar aqui – disse Abdul Gafur, baixando o prato ruidosamente.

Mogli abriu os grandes olhos e observou o maometano de barbas brancas.

– Em meu país, quando os gansos grasnam muito alto, cortamos-lhes a garganta – devolveu ele de bom grado. – Mas não tenha medo. Vou-me embora.

Voltou-se e desapareceu no *rukh*. Gisborne ainda o procurou com uma risada que terminou em suspiro. Ali não acontecia muita coisa fora da rotina, e este filho da selva, que parecia conhecer tigres como outras pessoas conhecem cães, fora uma distração.

"É um companheiro maravilhoso", pensou Gisborne, "e se assemelha às ilustrações do *Dicionário Clássico*. Gostaria de tê-lo como ajudante de caça. Não é divertido caçar sozinho, e esse rapaz é um *shikarri* perfeito. Gostaria de saber exatamente quem é ele."

Naquela noite, sentou-se na varanda sob as estrelas, fumando enquanto pensava. Uma baforada desprendeu-se do cachimbo, em espiral. Ao se dissipar, deu-se conta da presença de Mogli, sentado de braços cruzados a um canto da varanda. Um fantasma não chegaria em maior silêncio. Gisborne assustou-se e deixou cair o cachimbo.

– Não existe um homem com quem se possa conversar no *rukh* – disse Mogli. – Portanto, vim para cá.

Apanhou o cachimbo e devolveu-o a Gisborne.

– Ah! – fez Gisborne após uma longa pausa. – Quais são as novidades no *rukh*? Encontrou outro tigre?

– Os *nilghai* mudam de pasto com a lua nova, como de costume. Os javalis agora se alimentam próximo ao rio Kani, porque não o fariam junto com os *nilghai*, e uma das javalinas foi morta por um leopardo no capinzal da nascente do rio. Não sei de mais nada.

– E como você sabe de tudo isso? – perguntou Gisborne, inclinando-se para a frente e olhando nos olhos que faiscavam à luz das estrelas.

– Como não saberia? Os *nilghai* têm seus hábitos, e até uma criança sabe que os javalis não se alimentam junto deles.

– Eu não sabia disso – disse Gisborne.

– Hum! E você é o encarregado, segundo me disseram os homens das choupanas, o encarregado de todo este *rukh*. – Riu para si mesmo.

– Basta de história de crianças – replicou Gisborne, irritado ao extremo. – Dizer que no *rukh* acontece isto e aquilo. Ninguém poderá contradizer você.

– Quanto à carcaça da javalina, mostrarei os ossos amanhã – respondeu Mogli, impassível. – No que diz respeito aos *nilghai*, se o *sahib* sentar-se aqui bem quieto, guiarei um *nilghai* até este local e, se ouvir com atenção, o *sahib* poderá dizer de onde veio aquele *nilghai*.

– Mogli, a selva o levou à loucura – afirmou Gisborne. – Quem pode guiar um *nilghai*?

– Silêncio... sente-se em silêncio. Já vou.

– Céus, o homem é um fantasma! – disse Gisborne, pois Mogli esvaneceu-se na escuridão sem que se ouvisse o som de seus passos.

O *rukh* jazia em envoltórios aveludados sob o brilho inconstante das nebulosas, tão silencioso que a mínima brisa sobre as copas das árvores elevava-se como o ressonar de criança adormecida. Abdul Gafur, na cozinha, empilhava pratos.

– Silêncio, aí! – gritou Gisborne, e preparou-se para ouvir, como alguém habituado à quietude do *rukh*. Ele costumava, para preservar sua dignidade no isolamento, vestir-se para o jantar todas as noites, e o peitilho engomado estalou com sua respiração regular até ele mudar de posição, inclinando-se ligeiramente. Depois, o fumo de um cachimbo um tanto obstruído começou a ronronar, e ele se desfez do cachimbo. Agora, com exceção da aragem noturna no *rukh*, tudo estava silencioso.

De uma distância inconcebível, arrastando-se pela escuridão profunda, veio o débil eco do uivo de um lobo. Depois, silêncio novamente, durante o que pareceram longas horas.

Afinal, quando suas pernas perderam toda a sensibilidade, Gisborne ouviu algo que poderia ser um estalido ao longe, atrás das moitas. Não quis acreditar até se repetir outra e outra vez.

– Vem do oeste – sussurrou. – Ouço passos vindo dali.

O ruído aumentou, estalo a estalo, arremetida a arremetida, com o rouco grunhido de um *nilghai* fugindo em pânico sem reparar no rumo que tomava.

Uma sombra tropeçou por entre os troncos das árvores, mudou de direção, voltou grunhindo e, com um estrondo no chão aberto, exibiu-se quase ao alcance de sua mão. Era um *nilghai* macho, gotejando orvalho – dele pendia uma haste de plantas rasteiras arrancadas, os olhos cintilando com a luz da casa. A criatura parou subitamente, com o olhar do homem, e escapou para o lado do *rukh* até se fundir com a escuridão. A primeira impressão na mente atordoada de Gisborne foi a loucura de arrastar assim para uma inspeção o grande macho negro do *rukh*; forçar seus passos na noite por um caminho que ele deveria escolher por si mesmo.

Então, disse uma voz suave em seu ouvido, enquanto ele parava, admirado:

– Veio da nascente, onde liderava a manada. Do oeste ele veio. Agora o *sahib* acredita, ou devo trazer toda a manada para ser contada? O *sahib* é o encarregado deste *rukh*.

Mogli voltou a sentar-se na varanda, respirando mais rapidamente. Gisborne olhou-o boquiaberto.

– Como você fez isso? – perguntou.

– O *sahib* viu. O macho foi trazido, trazido como um búfalo. Ah! Ah! Terá uma boa história para contar quando voltar à manada.

– Este ardil é novo para mim. Você pode correr na mesma velocidade que o *nilghai*?

– O *sahib* viu. Se o *sahib* necessitar, a qualquer momento, de maiores informações sobre os movimentos da caça, eu, Mogli, aqui estarei. Este é um bom *rukh*, e ficarei.

– Fique, então, e se tiver necessidade, a qualquer momento, de uma refeição, meus criados poderão servi-lo.

– Sim; na verdade, aprecio comida cozida – disse Mogli rapidamente. – Ninguém pode dizer que não como comida fervida e assada como os outros homens. Virei para a refeição. Agora, de minha parte, prometo que o *sahib* dormirá em segurança durante a noite, e que nenhum ladrão entrará para levar seus tesouros.

A conversa terminou com a abrupta partida de Mogli. Gisborne continuou sentado, fumando, e concluiu que Mogli era o guarda-florestal que ele e o departamento sempre haviam procurado.

– Tenho de colocá-lo a serviço do governo, de quaiquer maneira. Um homem capaz de guiar um *nilghai* deve conhecer mais o *rukh* que cinquenta homens. Ele é um milagre, um *lusus naturae*, mas pode ser um grande guarda-florestal, bastando apenas fixar-se em um local – disse Gisborne.

A opinião de Abdul Gafur era menos favorável. Confidenciou a Gisborne antes de se deitar que estranhos vindos de deus sabe onde eram, com toda a certeza, ladrões profissionais, e que pessoalmente não aprovava esses párias nus que não sabiam a maneira adequada de se dirigir às pessoas brancas. Gisborne riu e mandou-o para seus aposentos, e Abdul Gafur retirou-se resmungando. Tarde da noite ele levantou-se e espancou a filha de 13 anos. Ninguém soube o motivo da discussão, mas Gisborne ouviu os gritos.

Nos dias que se seguiram, Mogli chegava e saía como uma sombra. Estabelecera a si e a sua primitiva residência próximo ao bangalô, mas do lado do *rukh*, onde Gisborne, saindo à varanda para respirar ar fresco, o veria às vezes sentado ao luar, a testa nos joelhos, ou estirado sobre um galho de árvore, como um animal noturno. Dali Mogli enviava-lhe uma saudação e lhe dizia que podia dormir tranquilamente; ou descia para contar histórias prodigiosas sobre os costumes dos animais do *rukh*. Certa vez, passeando pelas estrebarias, foi visto observando os cavalos com profundo interesse.

– Isso – disse Abdul Gafur incisivo – é um sinal seguro de que algum dia roubará um deles. Por que, já que vive perto desta casa, não obtém um emprego honesto? Mas não, ele precisa vagar para cima e para baixo como um camelo desgarrado, virando a cabeça dos tolos e expondo os imprudentes às garras da loucura.

Assim, Abdul Gafur dava ordens desagradáveis a Mogli quando se encontravam, pedia-lhe que buscasse água e que depenasse aves, e Mogli, rindo despreocupado, obedecia.

– Ele não pertence a nenhuma casta – disse Abdul Gafur. – Fará qualquer coisa. Uma serpente é uma serpente, e um cigano da selva é um ladrão até a morte.

– Cale-se – disse Gisborne. – Eu permito que você chame a atenção se não fizer muito barulho, pois conheço seus costumes. Os meus, você não conhece. O homem, sem dúvida, é um pouco louco.

– Na verdade, bastante louco – disse Abdul Gafur. – Mas veremos o que acontecerá.

Alguns dias depois Gisborne resolveu que ficaria três dias no *rukh*. Abdul Gafur, por ser velho e gordo, ficou em casa. Ele não aprovava frequentar choupanas de trilhadores, e costumava recolher contribuições, em nome do patrão, sob a forma de cereais, azeite e leite, daqueles que a custo podiam arcar com tais ônus. Gisborne saiu a cavalo de madrugada, um pouco aborrecido por seu homem dos bosques não estar na varanda para acompanhá-lo. Gostava dele – gostava da sua força, rapidez, dos passos silenciosos, do sorriso constante; da sua ignorância de todas as formas de cerimônia e saudações, e das histórias infantis que contava (nas quais Gisborne agora acreditava) sobre o que a caça fazia pelo *rukh*. Depois de uma hora de cavalgada, ouviu atrás de si um farfalhar e o passo apressado de Mogli que se pôs ao lado do seu estribo.

– Temos pela frente trabalho para três dias – disse Gisborne –, junto às árvores novas.

– Bom – disse Mogli. – Sempre é bom acariciar árvores jovens. Elas crescerão se as feras deixarem. Precisamos transferir os javalis novamente.

– Novamente? Como? – Gisborne sorriu.

– Ah, eles estavam revolvendo o solo e desenterrando os salgueiros novos a noite passada, e eu os afugentei. Por esta razão não estava na varanda pela manhã. Os javalis não podem ficar deste lado do *rukh*, de maneira nenhuma. Devemos mantê-los na nascente do rio Kani.

– Quem pastoreia tudo que aparece pela frente pode muito bem cuidar disso. Mas Mogli, se, como você diz, você é o pastor do *rukh*, é preciso ganhar alguma coisa, ter um pagamento...

– É o *rukh* do *sahib* – disse Mogli elevando rapidamente o olhar.

Gisborne balançou a cabeça em agradecimento e continuou:

– Não seria melhor trabalhar em troca de pagamento do governo? Haveria uma pensão no fim do longo serviço.

– Pensei nisso – disse Mogli –, mas os guardas-florestais vivem em choupanas de portas fechadas, e tudo isso é mais que uma armadilha para mim. Mas vou pensar...

– Pense bem, e me fale mais tarde. Aqui ficaremos para o desjejum.

Gisborne desmontou, tomou a refeição da manhã de seu farnel, e viu o dia clarear sobre o *rukh*. Mogli deitou-se na relva a seu lado, contemplando o céu.

Logo sussurrou com indolência:

– *Sahib*, há alguma ordem no bangalô para sair com a égua branca hoje?

– Não, já é velha, gorda e, também, um pouco manca. Por quê?

– Pois está sendo montada agora, e *nada* devagar, na estrada que vai dar na ferrovia.

– Ora, são 2 *koss* de distância. Olhe, é um pica-pau.

Mogli levou a mão aos olhos para que o sol não lhe atingisse a vista.

– A estrada faz uma grande curva depois do bangalô. O larápio não deve estar a mais de 1 *koss*, no máximo, e faz tanto ruído que assusta os pássaros. Vamos ver?

– Que insensatez! Correr 1 *koss* sob este sol para ouvir um ruído na floresta.

– Não, a égua é a égua do *sahib*. Pensei em trazê-la até aqui. Se não for a égua do *sahib*, não tem importância. Se for, o *sahib* poderá resolver o problema. Está sendo duramente maltratada.

– E como vai trazê-la até aqui, seu louco?

– O *sahib* se esqueceu? Pelo caminho do *nilghai*, nenhum outro.

– Levante, então, e corra, se está tão cheio de zelo.

– Ah, eu não corro!

Ergueu a mão em sinal de silêncio, e sempre deitado de costas chamou três vezes em voz alta, com um grito profundo e gutural que era novo para Gisborne.

– Ela virá – disse ao terminar. – Vamos esperar na sombra.

Os longos cílios baixaram sobre os olhos selvagens, e Mogli se pôs a cochilar na calada da manhã. Gisborne esperava pacientemente. Mogli era, sem dúvida, louco, mas uma companhia tão divertida quanto poderia desejar um solitário funcionário da floresta.

– Ah! Ah! – disse Mogli preguiçoso, de olhos cerrados. – Ele caiu. Bem, primeiro chegará a égua, depois, o homem.

Então bocejou, enquanto o pônei reprodutor de Gisborne relinchava. Três minutos depois a égua branca, com sela e bridão, mas sem cavaleiro, irrompeu na clareira onde se encontravam e correu para seu companheiro.

– Não está muito aquecida – disse Mogli – mas, com este calor, o suor vai aparecer rápido. Logo veremos seu cavaleiro, pois um homem anda mais devagar que um cavalo, principalmente quando é um homem gordo e velho.

– Alá! Isto é obra do demônio – gritou Gisborne, pondo-se de pé de um salto, ao ouvir um brado na selva.

– Não se preocupe, *sahib*. Ele não sairá ferido. Também ele dirá que é obra do demônio. Ah! Ouça! Quem é?

Era a voz de Abdul Gafur na agonia do terror, clamando por coisas desconhecidas que poupassem a ele e aos seus cabelos grisalhos.

– Não, não posso mover-me um passo – gemia. – Estou velho e perdi meu turbante. Arre! Arre! Mas hei de me mover. Na verdade, vou-me apressar. Correr! Oh, demônios do inferno, sou um muçulmano!

A vegetação rasteira partiu-se e soltou Abdul Gafur, sem turbante, sem sapatos, com a camisa solta, lama e capim nas mãos crispadas e o rosto afogueado. Viu Gisborne, gemeu novamente, e projetou-se, exausto e trêmulo, a seus pés. Mogli observava-o com um sorriso.

– Não há motivo para riso – disse Gisborne com severidade. – O homem parece à morte, Mogli.

– Não morrerá. Está apenas amedrontado. Não havia necessidade de sair a passeio.

Abdul Gafur gemeu e levantou-se, sacudindo todos os membros.

– Foi bruxaria... bruxaria e satanismo! – soluçou, batendo desajeitadamente no peito. – Por causa de meus pecados fui açoitado no bosque pelos demônios. É o fim. Arrependo-me. Tome, *sahib*!

Estendeu um rolo de papel ensebado.

– Que significa isto, Abdul Gafur? – disse Gisborne, já sabendo o que viria.

– Coloque-me na prisão-*khana*; as notas estão todas aqui, mas tranque-me em segurança, para que os demônios não me acompanhem. Pequei contra o *sahib* e seu sal que comi; e se não fosse por estes malditos demônios do bosque, teria comprado terras longínquas e vivido em paz até o fim dos meus dias.

Batia a cabeça no solo na agonia do desespero e da mortificação. Gisborne desenrolou o maço de notas. Eram suas economias acumuladas nos últimos nove meses: o rolo que ficava na gaveta com as cartas que lhe mandavam. Mogli observava Abdul Gafur, com um ar de riso.

– Não é necessário colocar-me outra vez no cavalo. Caminharei de volta à casa, devagar, junto ao *sahib*, e depois ele poderá me enviar sob escolta para a prisão-*khana*. O governo impõe muitos anos para esse crime – disse o copeiro, taciturno.

A solidão do *rukh* afeta as ideias a respeito de várias coisas. Gisborne olhava Abdul Gafur, lembrando-se de que era excelente criado, de que um novo copeiro deveria ser treinado nos hábitos da casa, e que, no fundo, seria apenas um novo rosto e uma nova língua.

– Ouça, Abdul Gafur – disse ele. – Você agiu mal, e perdeu totalmente seu *izzat* e sua reputação. Mas creio que isso tenha acometido você de súbito.

– Alá! Nunca antes cobicei esse dinheiro. O demônio me pegou de surpresa quando me descuidei.

– Também nisso posso acreditar. Retorna, pois, a minha casa e, na volta, enviarei as notas ao banco, por um mensageiro, e nada mais será dito sobre o assunto. Você está velho demais para a prisão-*khana*. Além disso, sua família é inocente.

Em resposta, Abdul Gafur soluçava entre as botas de equitação de couro de vaca.

– Então não haverá demissão? – indagou.

– Isso veremos. Dependerá de sua conduta ao retornarmos. Monte na égua e volte devagar.

– Mas e os demônios! O *rukh* está cheio de demônios.

– Não se preocupe, meu pai. Eles não vão causar mais nenhum dano, a menos, é claro, que as ordens do *sahib* não sejam obedecidas – disse Mogli. – Aí, sim, eles vão acompanhá-lo até em casa... pelo caminho do *nilghai*.

O maxilar inferior de Abdul Gafur caiu, enquanto ele ajeitava a camisa, olhando Mogli fixamente.

– São os demônios *dele*? Seus demônios! E eu que pensei em voltar e colocar a culpa nesse feiticeiro!

– Bem pensado, Huzrut; mas, antes de arrumar uma armadilha, é melhor medir o tamanho da caça. Pensei que esse homem apenas tirara um cavalo do *sahib*. Não imaginei que pretendesse me fazer passar por ladrão, ou meus demônios o teriam arrastado até aqui pela perna. Mas ainda está em tempo.

Mogli olhou, inquiridor, para Gisborne, mas Abdul Gafur caminhou apressado na direção da égua branca, acomodou-se em seu lombo e fugiu, os cascos chocalhando e ecoando atrás de si.

– Foi bem-feito – disse Mogli. – Mas cairá novamente, a menos que se segure na crina.

– Já é tempo de me contar o que significa tudo isso – disse Gisborne um pouco ríspido. – O que quer dizer essa conversa de seus demônios? Como os homens podem ser guiados para cá e para lá no *rukh* que nem gado? Diga-me.

– O *sahib* está zangado porque lhe poupei seu dinheiro?

– Não, mas há um ardil nisso tudo que não me agrada.

– Muito bem. No entanto, se eu me levantar e der três passos *rukh* adentro ninguém, nem mesmo o *sahib*, poderá me encontrar, até eu decidir o contrário. Como não faria isso voluntariamente, não contaria voluntariamente. Tenha um pouco de paciência, *sahib*, e algum dia mostrarei tudo, pois, se quiser, algum dia guiaremos juntos os cervos. Não há qualquer tipo de satanismo nisso. Apenas... conheço o *rukh* como alguém conhece a cozinha de sua própria casa.

Mogli falava como falaria a uma criança impaciente. Gisborne, confuso, frustrado, e bastante aborrecido, nada disse; só fitava o solo, e pensava. Quando levantou os olhos, o homem dos bosques havia partido.

– Não é bom – disse uma voz uniforme vinda da mata – zangar-se com os amigos. Aguarde o anoitecer, *sahib*, quando o ar refresca.

Abandonado assim à própria sorte, deixado como estava no coração do *rukh*, Gisborne praguejou, depois riu, remontou e prosseguiu seu caminho. Visitou a choupana de um trilhador, supervisionou duas novas plantações, deu algumas ordens quanto à queima de um canteiro de relva seca, e designou para acampamento um terreno de sua própria escolha, uma pilha de rochas lascadas, toscamente coberta de galhos e folhas, não distante das margens do rio Kani. Era o crepúsculo quando avistou seu local de descanso, e o *rukh* despertava para uma voraz e calada vida noturna.

Uma fogueira bruxuleava no outeiro, e havia no ar o aroma de um bom jantar.

– Hum – disse Gisborne –, pelo menos é melhor que uma refeição fria. Ora, o único homem que poderia estar aqui neste momento seria Muller e, oficialmente, ele deve estar inspecionando o *rukh* de Changamanga. Suponho que tenha sido esta a razão para ele estar no meu terreno.

O gigantesco alemão que era o chefe do Parques e Florestas de toda a Índia, trilhador-chefe da Birmânia e Bombaim, tinha o costume de voar como morcego, sem aviso, de um lado para o outro, e aparecer exatamente no local em que era menos esperado. Sua teoria era a de que as visitas repentinas, a descoberta das deficiências e as repreensões verbais aos subordinados valiam infinitamente mais que o lento processo de correspondência que deveria terminar em reprimenda oficial, com peso negativo na documentação trabalhista de um funcionário florestal. Como ele explicava:

"Ze eu falar zimplezmente com meus rapazes como um tio alemão, eles dirão: 'Foi zó o maldito felho Muller', e farrão melhor da próxima fez. Mas ze meu lerbo zecretárrio escrefer e dizer que Muller, der inspector-gerral, deixou de entender e está muito aborrezido, primeirro, não é bom porque não estou lá e, zegundo, o idiota que fier depois de mim pode dizer aos meus melhorres rapazes: 'Olha aqui, você foi repreendido por meu antezezor.' Digo que os grandes generrais não fazem as árforres crezerrem."

A voz profunda de Muller surgiu da escuridão por trás das chamas, enquanto ele se inclinava sobre o ombro de seu cozinheiro favorito.

– Não põe molho demais, zeu filho de Belial! O molho inglês é um condimento, não um combustível. Ah, Gisborne, fieste parra um pézimo jantar. Onde está teu acampamento?

E se ergueu para cumprimentá-lo.

– Eu sou o acampamento, senhor – disse Gisborne. – Não sabia que estava aqui.

Muller olhou para a figura elegante do jovem homem.

– *Gut!* É muito bom! Um cafalo e comida frio. Quando eu erra jovem, acampava azim. Agorra jantarrá comigo. Entrei na Zede parra fazer meu relatórrio no mês pazado. Redigi a metade – ho! ho! –, o resto deixei parra meu zecretárrio, e zaí a pazeio. Der goferno está louco por ezes relatórios. Eu dize isto ao vize-rei em Zimla.

Gisborne deu um riso tolo, lembrando-se das muitas histórias contadas sobre os conflitos de Muller com o governo supremo. Ele era o libertino mais privilegiado de todos os departamentos, pois como funcionário florestal não havia outro igual.

– Ze eu o encontraze, Gisborne, zentado em seu bangalô infentando relatórrios zobre as plantazões, em fez de correr pelas plantazões, o transferria parra o meio do deserto de Bikaneer parra reflorestar *o deserto*. Estou canzado de relatórrios e papéis penzados, quando há tanto trabalho por fazer.

– Não há muito perigo de que eu venha a perder meu tempo com os anuários. Detesto-os tanto quanto o senhor.

A partir daí, a conversa tomou o rumo dos assuntos profissionais. Muller tinha perguntas a fazer, e Gisborne ordens e sugestões a receber, até que o jantar ficou pronto. Foi a refeição mais civilizada que Gisborne fizera nos últimos tempos. Nem a distância das fontes de abastecimento intervinha no trabalho do cozinheiro de Muller; e a mesa desdobrada em fartura iniciou-se com pequenos peixes de água doce, e terminou com café e conhaque.

– Ah! – fez Muller no fim, com um suspiro de satisfação, ao acender um charuto e atirar-se em sua já gasta cadeira de campanha. – Quando fazo meus relatórrios, zou um lifre-penzador e ateu mas, aqui no *rukh*, zou mais que cristão. Zou pagão também.

Rolou a ponta do charuto sobre a língua, deixou cair as mãos nos joelhos e contemplou diante de si o obscuro e mutável coração do *rukh*, pleno de ruídos furtivos: o estalido dos galhos e o estalido do fogo; o sussurro e o farfalhar de um galho recurvado pelo calor recobrando sua forma na noite fresca; o incessante murmurar do rio Kani e o piar dos habitantes da relva dos planaltos que se perdiam de vista atrás de uma saliência na colina. Soltou uma baforada de fumaça e começou a citar Heine para si mesmo.

– Zim, é muito bom. Muito bom. "Zim, operro milagres e, por Deus, eles ocorrem." Lembro-me de quando não hafia um *rukh* maior que a palma da sua mão, daqui até as plantazões, e na época da zeca o gado comia carcazas aqui e ali. Agorra, as árforres foltarram. Forram plantadas por um lifre-penzador, porque zabemos que apenas a causa não produz o efeito. Mas as árforres cultuam os antigos deuses, "e os deuses cristãos clamam inzistentemente". Eles não podem fifer no *rukh*, Gisborne.

Uma sombra moveu-se em uma das trilhas dos cavalos. Moveu-se e saiu para a luz das estrelas.

– Eu dize a ferdade. Eis que o próprio Fauno feio fer der inspector-gerral. Himmel, é o deus! Veja!

Era Mogli, coroado com sua guirlanda de flores brancas, apoiando-se em um ramo desfolhado. Era Mogli, muito desconfiado da luz da fogueira e pronto a fugir de volta à mata ao menor sinal de alarme.

– É um amigo meu – disse Gisborne. – Está me procurando. Olá, Mogli!

Muller teve tempo apenas de soltar um grito abafado antes que o homem estivesse ao lado de Gisborne, gritando:

– Fiz mal em sair. Eu estava errado, mas não sabia então que a companheira do que foi morto junto deste rio estava desperta procurando pelo *sahib*. Gostaria de não ter ido embora. Ela seguiu sua pista atrás dos últimos trilhadores. *Sahib*.

– Ele é um pouco louco – disse Gisborne – e fala de todos os animais daqui como se fosse amigo deles.

– Clarro, clarro. Ze o Fauno não zouber, quem zaberrá? – disse Muller com seriedade. – O que diz ele dos tigres... eze deus que o conheze tão bem?

Gisborne reacendeu o charuto e, antes de terminar a história de Mogli e suas proezas, tinha queimado a ponta do bigode. Muller ouviu sem interromper.

– Izto não é loucurra – disse afinal, quando Gisborne relatou como guiara Abdul Gafur. – Izto não é loucurra alguma.

– O que é, então? Abandonou-me de mau humor esta manhã porque lhe pedi que contasse como o fizera. Imagino que o homem esteja com algum tipo de possessão...

– Não, não é pozezão, é o que há de mais marafilhoso. Em gerral, eles morrem jofens, essas pezoas. E, agorra, diz que seu criado ladrão não zoube dizer o que guiou o pônei e, por zerto, o *nilghai*, ele não podia falar.

– Não, mas, raios o partam, não havia nada. Eu ouvi, e posso escutar a maior parte das coisas. A fera e o homem chegaram precipitadamente, loucos de pavor.

Em resposta, Muller olhou Mogli de cima a baixo, da cabeça aos pés, e depois acenou-lhe para que chegasse mais perto. Ele veio como um cervo que pisa um atalho contaminado.

– Tenho boas intenções – disse Muller em vernáculo. – Estenda um braço.

Ele levou a mão ao cotovelo de Mogli, tocou-o e balançou a cabeça.

– Como eu pensava. Agora o joelho.

Gisborne o viu tocar a rótula e sorriu. Dois ou três cortes esbranquiçados logo acima do tornozelo atraíram sua atenção.

– São de quando eras bem pequeno? – perguntou.

– Certo – disse Mogli com um sorriso. – Eram provas de amor dos pequeninos.

Voltando-se para Gisborne por sobre o ombro:

– Este *sahib* tudo sabe. Quem é ele?

– Isso vem depois, meu amigo. Agora, onde eles estão? – perguntou Muller.

Mogli curvou o braço em círculo sobre a cabeça.

– Tudo bem! E você pode guiar *nilghai*? Veja! Eis minha égua presa à estaca. Pode trazê-la até mim sem assustá-la?

– Posso trazer a égua ao *sahib* sem assustá-la! – repetiu Mogli, elevando a voz um pouco acima do tom normal. – Que há de mais fácil, se as cordas que prendem as patas estiverem soltas?

– Solte as pontas das cavilhas – gritou Muller para o cavalariço.

Ele as colocou quase fora do solo, adiante da égua, uma enorme australiana negra, que arremeteu com a cabeça e empertigou as orelhas.

– Cuidado! Não quero que seja guiada para dentro do *rukh* – disse Muller.

Mogli parou em silêncio defronte às chamas da fogueira, com todo aspecto e aparência daquele deus grego tão generosamente descrito nos romances. A égua estremeceu, ergueu a pata traseira, descobriu que as cordas dos cascos estavam soltas, e dirigiu-se ligeira para seu dono, em cujo peito deixou cair a cabeça, transpirando.

– Ela veio por sua própria vontade. Meus cavalos fariam o mesmo – gritou Gisborne.

– Observe como transpira – disse Mogli.

Gisborne colocou a mão no dorso úmido.

– Basta – disse Muller.

– Basta – Mogli repetiu, e uma rocha atrás dele devolveu a palavra.

– Isto é estranho, não é? – indagou Gisborne.

– Não, é apenas marrafilhoso... o mais marrafilhoso. Ainda não acredita, Gisborne?

– Confesso que não.

– Bem, então não contarrei. Ele diz que algum dia mosttarrá o que é. Eu zerria cruel ze contaze. Mas não entendo como ele não morreu. Agorra, escuta. – Muller voltou-se para Mogli e retornou ao vernáculo. – Sou o chefe de todos os *rukhs* da Índia e de outros além das Águas Negras. Não sei quantos homens tenho sob minhas ordens... talvez cinco mil, talvez dez mil. Seu dever é o seguinte: não mais vagar pelo *rukh* para cá e para lá, nem guiar animais por distração ou exibicionismo, mas colocar-se a meu serviço, pois sou o governo em questões de parques e florestas, e viver neste *rukh* como guarda-florestal; dirigir os bodes dos aldeões para fora, quando não houver ordem para alimentá-los no *rukh,* e admiti-los em caso contrário; manter afastados, como pode fazer, os javalis e os *nilghai* quando forem muitos; contar ao *sahib* Gisborne como e para onde os tigres se mudam, e que tipo de caça existe nas florestas; e dar alarmes seguros de todos os incêndios no *rukh,* pois você pode fazer isso mais rápido que qualquer outro. Por esse serviço existe um pagamento mensal em dinheiro e, no fim, depois de ter adquirido uma esposa, gado e, quem sabe, filhos, haverá uma pensão. Qual a resposta?

– É exatamente o que eu... – principiou Gisborne.

– Meu *sahib* falou-me esta manhã de tal serviço. Caminhei sozinho todo o dia considerando o assunto, e minha resposta já a tenho. Servirei, *se* servir, neste *rukh* e em nenhum outro, *com* o *sahib* Gisborne e com nenhum outro.

– Assim será. Dentro de uma semana chega a ordem escrita na qual o governo se compromete a pagar a você uma pensão. Depois disso, erguerá sua choupana onde o *sahib* Gisborne indicar.

– Pretendia falar com o senhor sobre isso – disse Gisborne.

– Não quis que falasse nada ao fer este homem. Nunca haferrá um guarda-florrestal como ele. É um milagre. Digo-lhe, Gisborne, algum dia, concordarrá comigo. Ouve, ele é irmão de zangue de todos os animais do *rukh*!

– Ficaria mais tranquilo se pudesse entendê-lo.

– Isso firrá com o tempo. Agorra digo-te que somente uma fez em meu zervizo, e isso zão trinta anos, encontrei um menino que tivezse comezado como este homem comezou. E ele morreu. Às vezes, se oufe falar deles nos relatórrios dos rezenzeamentos, mas todos morrem. Este homem zobrefifeu, e é um anacronismo, por zer anterior à Idade da Pedra. Olha aqui, ele está nos primórdios da história da humanidade... Adão no Parraíso, e agorra zó prezizamos de uma Efa! Não! Ele é mais felho que essa lenda, da mesma forma que o *rukh* é mais felho que os deuses. Gisborne, agorra zou pagão, de uma fez por todas.

Pelo resto da longa noite Muller sentou-se fumando e fumando, olhando e olhando para dentro da escuridão, os lábios movendo-se em múltiplas citações, e um grande encantamento estampado em seu rosto. Foi para sua tenda, mas logo saiu outra vez, em seu majestoso pijama rosa, e foram estas as últimas palavras que Gisborne ouviu-o dirigir ao *rukh*, no profundo silêncio da meia-noite, proferidas com enorme ênfase:

Emborra me iludir e ornar eu poza,
Zois nobreza, mudez, antiguidade,
Priapo fozo pai, Libitina foza
Mãe, zois da Grézia difindade.

Agorra zei que, pagão *ou* cristão, nunca conhezerrei
a verdadeirra naturreza do *rukh!*

Era meia-noite NO bangalô, havia se passado uma semana, quando Abdul Gafur, transfigurado pelo ódio, chegou ao pé da cama de Gisborne e, sussurrando, pediu-lhe que acordasse;

– Levante-se, *sahib* – gaguejou ele. – Levante-se e traga sua arma. Minha honra está perdida. Levante-se e me mate antes que alguém me veja.

O velho tinha as feições alteradas, e Gisborne o encarava, estupefato.

– Era por isso, então, que aquele pária da selva me ajudava a limpar a mesa do *sahib*, buscava água e depenava as aves. Eles se foram juntos apesar de todas as minhas surras, e agora ele está sentado entre seus demônios arrastando a alma dela para as profundezas. Levante-se, *sahib,* e venha comigo!

Empurrou um rifle na mão semiadormecida de Gisborne e quase o arrastou do quarto para a varanda.

– Estão no *rukh*, mas ao alcance da arma. Venha comigo em silêncio.

– Mas o que é isso? Qual é o problema, Abdul?

– Mogli e seus demônios. E também minha própria filha – disse Abdul Gafur.

Gisborne suspirou e acompanhou o guia. Não fora sem motivo, percebeu então, que Abdul Gafur espancara sua filha noite após noite, e não fora sem motivo que Mogli ajudara nos trabalhos domésticos um homem a quem seus próprios poderes, fossem quais fossem, induziram a roubar. Além disso, o namoro na floresta anda ligeiro.

Ouviram o som surdo de uma flauta no *rukh*, como se algum deus vagasse pelo bosque e, ao se aproximarem, um murmúrio de vozes. O caminho terminava em uma pequena clareira semicircular cercada, em parte, pelo capinzal e, em parte, pelas árvores. No centro, sobre um tronco caído, de costas para os observadores e com o braço em volta do pescoço da filha de Abdul Gafur, estava Mogli, coroado de flores novas, tocando uma flauta rústica de bambu, a cuja música quatro enormes lobos dançavam solenes sobre as patas traseiras.

– São seus demônios – murmurou Abdul Gafur.

Trazia um punhado de cartuchos na mão. Os animais caíram com uma nota prolongada e trêmula, e ficaram quietos, os olhos verdes fitando a moça.

– Observe – disse Mogli, pondo de lado a flauta. – Há algo a temer? Já lhe disse, pequena corajosa, que não havia, mas não acreditou. Seu pai disse... ah, se tivesse visto seu pai sendo guiado pelo caminho do *nilghai*! Seu pai disse que eram demônios; e, por Alá, que é seu Deus, não me espanto por ele pensar assim.

A moça deu uma risadinha, e Gisborne ouviu Abdul Gafur ranger os poucos dentes que lhe restavam. Esta não era, absolutamente, a menina que Gisborne vira de soslaio, esgueirando-se pela casa, velada e silenciosa, mas outra: uma mulher que florescera em uma noite como a orquídea floresce em uma hora de calor e umidade.

– Mas eles são meus companheiros e irmãos, filhos da mesma mãe que me alimentou, como lhe contei atrás da cozinha – Mogli continuou. – Filhos do pai que ficava entre mim e o frio na boca da caverna, quando eu era uma criancinha nua. Olhe – Um lobo ergueu a mandíbula pardacenta, salivando no joelho de Mogli. –, meu irmão sabe que estou falando deles. Sim, quando eu era criancinha, ele era um filhote e rolava comigo na lama.

– Mas você disse que nasceu humano – arrulhou a moça, aninhando-se em seu ombro. – É humano?

– Disse! E, ainda mais, sei que nasci humano, porque meu coração pertence a você, pequenina.

A cabeça da moça aninhou-se no peito de Mogli. Gisborne levantou a mão para deter Abdul Gafur, que não fora absolutamente tocado pelo encantamento da cena.

– Mas eu era um lobo entre lobos; contudo, chegou um tempo em que aqueles da selva me convidaram a sair porque eu era um homem.

– Quem o convidou a sair? Isto não parece conversa de um homem de verdade.

– Os próprios animais. Pequenina, não acreditaria se alguém lhe contasse, mas assim ocorreu. Os animais da selva me convidaram a sair, mas estes quatro seguiram-me por eu ser seu irmão. Fui então pastor de gado entre os homens, tenho aprendido sua língua. Ah! Ah! Meus irmãos não davam descanso àquele rebanho, até que uma mulher (era uma velha, querida) viu-me brincar à noite com meus irmãos nas plantações. Disseram que eu estava possuído pelo demônio, e me expulsaram daquela aldeia com paus e pedras, e os quatro vieram comigo em segredo, não mais às claras. Foi quando aprendi a comer comida cozida e a conversar sem timidez. De aldeia em aldeia, do fundo do coração, fui tocador de gado, vigia de búfalos, trilhador de caça, mas não houve nenhum homem que ousasse erguer um dedo contra mim por duas vezes. – Fez uma pausa e acariciou a cabeça de um dos animais. – Você também gosta deles. Não fazem mal nem mágica. Veja, eles conhecem você.

– Os bosques estão repletos de toda espécie de demônios – disse a moça, sobressaltada.

– Mentira. Mentira para crianças – respondeu Mogli confiante. – Deitei-me a céu aberto no orvalho, sob as estrelas, na noite escura, e eu sei. A selva é minha casa. Deve um homem temer as vigas de seu próprio teto, ou uma mulher o lar de seu marido? Abaixe-se e os acaricie...

– São cães e imundos – murmurou ela, ao se adiantar, voltando a cabeça.

– "Tendo comido do fruto, perceberam que estavam nus!" – disse Abdul Gafur amargamente. – Qual a utilidade desta espera, *sahib*? Atire!

– Psiu. Vamos saber o que aconteceu – disse Gisborne.

– Agiu bem – disse Mogli, deslizando novamente o braço em volta da moça. – Cães ou não, estiveram comigo por mil aldeias.

– Ai, e onde estava então seu coração? Por mil aldeias. Viu mil donzelas. Eu... que sou... que sou apenas mais uma donzela, possuo seu coração?

– Por quem devo jurar? Por Alá, de quem falou?

– Não, pela vida que há em você, e ficarei satisfeita. Onde estava seu coração naquela época?

Mogli riu um pouco.

– No estômago, porque eu era jovem e faminto. Assim, aprendi a trilhar e a caçar, enviando meus irmãos de um lado a outro e chamando-os de volta, como um rei chama seus exércitos. Dessa forma guiei o *nilghai* para o jovem *sahib* tolo, e a grande égua gorda para o grande *sahib* gordo, quando questionaram meus poderes. Foi tão fácil quanto guiar os próprios homens. Agora mesmo – sua voz elevou-se ligeiramente –, agora mesmo sei que atrás de mim estão seu pai e o *sahib* Gisborne. Não, não corra, pois nem dez homens ousariam mover-se um passo adiante. Ao lembrar que seu pai a espancou mais de uma vez, devo dar o sinal e guiá-lo em círculos pelo *rukh*?

Um lobo levantou-se com os dentes à mostra.

– Gisborne sentiu Abdul Gafur tremer ao seu lado. Em seguida, o lugar que ocupava ficou vazio, e o homem gordo deslizou pelo atalho.

– Permanece apenas o *sahib* Gisborne – disse Mogli, ainda sem se voltar –, mas comi do pão do *sahib* Gisborne, logo estarei a seu serviço e meus irmãos serão seus criados para conduzirem os cervos e trazerem notícias. Esconda-se na relva.

A moça fugiu, o capim fechou-se atrás dela e do lobo que a defendia, e Mogli, voltando-se com os três remanescentes, encarou Gisborne, quando o funcionário florestal se adiantou.

– Eis toda a magia – disse ele, apontando para os três. – O *sahib* gordo sabia que nós, criados entre os lobos, corremos sobre os joelhos e cotovelos por uns tempos. Ao tocar meus braços e pernas, tocou a verdade que não conhecia. É assim tão maravilhoso, *sahib*?

– Na verdade, é mais maravilhoso que mágico. Foram eles que guiaram o *nilghai*?

– Sim, como conduziriam Eblis, se eu ordenasse. São meus olhos e meus pés.

– Vê-se, porém, que Eblis não leva um rifle de dois canos. Eles ainda têm o que aprender, seus demônios, pois colocam-se um atrás do outro, de modo que dois tiros matariam os três.

– Ah, mas eles sabem que serão seus criados assim que eu for guarda-florestal.

– Guarda ou não, Mogli, você causou grande humilhação a Abdul Gafur. Desonrou sua casa e difamou seu nome.

– Se for por isso, ele foi difamado ao se apossar de seu dinheiro e, mais ainda, ao sussurrar em seu ouvido, bem pouco tempo atrás, que matasse um homem indefeso. Eu mesmo conversarei com Abdul Gafur, pois sou um homem a serviço do governo, com uma pensão. Ele realizará o casamento segundo o seu rito, ou correrá mais uma vez. Falarei com ele ao amanhecer. No mais, o *sahib* possui sua casa, e esta é a minha. É hora de voltar a dormir, *sahib*.

Mogli virou-se e desapareceu no capinzal, deixando Gisborne sozinho. A sugestão do deus do bosque não deveria ser mal interpretada; e Gisborne voltou ao bangalô, onde Abdul Gafur, transtornado pelo ódio e pelo medo, agitava-se na varanda.

– Paz, paz – disse Gisborne sacudindo-o, pois parecia que ia ter uma síncope. – O *sahib* Muller fez dele um guarda-florestal e, como sabe, esse emprego concede uma pensão ao fim do trabalho, e é serviço do governo.

– Ele é um pária, um *mlech*, um cão entre cães; um devorador de carniça! Que pensão pagará por isso?

– Alá sabe, e você escutou que o mal já está feito. Vai proclamá-lo a todos os criados? Realiza o *shadi* rapidamente, e a moça fará dele um muçulmano. Ele é muito digno. Você está admirado de sua filha, após tantas surras, ter ido estar com ele?

– Ele disse que iria ao meu encalço com seus animais?

– Assim me pareceu. Se for um feiticeiro, é pelo menos dos bem fortes.

Abdul Gafur refletiu por algum tempo, e depois sucumbiu e bradou, esquecendo-se de que era muçulmano:

– O *sahib* é um brâmane. Sou seu gado. Decida sobre o assunto e salve minha honra, se é que ainda pode ser salva!

Pela segunda vez, portanto, Gisborne mergulhou no *rukh* e chamou Mogli. A resposta veio do alto, e em tom nada submisso.

– Fale brandamente – disse Gisborne, olhando para cima.
– Já é tempo de despir-se de seu orgulho e dar caça a você e seus lobos. A moça deve voltar esta noite para a casa de seu pai. Amanhã haverá o *shadi*, segundo a lei muçulmana, e depois você pode levá-la consigo. Traga-a agora a Abdul Gafur.

– Eu escuto. – Houve um murmúrio de duas vozes conferenciando entre as folhas. – E obedeceremos pela última vez.

UM ANO SE PASSOU. Muller e Gisborne cavalgavam juntos pelo *rukh*, conversando sobre assuntos profissionais.

Chegaram às rochas próximas ao rio Kani; Muller ia um pouco à frente. Sob a sombra de um arbusto espinhoso, espairecia um bebê moreno e nu, e do matagal logo atrás dele assomava a cabeça de um lobo cinzento. Gisborne pôde apenas levantar de um golpe o rifle de Muller, e a bala rasgou a folhagem dos galhos acima deles.

– Você enlouqueceu? – vociferou Muller. – Olhe!

– Eu vejo – disse Gisborne calmamente. – A mãe está em algum lugar perto daqui. Assim, despertará toda a alcateia, caramba!

Os arbustos abriram-se mais uma vez, e uma mulher sem véu arrebatou a criança.

– Quem atirou, *sahib*! – gritou ela para Gisborne.

– Este *sahib*. Ele não se lembrava da gente do seu marido.

– Não se lembrava? Mas, na verdade, deve ser assim, pois nós, que vivemos entre eles, esquecemo-nos de que são totalmente estranhos. Mogli está no ribeirão abaixo, pescando. O *sahib* deseja vê-lo? Saiam daí, mal-educados. Saiam das moitas e façam seu serviço aos *sahibs*.

Os olhos de Muller arregalavam-se cada vez mais. Suspendeu-se sobre a égua ofegante e desmontou, enquanto da selva escapavam quatro lobos que cercaram Gisborne com agrados. A mãe ficou amamentando a criança, e repelindo-os quando roçavam seus pés nus.

– Estava totalmente certo quanto a Mogli – disse Gisborne. – Pretendia contar-lhe, mas me acostumei de tal forma a esta companhia nos últimos 12 meses que me escapou da memória.

– Oh, não se desculpe – disse Muller. – Não é nada. *Gott in Himmel!* "Eu operro milagres – e eles ocorrem!"

4
À beira do abismo

> Dizem da corrente que era passageira
> Deus este segredo tem guardado.
> Comigo para sempre permanece a vez primeira
> Que dos sinos ouvi o recado.
> Ficou dos sinos terror em mim,
> Pois na penumbra tocavam "fim".
>
> *Jean Ingelow*

Era uma vez um Marido, sua Mulher e um Terceiro Alguém. Todos os três eram insensatos, mas a Mulher era a mais insensata. O Marido deveria ter cuidado da Mulher, que deveria ter evitado o Terceiro Alguém, que, por sua vez, deveria ter se casado com uma esposa só dele, depois de um namoro puro e aberto, ao qual ninguém pudesse se opor, perto de Jakko ou na Colina do Observatório. Quando você vê um jovem em seu pônei suado, com o chapéu para trás, voando colina abaixo, a 20 quilômetros por hora, para se encontrar com uma moça que provavelmente ficará surpresa ao encontrá-lo, você, naturalmente, aprova aquele jovem, deseja-lhe um bom emprego, interessa-se pelo seu bem-estar e, na época adequada, o presenteia com um açucareiro ou uma sela nova, de acordo com suas posses e generosidade.

O Terceiro Alguém voava colina abaixo montado a cavalo, mas para encontrar a Mulher do Marido; e quando voava colina acima, era com a mesma finalidade. O Marido estava nas planícies, ganhando dinheiro para a Mulher gastar em vestidos e pulseiras de 400 rupias e outros luxos baratos. Ele trabalhava muito e todos os dias mandava uma carta ou um postal. Ela também lhe escrevia diariamente, dizendo que esperava com ansiedade sua volta a Shimla. O Terceiro Alguém costumava se apoiar em seu ombro e rir enquanto ela escrevia. Depois os dois iam juntos ao correio.

Mas Shimla é um lugar estranho e de hábitos curiosos; ninguém que lá não tenha estado pelo menos dez estações estará capacitado para julgar com base em provas circunstanciais, que são as mais desacreditadas nos tribunais. Por essas razões e por outras que não precisam ser mencionadas recuso-me a afirmar taxativamente que havia algo de errado nas relações entre a Mulher do Marido e o Terceiro Alguém. Se havia, e quanto a isto você deve formar sua própria opinião, era culpa da Mulher do Marido. Era coquete em suas maneiras, em geral com um suave ar de inocência. Mas era experimentada por demais e instruída na maldade; e, vez por outra, quando caía a máscara, os homens percebiam, surpreendiam-se e quase recuavam. Certos homens são especiais, e os homens menos especiais são sempre os mais exigentes.

Shimla é excêntrica em sua forma de tratar a amizade. Algumas ligações estabelecidas e cristalizadas no decorrer de meia dúzia de estações quase adquirem a santidade do vínculo matrimonial, e como tal são reverenciadas. Por outro lado, ligações igualmente antigas e, sob todos os aspectos, igualmente respeitáveis, parecem nunca obter um *status* oficial reconhecido; enquanto um relacionamento ocasional, nascido há menos de dois meses, finca raízes no local que por direito pertence ao mais antigo. Não há lei impressa que regule esses casos.

Certas pessoas, por um estranho dom, são mais facilmente toleradas do que outras. A Mulher do Marido não era. Se espiasse pela cerca do jardim, as mulheres a acusariam de roubar seus maridos. Ela se lamentava pateticamente por não poder escolher suas próprias amizades. Quando levava aos lábios o grande e branco regalo e encarava você como se dissesse coisas, tinha-se a impressão de que ela fora mal interpretada, e de que não passava de injustiça a intuição de todas as outras mulheres. O que era absurdo. Ela não tinha permissão para desfrutar em paz do Terceiro Alguém; e era constituída de matéria tão estranha que não saberia usufruir a paz se esta lhe fosse permitida. Preferia a aparência da intriga para dissimular até as ações mais corriqueiras.

Após dois meses de cavalgadas, primeiro perto de Jakko, depois Elysium, a Colina de Verão, a Colina do Observatório, à sombra de Jutogh, e, por último, indo e vindo na Estrada das Carroças até onde o Tara Devi* se lança na escuridão, ela disse ao Terceiro Alguém:

– Frank, dizem por aí que andamos muito juntos. Essas pessoas são tão cruéis!

O Terceiro Alguém torceu o bigode e respondeu que as pessoas cruéis não eram dignas da consideração das pessoas bondosas.

– Mas não falaram apenas; escreveram ao meu marido; eu tenho certeza – disse a Mulher do Marido, tirando do alforje uma carta do marido, que passou ao Terceiro Homem.

Era uma carta honesta, escrita por um homem honesto, então aflito nas planícies com 200 rupias por mês (pois mandava para a esposa 850), um colete de seda e calças de algodão. A carta dizia que, talvez, ela não tivesse pensado na insensatez que era ter seu nome ligado de maneira vulgar ao do Terceiro Alguém; que ela era ainda uma criança para compreender os perigos desse tipo de coisa; que ele, seu marido, seria o último

---

*Tara Devi – deusa cujo nome, em sânscrito, significa "estrela". O Tara Devi Temple, construído em sua homenagem, está a 11 quilômetros de Shimla. (*N. do E.*)

homem do mundo a interferir por ciúme em suas pequenas distrações e interesses, mas que seria melhor que ela deixasse o Terceiro Alguém em paz, para o bem de seu marido. A carta era suavizada por muitas palavras carinhosas e agradou consideravelmente ao Terceiro Alguém. Eles se divertiram muito, de modo que era possível vê-los a 50 metros de distância, sacudindo os ombros enquanto os cavalos vagavam lado a lado.

A conversa deles não vale a pena repetir. O resultado foi que, no dia seguinte, ninguém viu a Mulher do Marido e o Terceiro Alguém juntos. Foram ambos para o cemitério que, de costume, só é visitado pelos habitantes de Shimla em situações especiais.

Um funeral em Shimla, com o clérigo a cavalo, as carpideiras a cavalo e o caixão estalando quando bate nas vigas da carroça, é uma das coisas mais deprimentes deste mundo, principalmente quando o cortejo passa pela baixada úmida logo antes do Hotel Rockliffe, onde é proibida a entrada do sol e todas as correntes da colina choram juntas ao descer para os vales.

Vez por outra o povo enfeita as sepulturas, mas na Índia somos substituídos e transferidos com tanta frequência que, ao fim do segundo ano, o Morto não tem mais amigos – só conhecidos, que estão ocupados demais em se distrair na colina para atender aos antigos companheiros. A ideia de utilizar um cemitério como local de encontro é nitidamente feminina. Um homem teria se limitado a dizer:

– Deixe o povo falar. Vamos descer o Mall.

A mulher é feita de matéria distinta, principalmente se for do tipo da Mulher do Marido. Ela e o Terceiro Alguém desfrutavam da presença um do outro em meio às sepulturas de homens e mulheres que conheceram e com quem dançaram no passado.

Costumavam levar uma grande manta de cavalo e sentar na grama um pouco à esquerda do lado mais baixo, onde há uma depressão do terreno, e onde terminam as sepulturas ocupadas e as novas ainda não foram abertas. Todo cemitério indiano bem administrado mantém meia dúzia de sepulturas permanentemente prontas para contingências e desgastes acidentais. Nas Colinas as covas para bebê são as mais comuns, porque as crianças vêm fracas e doentes das planícies e com frequência sucumbem sob os efeitos das chuvas nas Colinas ou apanham pneumonia quando suas amas as levam aos bosques úmidos depois que o sol se põe. Nos postos militares, por certo, o tamanho adulto é o mais adequado; esses arranjos variam conforme o clima e a população.

Um dia, quando a Mulher do Marido e o Terceiro Alguém tinham acabado de chegar ao cemitério, viram uns cules cavando. Haviam marcado uma sepultura de tamanho adulto, e o Terceiro Alguém perguntou-lhes se *sahib* estava doente.

Responderam que não sabiam, mas tinham ordem para cavar a sepultura de um *sahib*.

– Continuem trabalhando – disse o Terceiro Alguém – e vamos ver como se faz.

Os cules continuaram a trabalhar, e a Mulher do Marido e o Terceiro Alguém observaram e conversaram por umas duas horas enquanto a sepultura se aprofundava. Depois, um dos cules, recolhendo a terra em cestos à medida que era retirada, pulou fora da sepultura.

– É estranho – disse o Terceiro Alguém. – Onde está meu sobretudo?

– Que há de estranho? – quis saber a Mulher do Marido.

– Senti um frio na espinha, como se um ganso andasse sobre a minha sepultura.

– Então, por que você continua olhando para isso? – disse a Mulher do Marido. – Vamos embora.

O Terceiro Alguém pôs-se de pé à beira da sepultura e fitou-a por um instante, sem responder. Depois disse, deixando cair um seixo:

– É desagradável... e frio, horrivelmente frio. Acho que nunca mais vou voltar ao cemitério. Acho que cavar sepulturas não tem graça nenhuma.

Os dois conversaram e concordaram que o cemitério era deprimente. Combinaram um passeio a cavalo para o dia seguinte, do cemitério, atravessando o túnel de Mashobra, até Fagoo, ida e volta, porque todos estariam em uma festa ao ar livre na residência temporária do vice-rei, inclusive o povo de Mashobra.

Subindo a estrada do cemitério, o cavalo do Terceiro Alguém tentou disparar colina acima, cansado de ficar tanto tempo parado de pé, e acabou por distender um tendão.

– Amanhã virei com a égua – disse o Terceiro Alguém –, e ela mal vai suportar o peso do bridão.

Combinaram de se encontrar no cemitério, depois que o povo de Mashobra tivesse chegado a Shimla. Naquela noite choveu forte e, no dia seguinte, quando o Terceiro Alguém foi ao local marcado, viu que havia 30 centímetros de água na nova sepultura, cujo fundo era uma lama viscosa e acre.

– Por Deus! Isso é brutal! – disse o Terceiro Alguém. – Imagine ser coberto por tábuas e ser baixado nesse poço!

Foram então para Fagoo, a égua brincando com o bridão e escolhendo o caminho como se usasse sapatos de cetim; o sol brilhava divinamente. A estrada que passa por Mashobra e vai dar em Fagoo é oficialmente chamada de Estrada Himalaia– Tibete, mas, apesar do nome, tem pouco mais de 2 metros de largura na maior parte do caminho, e o precipício que vai dar no vale possui de 300 a 600 metros.

– Agora vamos para o Tibete – disse a Mulher do Marido alegremente, quando os cavalos se aproximaram de Fagoo. Ela cavalgava ao lado do precipício.

– Para o Tibete – disse o Terceiro Alguém –, para bem longe das pessoas que são cruéis, e dos maridos que escrevem cartas idiotas. Com você... até o fim do mundo!

Um cule carregando um tronco de árvore apareceu em uma curva, e a égua tentou evitá-lo – patas dianteiras na frente e ancas para fora, como deve andar uma égua sensível.

– Para o fim do mundo – disse a Mulher do Marido, e com o olhar expressou coisas indizíveis para o Terceiro Alguém.

Ele sorria, mas, de repente, o sorriso se congelou, e transformou-se em ricto – do tipo que aparece no rosto de homens que não estão muito à vontade em suas selas. A égua parecia afundar o traseiro, e suas narinas estalavam enquanto tentava entender o que estava acontecendo. A chuva da noite anterior fizera sulcos na encosta da Estrada Himalaia–Tibete, que agora cedia sob suas patas.

– O que você está fazendo? – gritou a Mulher do Marido.

O Terceiro Alguém não respondeu. Forçou um riso e fincou as esporas na égua, que bateu com as patas dianteiras no chão; a luta começou.

– Desça, Frank, desça! – gritou a Mulher do Marido.

Mas o Terceiro Alguém estava colado na sela, o rosto azul e branco; ele olhou nos olhos da Mulher do Marido. Ela, então, se agarrou à cabeça da égua e segurou-a pelo focinho, em vez do bridão. A besta jogou a cabeça para trás e voltou-se com um urro, o Terceiro Alguém montado, e o ricto ainda em seu rosto.

A Mulher do Marido ouviu o tinido de pedras e terra caindo na estrada, e o estrondo do deslizamento do homem e do cavalo. Então, tudo ficou calmo, e ela pediu a Frank que deixasse a égua e subisse. Mas Frank não respondeu. Ele estava embaixo da égua, a 250 metros dali, estragando um canteiro de milho indiano.

Quando os festeiros voltaram da residência do vice-rei, no meio da tarde, encontraram uma mulher com insanidade temporária, sobre um cavalo com loucura temporária, vagando pelos cantos, com os olhos e a boca abertos, os cabelos como os de uma medusa. Foi detida por um homem por sua conta e risco e, retirada da sela, um amontoado desprovido de energia, foi posta na ribanceira para se explicar. Isto levou vinte minutos, depois ela foi levada para casa no riquixá de uma senhora, calada, de boca aberta, apertando nas mãos as luvas de montaria.

Ficou de cama por três dias, que foram chuvosos; e, assim, não compareceu ao funeral do Terceiro Alguém, que foi baixado a 45 centímetros de água, em vez dos 30 aos quais se opusera de início.

5
Meu senhor, o elefante

> Se não quiser se aborrecer, melhor é voltar logo,
> Pois os novilhos caminham dois a dois,
> os *byles* caminham dois a dois,
> Os novilhos caminham dois a dois,
> E os elefantes trazem as armas!
> Ah! Eia!
> Fortes – grandes – longos – negros morteiros de quarenta libras:
> Abalo-balanço para lá e para cá,
> Grandes todos como um rebocador;
> Cegos – mudos – cadeirudos mendigos das armas do ataque!
>
> *Balada do Quartel*

Não deve haver nenhuma dúvida quanto à veracidade desta narrativa, uma vez que me foi relatada por Mulvaney, atrás do regimento de elefantes, em uma noite quente, quando levávamos os cães para passear. Os 12 elefantes do governo agitavam-se do lado de fora dos grandes estábulos com paredes de barro, um arco tão largo como o de uma ponte em arco para cada animal agitado e os cornacas preparavam a última refeição do dia. De vez em quando, um filhote impaciente soltava um grito agudo ao sentir o cheiro dos bolos de cereais; crianças nuas atraídas pelo regimento desfilavam em meio à confusão gritando ordens e pedindo silêncio, e quando tinham altura suficiente, dando palmadas nas trombas irrequietas. Os elefantes, então, simulavam profundo interesse em soprar a poeira das próprias cabeças, mas assim que as crianças passavam, o sacolejo, o alvoroço e o burburinho recomeçavam.

O sol se punha, os elefantes moviam-se lentos e oscilavam como silhuetas desbotadas contra o lençol rosa-rubro sob a poeira cinzenta do céu. O calor chegava, e as tropas começavam a usar suas roupas brancas, de modo que Mulvaney e Ortheris pareciam fantasmas vagando na penumbra. Learoyd fora a outro quartel comprar pomada de enxofre para um de seus cães sob suspeita de sarna e, com toda sutileza, colocara o canil de quarentena atrás da fornalha onde eram cremados os casos de doenças malignas.

– *Você* quer sarna, filhota? – disse Ortheris, emborcando com o pé minha *terrier* gorda e branca. – Exigente a mais não poder, é o que você é. Nem ligou para mim no outro dia porque ia para casa sozinha de charrete, hein? Sentada no banco feito uma mulherzinha à toa, você, Vicky. Agora vá lá e bote os bichos loucos. Irrite eles, Vicky!

Os elefantes odeiam cachorros pequenos. Vixen saiu latindo por baixo das amarras, e em questão de minutos todos os elefantes chutavam, guinchavam e alardeavam ao mesmo tempo.

– Ei, você, soldado – chamou um cornaca irritado –, chame sua cachorra. Ela está assustando nossa turma de elefantes.

– Esquisitos da miséria! – disse Ortheris pensativo. – Falam com eles feito gente, e até que são. Não são tão esquisitos, se você pensar bem.

Vixen voltou ganindo, para mostrar que poderia repetir a proeza, se o desejasse, e se instalou entre os joelhos de Ortheris, sorrindo um sorriso largo para os cães dele, que não ousavam atacá-la.

– Espalhou a bateria esta manhã? – tornou Ortheris.

Com isto queria dizer que acabara de chegar a bateria de elefantes; caso contrário, teria dito apenas "os morteiros". Três elefantes foram atrelados em fila para cada arma, e quem nunca viu um grande morteiro de 40 libras em posição, rolando no encalço de seus gigantescos animais, tinha aí algo para apreciar. O elefante líder se comportou muito mal durante a revista; foi solto, devolvido à formação em desgraça e, naquele momento, guinchava e fustigava o ar com a tromba no fim da fila. Seu cornaca, resistindo a distância aos golpes, tentava acalmá-lo.

– Esse é o miserável que atrapalhou a revista. Está com *acesso de fúria* – disse Ortheris, apontando. – Logo, logo, vai haver matança no regimento, e então, quem sabe, soltam o bicho e nos chamam para atirar; foi assim quando o elefante do rei nativo teve um *acesso de fúria* em junho do ano passado. Acho que esse vai.

– Adora ser bajulado! – disse Mulvaney com desdém, de sobre a pilha de roupa de cama. – Está de mau humor porque ficam chateando ele. Aposto meu equipamento que é novo na artilharia e não nasceu para bancar o carregador. Pergunte ao cornaca, meu senhor.

Gritei para o velho cornaca de barbas brancas que se desdobrava em amabilidades para com o carrancudo pupilo.

– Ele não está *enfurecido* – replicou o homem indignado. – Apenas sua dignidade foi ofendida. Um elefante é um boi ou mula para ficar rebocando em uma fila? Sua força está na cabeça. Paz, paz, meu senhor! Não foi *minha* culpa se lhe puseram arreios esta manhã! Só um elefante de baixa casta puxa armas, e *este* é um *Kumeria* do Doon. Leva um ano mais a vida de um homem para fazê-lo puxar carga. O pessoal da artilharia o colocou na turma das armas porque seus animais plebeus não prestam. Não querem saber o que ele é, nem o alcance de sua ira.

– Esquisito! Esquisitice mais diferente – disse Ortheris. – Então, o deus está de mau humor! Imagine se ele se solta!

Mulvaney ia falar, mas se conteve, e perguntei ao cornaca o que aconteceria se as correntes dos calcanhares quebrassem.

– Deus é quem sabe: Ele fez os elefantes – disse com simplicidade. – Neste estado é capaz de matar os três, ou sair correndo até passar sua raiva. Não me mataria, a não ser que estivesse *tomado pela fúria*. Neste caso, ele me mataria antes de qualquer pessoa no mundo, porque me ama. É assim no mundo dos elefantes; e o mundo dos cornacas aceita isso, por loucura. Cada um de nós acredita em seu elefante, até que ele nos mate. Outras castas acreditam nas mulheres, mas nós acreditamos no mundo dos elefantes. Vi homens lidarem com elefantes enfurecidos e sobreviverem; mas nunca houve um homem nascido de mulher que encontrasse, meu senhor, o elefante, em seu *acesso de fúria*, e vivesse para contar como o dominou. Eles têm coragem suficiente para enfrentá-lo com raiva.

Traduzi. Terence disse:

– Pergunte ao selvagem se já viu um homem dominar um elefante, de qualquer jeito, um homem branco.

– Uma vez – disse o cornaca – vi um homem montado, isso mesmo, em um elefante na cidade de Kanpur; um homem calvo, branco, batendo na cabeça, com uma arma. Disseram que estava possesso pelo demônio ou pela bebida.

– Será que ele teria essa coragem sem beber? – perguntou Mulvaney depois do trabalho de intérprete. O elefante acorrentado rugiu.

– Só há um homem no mundo desse tipo infeliz de louco varrido para fazer uma coisa dessas! – disse Ortheris. – Quando foi, Mulvaney?

– Como o *naygur* tá dizendo, em Kanpur, e era eu aquele doido, nos bons tempos de juventude. Mas foi tudo tão natural feito um dia depois do outro: eu e o elefante, o elefante e eu; a nossa briga foi a coisa mais natural de tudo.

– Foi isso mesmo que aconteceu – afirmou Ortheris. – Só que você devia estar mais louco que de costume. Sei de uma vez que você deu jeito num elefante, mas por que nunca nos contou nada dessa outra vez?

– Porque, se o *naygur* não estivesse aqui dizendo o que disse, sem ninguém perguntar, você ia me chamar de mentiroso, Stanley, meu filho, e eu ia me sentir na obrigação e na satisfação de dar um soco na sua cara! Só tem uma coisa de errado com você, rapaz, que é pensar que sabe tudo no mundo e um pouco mais. É um erro que acabou com uns oficiais com quem eu servi, para não falar de dois outros sujeitos; foi por isso que sempre fiz segredo do caso.

– Ah! – fez Ortheris, todo eriçado. – E quem eram os dois Sir Garnets* de nada, hein?

– Um era eu mesmo – disse Mulvaney com um largo sorriso que a escuridão não disfarçava – e (já que ele não está aqui, não tem problema falar mal dele) o outro era o Jock.

– O Jock é um monte de feno vestido. *Parece* com o feno; não *acerta* um em cem; nasceu *num* monte de feno, e acho que vai morrer *debaixo* do feno, porque não sabe dizer o que quer em língua de cristão – disse Ortheris, saltando da pilha de forragem para espanar as calças.

Vixen pulou sobre o estômago dele, e os outros cães sentaram-se por ali.

– Já sei com que o Jock se parece – disse eu. – Agora quero ouvir a história do elefante.

– É mais uma invenção do Mulvaney – comentou Ortheris, ofegando sob o peso dos cães. – Ele e o Jock salvaram o Exército britânico inteiro! Daqui a pouco ele vai dizer que eles venceram em Waterloo. Ora!

---

*Marechal de campo José Garnet Wolseley foi um oficial do Exército britânico e participou de inúmeras batalhas. Era conhecido por sua reputação e eficiência, que lhe renderam a frase "Está tudo Sir Garnet", que significa "Tudo está em ordem" (*N. do E.*)

Nenhum de nós achava que valia a pena dar ouvidos a Ortheris. O grande elefante da artilharia agitava-se e resmungava acorrentado, emitindo, às vezes, sons estrondosos, e foi com esse acompanhamento que Terence continuou:

– No começo – disse ele –, sendo eu do jeito que sou, tive um desentendimento com o meu sargento naquela época. Ele ficou com despeito de mim por muitos motivos...

Os olhos fundos piscaram com a brasa do cachimbo e Ortheris resmungou:

– Outra de mulher!

– ...Por muitos motivos morais, e o resultado foi que ele entrou no quartel um dia de tarde, quando eu ajeitava o meu topete antes de sair, me chamou de gorila (que eu não era) e de miserável depravado (que eu era) e me mandou fazer uma faxina aqui e ali, e ajudar na mudança das tendas dos E. P., porque tinham chegado 14 dos campos de repouso. Nessa altura eu já estava pronto para sair...

– Ah! – ouviu-se de sob os cães –, ele é mórmon, *Vic.* Você não tem nada que se meter com ele, cachorrinha.

– ...Pronto para sair, falei para ele umas coisas que me vieram na cabeça; uma coisa puxa outra, e enquanto eu falava tomei tempo para dar um soco no nariz dele, de jeito que ele ia ficar uma semana sem chegar perto de mulher nenhuma. Era um nariz grande e bonito, e custou para ficar bom de novo. Depois disso, eu fiquei tão satisfeito com a façanha que nem liguei para a guarda que chegou e me levou para a cadeia. Até uma criança podia ter me levado, porque eu sabia que o nariz do nosso Kearney estava acabado. Naquele verão, o velho regimento não usou a cadeia dele, porque a cólera andava por lá feito mofo em bota molhada; era morte certa ficar confinado lá. Emprestamos a cadeia do Santo Cristo (o regimento que não via serviço nunca), que fica a mais de um quilômetro de distância, passando por dois campos de treino e pela estrada principal, e com todas as senhoras de Kanpur saindo de tarde a passeio. Foi assim que mudei para perto da melhor sociedade, minha sombra dançando na minha frente, e a guarda tão solene de polaina, eu de pulseira no braço, e o coração leve pensando na pro... pro... probóscida do Kearney na tipoia.

"No meio daquilo tudo, percebi um oficial da artilharia, de uniforme completo do regimento, lá embaixo na estrada, às carreiras, de boca aberta. Olhava desesperado para as charretes e a fina sociedade de Kanpur, e então mergulhou feito um coelho dentro dum cano ao lado da estrada."

"Pessoal", falei, "esse oficial está bêbado. Isso é um escândalo. Vamos levá-lo para a cadeia também."

"E o cabo da guarda pulou para o meu lado, destrancou a coleira e disse: 'Se tiver que correr, corra para salvar a vida. Se não, vou confiar na sua honestidade. De qualquer jeito', continuou, 'volte para a cadeia quando puder.'

"Aí eu fiquei apreciando ele correr para um lado, metendo as pulseiras, que eram propriedade do governo, no bolso, e a guarda correndo para o outro, e toda as charretes correndo para todos os lados, e eu sozinho olhando o vermelho da boca de um elefante de 12 metros de altura até o ombro, 3 metros de largura, com presas compridas feito o Monumento de Waterloo. Foi assim que fiz o primeiro reconhecimento. Quem sabe ele não era tão perigoso, era só alto demais, mas não parei para tirar as amarras. Mãe do Céu, o que corri naquela estrada! A fera começou a investigar o cano com o oficial da artilharia lá dentro, e chegou a minha vez. Tropecei num rifle que a minha guarda tinha largado no chão (indisciplinados sem-vergonhas que eram!) e quando levantei estava virado para o outro lado e o elefante caçando o oficial da artilharia. Assim me lembro do traseiro gordo dele. Ele não cavava, mas fazia igualzinho ao que *Vixen* faz num buraco de rato. Botou a cabeça para baixo (pela minha alma, quase plantou bananeira!) e espiou dentro do cano; então, grunhiu e correu para o outro lado, caso o oficial fugisse pela porta dos fundos; meteu a tromba dentro do cano, tirou-a cheia de lama, soprou a lama fora, grunhiu e xingou! Dou a minha palavra, ele xingou aquele oficial de tudo; e o que um elefante da intendência tinha que se meter com um oficial da artilharia, me passou pela cabeça. Como eu não tinha para onde ir a não ser a cadeia, fiquei parado na estrada com o rifle, um Snider sem munição, filosofando sobre a retaguarda do animal. Tudo em volta de mim, num raio de quilômetros, era pura desolação, sem vivalma com duas pernas, ou quatro, num caso desse; era uma emboscada, e o sujeito ali parado batendo com a cabeça e grunhindo para o cano, o rabo empinado tentando gritar com 1 metro de lixo da estrada em cima da tromba. Rapaz, vocês precisavam ver!

"Ele, então, deu uma olhada para mim, ali parado sozinho no vasto, vasto mundo, encostado no rifle. Ficou descontrolado, porque pensou que eu era o oficial da artilharia disfarçado. Olhou por entre as pernas para o cano, olhou para mim, e eu disse a mim mesmo: 'Terence, meu filho, você já ficou muito tempo apreciando essa Arca de Noé. Pernas para que te quero!'

"Deus sabe que eu queria só dizer a ele que eu era um preso à toa indo para a cadeia, não era oficial, não era mesmo, mas ele botou as orelhas na frente da cabeça gorda e bati em retirada pela estrada, agarrado no rifle, com um frio mórbido na espinha, as calças frouxas, certo de que ele ia me pegar, ele se arrastando com... com hostilidade.

"Devo ter corrido até cair, porque eu tinha os dois lados da estrada como guias, e um homem, ou mil homens nesse caso, é que nem carneiro quando vê uma linha reta."

– Que nem canários – emendou Ortheris no escuro. – Desenhe uma linha numa maldita prancha e ponha os malditos passarinhos lá; ficam lá para sempre, amém, se ficam. Bote um regimento inteiro (eu tive num), andando a passo de caranguejo pela margem de um riacho de meio metro que eles não têm a ideia de atravessar. O homem é igual aos carneiros... carneiros da miséria. Continua.

– Mas vi a sombra dele com o rabo do olho – continuou o homem das experiências – e disse: "Vira, Terence", e me virei. A verdade é que eu ouvia as faíscas voando das patas, e me meti na primeira casa que apareceu, dei um pulo do portão para a varanda da casa, e caí numa tribo de *naygurs* com um garoto mestiço numa escrivaninha, todo mundo fabricando arreios. Era o Empório de Carruagens Antônio, em Kanpur. O senhor conhece?

"O velho Dentuço deve ter se virado junto comigo, porque a tromba dele veio batendo na varanda feito correia em briga de quartel, antes que eu entrasse na loja. Os *naygurs* e o mestiço gritaram e saíram pela porta dos fundos e eu fiquei sozinho igual à mulher de Ló, no meio dos arreios. Coisa que dá sede é arreio, por causa do cheiro.

"Fui para a sala dos fundos, já que ninguém me convidava, e achei uma garrafa de uísque e uma moringa com água. O primeiro gole e o segundo nem notei porque estava seco, mas o quarto e o quinto tomaram conta de mim e comecei a pensar no diabo do elefante. 'Passe para o andar de cima manobrando, Terence', eu disse, 'você já virou general.'

"Fui, então, para o telhado liso e lamacento, e olhei com cuidado pela beirada do parapeito. O velho Barrigudo continuava no jardim, andando de um lado para o outro, pegando uma graminha aqui, uma plantinha ali, por tudo no mundo igual ao nosso coronel de agora, quando a mulher dele dá uma bronca e ele sai andando para refrescar a cabeça. O traseiro estava virado para mim e, nessa hora, solucei. Ele conferiu tudo na caminhada, uma orelha para a frente que nem uma velha surda com a mão no ouvido, e levantou a tromba reconhecendo o terreno. Balançou a orelha, perguntando, claro como o dia: 'Meus instintos estão me enganando?', e recomeçou o passeio. Conhece a casa do Antônio? Era como é agora, com as charretes novas e as velhas, as charretes de segunda mão, as charretes de aluguel... carruagens, escovas, vassouras e vagonetes. Então, solucei de novo, e ele começou a estudar o terreno, o rabo ereto de nervoso. Enrolou a tromba na haste de um vagonete e puxou cauteloso e pensativo. 'Não está aqui', ele disse, fuçando o estofado com a tromba. Então solucei mais uma vez; e com isso ele perdeu a paciência e tudo, igual a esse aqui na formação.

O elefante da artilharia irrompeu em estrondosa indignação, incomodando os outros animais que haviam terminado sua refeição e queriam cochilar. Em meio aos protestos, podíamos ouvi-lo puxando sem descanso a argola da pata.

– Como ia dizendo – continuou Mulvaney –, ele se comportou horrivelmente mal. Soltou a pata da frente como um martelo, convencido de que eu me emboscava nas proximidades; e aquele vagonete voltou rapidamente para o meio das outras carruagens, que nem morteiro de campanha em posição. O bicho puxou-o de novo, sacudiu-o, e ele virou picadinho. Depois ele veio desviando, cabeceando, dançando, lunático, arrastando os pés, acabando com o estoque inteiro de Antônio. Chutou, se estatelou, imprensou e triturou tudo, a cabeça pelada balançando solene como no minueto. Pegou uma vassoura novinha, jogou num canto, e ela abriu que nem um lírio em flor; bateu com a pata no chão e acabou com uma roda girando na presa. Acho que com isso ele se assustou, e, sei lá por quê, sentou-se bem em cima das carruagens, e se encheu de estilhaços, igual a uma alfineteira. No meio da confusão, as carruagens já umas por cima das outras, saindo pelas paredes furadas, mostrando agilidade, ao arrancar fora as rodas, ouvi um gemido aflito no alto da casa; a firma toda de Antônio, mais a família, nos xingava do telhado do vizinho; eu, porque fugi para a casa deles, e o elefante, porque resolveu dançar logo com as carruagens dos aristocratas.

"Distraia ele", gritou Antônio, dançando no telhado de colete branco. "Distraia ele, senão eu te processo."

"E a família inteira gritava: 'Dê um chute nele, seu soldado.'

"Ele está se divertindo", falei, porque não valia a vida de um homem entrar na casa. Mas para não dizer que não fiz nada, joguei lá embaixo a garrafa de uísque (que não estava cheia, mesmo). Ele espanou o que sobrou da última charrete e enfiou a cabeça na varanda a menos de um metro de onde eu me encontrava. Não sei se foi o traseiro dele ou o uísque que me tentou. De qualquer maneira, o que sei é que, depois disso, eu estava, com as mãos cheias de lama e cimento, no lombo do elefante, e o Snider descia a rampa da cabeça dele. Agarrei o bicho e comecei a brigar com o nariz dele; impulsionei com os joelhos atrás das orelhas de abano e saímos na glória daquela casa, com um guincho que me arrepiou o espinhaço e me deu um nó nas tripas. Aí me lembrei de Snider, peguei-o pelo cano e bati na cabeça dele. Foi mais por desespero mesmo, como dar umas batidinhas com uma vara no convés de um navio-transporte de tropas tentando parar as máquinas só porque você está enjoando. Mas continuei até ficar suado e, no final, sem tomar conhecimento de nada, ele começou a grunhir. Bati nele com toda a força que tinha naquele tempo; deve ter incomodado um pouco. Voltamos ao campo de treino a sessenta por hora, cantando vitória. Não parei de martelar nem um minuto. Queria distrair o bicho, para que não corresse para debaixo das árvores e me amassasse que nem cataplasma. O campo de treino e a estrada estavam vazios, com as tropas no telhado do quartel, e no meio dos guinchos do Velha Trajetória e dos meus (pois eu já estava sem fôlego naquele quebra-costela), ouvi todos me aplaudindo e me animando. Ele começou a se confundir e deu para correr em círculo."

"Miséria", pensei, "tudo tem limite, Terence. Parece que você rachou a cabeça dele, e quando sair da cadeia vai ser preso por matar um elefante do governo."

"E, com isso, comecei a fazer carinho nele."

– Como conseguiu? É como fazer carinho no quartel inteiro – disse Ortheris.

– Tentei de todo jeito falar umas coisas para agradar, mas estava tão perturbado que não atinei com nada na hora. Então, eu disse "bom garoto", "gatinho" e gritei: "Pare, jumento", e depois dei-lhe uma coronhada para apaziguar os ânimos, e ele parou quieto no meio do quartel.

"Ninguém vai me tirar de cima desse vulcão assassino?", gritei com todas as minhas forças, e ouvi um homem berrando: "Aguente firme, fé em Deus, os outros elefantes estão chegando." "Nossa Senhora", eu disse, "será que vou bancar o domador da manada inteira? Me tirem daqui, seus covardes!"

"Então, uma parelha de elefantas gordas, com os cornacas e um sargento da intendência, surgiu se arrastando na esquina do quartel; e os cornacas ficaram xingando a mãe e a parentada do velho Putifar."*

"Observe os reforços", eu disse. "Vão levar você para a cadeia, meu bem", e o filho da calamidade virou as orelhas para a frente e balançou a cabeça para as fêmeas. O ânimo dele, depois da minha cantoria no ouvido, me tocou bem fundo.

"Eu também caí em desgraça", falei, "mas vou fazer tudo que puder por você. Vamos para a cadeia como homens ou vamos brigar que nem idiotas até não dar mais?"

"Depois disso, dei mais um soco na cabeça dele, e ele deu um rugido imenso e deixou cair a tromba.

"Vai pensando", falei para ele, e "Parem!", disse para os cornacas. Estavam mesmo loucos para parar. Eu podia sentir o depravado pensando debaixo de mim. Por fim, ele esticou a tromba e uivou, melancólico (como se fosse um suspiro); e assim fiquei sabendo que ele tinha levantado a bandeira branca e agora era só ter consideração com os sentimentos dele.

"Já acabou", eu disse. "Vocês ficam em formação dos dois lados da estrada. Vamos quietos para a cadeia."

---

*De acordo com a tradição bíblica, Putifar foi o general do Exército egípcio que comprou José, filho de Jacó, como escravo. (*N. do E.*)

"Você é um homem ou um milagreiro?", perguntou o sargento lá do seu elefante.

"Eu sou um pouco de cada...", respondi, tentando me endireitar. "E o que pode ter provocado esse animal a se comportar de forma tão infame?", perguntei, com a coronha leve no colo e a mão esquerda caída, me sentindo o próprio soldado da cavalaria. Avançávamos para a formação dos elefantes sob escolta o tempo todo.

"Eu não estava no regimento quando começaram os problemas", comentou o sargento. "O elefante deixou de carregar barraca ou coisa assim, e foi para a artilharia. Eu sabia que ele não ia gostar, mas, para ser franco, isso acabou cortando o coração dele."

"Veja só, a comida de um é o veneno do outro", eu disse. "Minha ruína foi me colocarem para carregar barracas."

E o meu coração balançou para o lado do Velho Duas Pontas, porque ele foi molestado.

"Vamos cercar ele aqui", disse o sargento, quando chegamos na formação de elefantes. Todos os cornacas e os filhotes estavam em volta das estacas xingando meu pônei de um jeito que se podia ouvir a um quilômetro. "Você desce nas costas do meu elefante", ele disse. "Vai haver problema."

"Manda embora esse povo escandaloso", eu disse, "senão ele acaba com a raça deles." Podia sentir as orelhas dele batendo. "E vocês e suas elefantas indecentes abram caminho. Vou apear aqui. Ele é irlandês", eu disse, "mesmo com esse nariz comprido de judeu, e tem de ser tratado como um irlandês."

"Está cansado da vida?", perguntou o sargento.

"Cansado demais", respondi, "mas um de nós tem que ganhar, e acho que serei eu. Volte."

"As duas elefantas saíram e o meu Smith O'Brien parou imóvel sobre as próprias amarras."

"Para baixo", ordenei, batendo na cabeça dele, e assim ele fez, as patas da frente juntas. "Agora", continuei, escorregando pela tromba e ficando de frente para ele, "você vai ver quem é o melhor."

"A cabeça dele estava entre as patas dianteiras, que se encontravam cruzadas como as de um gatinho. Era a própria imagem da inocência e do desamparo, e por isto e aquilo ele tremia o beiço cabeludo, ao mesmo tempo em que piscava os dois olhos para não chorar."

"Pelo amor de Deus", eu disse, esquecendo que era só um bicho, "não leve isso tão a sério! Deixe pra lá", prossegui e, com isso, fiz um carinho na bochecha, no meio dos olhos e no alto da tromba, conversando sem parar. "Agora", disse, "vou aprontar tudo para você dormir. Mande aqui uns dois filhotes", gritei para o sargento, que nos observava, esperando me ver morto a qualquer momento. "Ele vai despertar só de ver um homem."

– Você ficou sabido de repente – comentou Ortheris. – Como pegou o jeito tão depressa?

– Porque – disse Terence com energia –, porque conquistei o bandido, meu filho!

– Ah! – fez Ortheris entre a dúvida e o deboche. – Continue.

– O filhote do cornaca dele e outros dois elefantinhos do regimento vieram correndo, sem medo de nada, e jogaram água; lavei a cabeça dele, machucada, coitado (rapaz, dei nele pra valer!); outros cataram as lascas das charretes do pelo dele; esfregamos o bicho e botamos uma cataplasma gigante de folha fresca (da mesma que a gente bota em pônei esfolado) na cabeça dele, que nem um boné; demos uma pilha de cana nova para ele comer e ele ficou ali comendo.

"Agora", eu disse, sentando na pata dele, "vamos tomar uma bebida; o que passou, passou. Mandei um menino *naygur* pegar um litro de araca e a mulher do sargento me mandou quatro dedos de uísque e, quando a bebida chegou, vi pela piscada do Tufão Velho que ele conhecia aquilo tão bem quanto eu (que azar!). Então, ele tomou o litro dele igual a um cristão, e eu coloquei as amarras nele, ele se sacudiu na estaca, eu dei a minha bênção e voltei para o quartel."

– E depois? – perguntei no intervalo.

– Você pode imaginar. – disse Mulvaney. – Houve muita confusão, o coronel me deu 10 rupias, o ajudante, 5 rupias, o capitão da minha companhia, mais 5 rupias, e os homens me carregaram, gritando, em volta do quartel.

– Você foi preso? – perguntou Ortheris.

– Nunca mais ouvi falar do mal-entendido com a besta do Kearney, se é disso que está falando, mas um monte de gente foi levada de repente para o Hotel do Santo Cristo aquela noite. Queixa pequena: gastaram 20 rupias de bebida. Fui deitar e dormir, porque estava morto, mais que morto, que nem ele lá no regimento. Cavalgar elefante não é fácil.

"Depois disso, eu e o Venerável Pai do Pecado ficamos amigos íntimos. Eu ia para o regimento, quando tudo dava errado, e passava a tarde com ele, chupando cana – eu e ele, unha e carne. Ele tirava tudo que eu tinha nos bolsos e guardava de novo, e, de vez em quando, eu levava cerveja para melhorar a digestão dele, e dava conselhos para se comportar e se afastar do jogo. Aí, acabou o tempo dele no exército, quer dizer, você é transferido assim que faz amizade.

– E você nunca mais o viu? – perguntei.

– Acreditou na primeira parte desse caso? – perguntou Terence.

– Estou esperando o Learoyd aparecer – respondi evasivamente.

Excetuando as vezes em que era admoestado pelos outros dois, e esclarecido o lucro monetário imediato, o homem de Yorkshire não costumava mentir; mas Terence, eu sabia, tinha uma imaginação pródiga.

– Ainda tem a outra parte – disse Mulvaney. – O Ortheris aparece nela.

— Então acredito em tudo — respondi, não por confiar na palavra de Ortheris, mas pelo desejo de ouvir o restante da história.

Ortheris roubou um cachorrinho que era meu, assim que nos conhecemos, e mesmo com o bichinho se debatendo debaixo de seu sobretudo, negou não apenas o roubo, mas seu interesse por cães.

— Isso foi no começo do negócio afegão — disse Mulvaney. — Anos depois os homens que me viram dar o golpe já tinham morrido ou voltado para casa. Não tenho falado nisso ultimamente, porque *não* me importo de dar um soco na cara do sujeito que me chamar de mentiroso. Logo no início da marcha fiquei doente de morte. A bota feriu meu pé, mas eu queria acompanhar o regimento, essas besteiras. Então, acabei com um buraco no calcanhar que dava para enfiar um pino de barraca. Juro, quantas vezes passei sermão nos recrutas depois disso, avisando a eles para cuidar dos pés! Nosso médico, que conhecia nosso serviço tão bem quanto o dele, me disse, no meio do Desfiladeiro do Tangi: "É puro desleixo. Quantas vezes não disse a você que um homem da infantaria é mais fraco que seus pés... os pés... os pés! Agora é para o hospital que você vai. Três semanas de despesa para a rainha e chateação para o país. Da próxima vez, um pouco do uísque que você bota na goela e do sebo que você bota no cabelo devem ir para dentro da meia."

"Esse era um sujeito sério. Então, assim que chegamos à nascente do Tangi, fui hospitalizado, mancando de uma perna, muito sem graça. Era um hospital de campanha (só mosca, boticário nativo e pomadinhas), meio abandonado, se você me entende, perto da nascente do Tangi. A guarda do hospital odiava os doentes porque tinha que ficar lá protegendo a gente, e nós odiávamos ser protegidos; e pelo Tangi, dia e noite, noite e dia, passos, cavalo, morteiro, intendência, barraca, e os acompanhantes das brigadas vertiam que nem café com leite. As padiolas chegavam aos trancos, uma porção delas, e tinham de dar a volta na colina, levando os doentes, e eu de cama tratando do calcanhar, e ouvindo os homens serem levados. Me lembro da noite (quando estava com febre) que chegou um homem cambaleando no meio das barracas e perguntou:

"'Tem um quarto para se morrer aqui? Porque nas colunas não tem nenhum', e, com isso, caiu morto atravessado numa maca, e o homem que estava ocupando a maca começou a reclamar que não queria morrer sozinho na poeira de um defunto. Então devo ter delirado de febre, e passei uma semana rezando para os santos fazerem parar o barulho das colunas se deslocando no Tangi. O que mais me incomodou foram as carretas de canhão. Vocês se lembram como é quando a gente está com febre?

Acenamos com a cabeça; não era necessário explicar.

– As carretas, o povo a pé, o povo gritando, mas principalmente as carretas. Para mim não teve dia nem noite por uma semana. De manhã eles levantavam o toldo da barraca e nós, os doentes, podíamos olhar para o desfiladeiro e imaginar o que apareceria. A cavalo, a pé ou de carreta, era garantido chegar uns dois doentes, e nós ficávamos a par das novidades. Um dia de manhã, quando a febre tomou conta de mim, eu estava apreciando o Tangi, que mais parecia o outro lado da medalha afegã: homens, elefantes e armas, chegando tudo ao mesmo tempo, se arrastando pelo fosso.

– Era mesmo um fosso – disse Ortheris emocionado. – Fui atingido e baixei doente no Tangi duas vezes; e o que me revolta é não ter nem uma violeta por ali.

"O desfiladeiro fazia uma curva no fim, por isso tudo brotava do nada, e eles construíram uma ponte para a passagem da tropa (de lama e bicho morto) por cima da cabeceira de um riacho. Fiquei ali deitado contando os elefantes (da artilharia) que testavam a ponte com a tromba e rebolavam manhosos. A cabeça do quinto elefante surgiu na curva; ele levantou a tromba, deu um urro e encalhou na nascente do Tangi que nem rolha na garrafa. 'Juro', pensei comigo, 'que ele não confia na ponte; vai dar problema.'"

– Que problema! Meu Deus! – disse Ortheris. – Terence, *eu* estava atrás desse infeliz, comendo poeira. Um problema e tanto!

– Então, conte você; só sei o que se via do hospital.

Mulvaney bateu as cinzas do cachimbo, enquanto Ortheris tentava se desvencilhar dos cães para prosseguir:

– Fazíamos a escolta da artilharia em três companhias – disse ele. – O Dewcy era o nosso major, e tínhamos ordem de embrulhar tudo que aparecia no meio do Tangi e empurrar até o outro lado. Feito piquenique com espingarda de ar comprimido, entende? Arrastamos um monte de mendigos preguiçosos, acompanhantes nativos e uns suprimentos da intendência, que estava acampada eternamente, e todo o lixo de meia dúzia de coisas que já devia estar na frente de combate há semanas, e o Dewcy, disse: "Vocês são uns limpadores de dar pena. Pelo amor de Deus, limpem direito dessa vez."

"Por isso nós varremos... e como varremos! Havia um regimento inteiro atrás de nós, louco para entrar; e eles continuaram a mandar recados para nós, com os cumprimentos do general; e querendo saber, por favor, por que diabo estávamos atrapalhando o caminho. Ah, eles eram educados demais! O Dewcy também era assim! Ele os mandou de volta, de castigo, e nós demos um castigo para a artilharia, e eles deram um castigo para a intendência e a intendência deu um castigo extra de primeira para os acompanhantes nativos, e assim fomos até não poder mais andar, e o desfiladeiro todo ficou cantando "Aleluia" por 2,5 quilômetros. Não tínhamos paciência, nem fundo nas calças, e os casacos e os rifles estavam jogados nas carroças, como se tivéssemos sido derrotados naquele minuto, e nós estávamos fazendo serviço de vaqueiro. Foi o que aconteceu, indo para a estrada de Islington!

"Eu estava bem perto do começo da coluna quando vimos o lado do Tangi descoberto na nossa frente, e eu disse: 'A porta está aberta, pessoal. Quem vai entrar primeiro na galeria?' Então, vi o Dewcy torcendo o monóculo no olho e olhando bem em frente.

"'Exato, *seu* miserável!', ele disse, e o traseiro daquele maldito infeliz brilhava na poeira igual lua cheia na lona.

"Aí nós paramos, tudo amontoado, um por cima do outro, e bem por trás da artilharia passou boiando um bando de camelos rindo arreganhado, que a intendência era responsável por eles, boiando feito se tivessem no Jardim Zoológico e espremendo nossos homens de dar medo. A poeira era tanta que não se via um palmo adiante do nariz, e quanto mais batíamos na cabeça deles, mais os condutores diziam '*Accha! Accha!*' e, por Deus, era uma confusão que nem se sabia onde se estava. E o traseiro do infeliz encalhado firme e forte no desfiladeiro, e ninguém sabia para quê.

"Primeiro de tudo, tivemos que brigar com os malditos camelos. Eu não ia ser comido por nenhum deles, por isso, segurei a minha calça com uma só mão, subi numa pedra e mandei o cinto em todo nariz que balançou na minha frente. Aí os camelos foram derrubados e tiveram que brigar para manter a retaguarda e não serem espremidos pelos acompanhantes nativos; e a retaguarda precisou mandar um mensageiro descer o Tangi para avisar ao outro regimento que estávamos bloqueados. Eu ouvi os cornacas gritando na frente que o miserável não ia atravessar a ponte; e vi o Dewcy pulando na poeira que nem formiga no açúcar. Então, nossas companhias ficaram cansadas de esperar e começaram a contar o tempo, e uns começaram a cantar "Tommy, make room for your uncle". Depois *disso* não se enxergava, respirava ou escutava; e lá fomos nós, cantando umas musiquinhas idiotas para o traseiro de um elefante que não liga para afinação! Eu também cantei, e não tinha mais nada que fazer. Estavam reforçando a ponte na frente, tudo por causa do infeliz. De repente, um oficial me agarrou pelo pescoço e acabou com a cantoria. Então, agarrei pelo pescoço o primeiro sujeito que vi na minha frente e acabei com a cantoria *dele*.

– Qual a diferença entre ser esganado por um oficial e ser espancado em uma briga? – perguntei, recordando um incidente no qual a dignidade de Ortheris fora ofendida por seu tenente.

– Um é uma piada sem graça, e o outro é um insulto! – disse Ortheris. – Além do mais, estávamos de serviço e, nessa situação, ninguém liga para o que faz um oficial, se ele continuar nos dando o rancho e não fizer muita palhaçada. Depois disso, ficamos quietos, e ouvi o Dewcy dizer que ia nos mandar à corte marcial assim que a gente saísse do Tangi. Demos três vivas para o Dewcy e mais três para o Tangi; e já que o traseiro do desgraçado estava encalhado no desfiladeiro, demos viva para *aquilo*. Disseram que a ponte tinha sido reforçada, e demos três vivas para a ponte; mas o infeliz não se mexeu um centímetro. Ele, não! Então, demos um viva para ele de novo, e o Kite Dawson, que sempre puxava a cantoria (ele morreu no meio do caminho), começou a fazer uma conferência sobre traseiro de elefante; o Dewcy tentou impor respeito no começo mas, meu Deus, ninguém ia conseguir com o Kite se fazendo de bobo, perguntando se não era melhor dar baixa, alugar uma casa e adotar um órfão ali no Tangi mesmo, já que a gente não ia conseguir sair de lá. Apareceu um oficial (montado, feito bobo também) do regimento de trás com mais uns cumprimentos lindinhos do coronel dele, e a que se deve o atraso, por favor? Cantamos "There's another bloomin' row downstairs" até o cavalo dele disparar, e demos três vivas para ele, e o Kite Dawson disse que ia escrever para o *The Times* sobre o estado lastimável das ruas do Afeganistão. O traseiro danado continuava encalhado *no* desfiladeiro. Depois de um tempo, um dos cornacas chegou perto do Dewcy e disse alguma coisa.

"'Ai, Senhor!', fez Dewcy. 'Eu não tenho o caderno de endereço desse miserável! Dou a ele mais dez minutos e depois atiro."

'As coisas no Tangi estavam ficando pretas, e nós todos paramos para escutar.

"'Ele quer se encontrar com um amigo', disse Dewcy em voz alta; depois enxugou a testa e sentou num canhão.

"Você pode imaginar como o regimento berrou."

– Muito bem – dissemos. – Três vivas para o amigo do Doutor Bunda Empacada – continuamos. – Por que não disse logo? Passe a palavra para a mulher do nosso Rabo Suíço, e coisas assim.

"Alguns homens não acharam graça. Imaginavam que era só o começo, porque conheciam os infelizes. Aí, nós corremos para as armas, passando entre as patas dos elefantes (meu Deus, imagino como é que metade das companhias não ficou esmagada), e logo depois vi o Terence aqui, parecendo um papel amassado, vindo da colina com um sargento.

– Ah, eu devia ter adivinhado que ele estava por trás disso – comentei: – Agora conte o que houve do seu lado.

– Eu estava de fora igual a você, rapaz, ouvindo o barulho e o pessoal cantando. Logo escutei uns cochichos e o médico dizendo: "Vá embora, está acordando meus doentes com esses casos de elefante."

"E o outro homem disse, bem zangado:

"'É um caso que está empatando duzentos homens no Tangi. Esse filho do pecado, esse saco de feno, esse elefante está dizendo, ou os cornacas estão dizendo por ele, que quer se encontrar com um amigo, e não vai levantar a mão ou o pé até encontrar o tal. Estou cansado de apresentar varredores e cules ao bicho. O couro dele está furado de baioneta, que nem buraco em tela de mosquito, e a ordem, senhor doutor, é perguntar se alguém aqui, doente ou curado, vivo ou morto, conhece um elefante. Não estou maluco', ele disse, sentando-se numa caixa de remédio. 'Essas são as ordens que recebi', continuou, 'mesmo que pensem que sou um idiota. Alguém aqui conhece um elefante?'

"Nós, os doentes, ficamos calados.

"'Bem, você já tem a resposta', disse o médico. 'Vá-se embora.'

"'Espere', disse, confuso, da minha maca; eu não reconhecia minha própria voz. 'Posso dizer que conheço um elefante.'

"'Está delirando. Veja o que o senhor fez, sargento. Sossega, homem', disse o médico quando viu que eu tentava me levantar.

"'É nada', eu disse. 'Montei esse elefante no quartel de Kanpur. Ele deve se lembrar. Quebrei a cabeça dele com o rifle.'

"'Louco de pedra', afirmou o médico, e botou a mão na minha testa. 'Homem', ele disse, 'sabe que, indo lá, você pode voltar ou ficar?'

"'Estou pouco ligando', respondi: 'Se estou louco, é melhor morrer.'

"'Você me convenceu', disse o médico. 'Você não está com febre.'

"'Vamos', disse o sargento. 'Hoje está todo mundo louco, e as tropas querem jantar.' Passou o braço na minha cintura e saí ao sol, as colinas e as pedras rodando igual a um carrossel. 'Estou há 17 anos no exército', disse, 'e ainda é tempo de milagre. Eles vão aumentar nosso soldo. Bandido', interrompeu, 'o bicho conhece você!'

"O Velho Obstrucionista começou a berrar como um possesso quando cheguei; escutei, então, quarenta milhões de homens dali até o Tangi, gritando:

"'Ele conhece você!'

"Então, a sua tromba me enrolou e quase desmaiei de fraqueza.

"'Tudo bem, Malaqui?', perguntei, chamando pelo nome que eu tinha no regimento. 'Malaqui, meu filho, está tudo bem?', insisti. 'Pois eu não estou nada bem.'

"Com isso ele urrou de novo até ecoar no desfiladeiro, e os outros elefantes se levantaram. Então, recobrei um pouco as forças.

"'Para baixo, Malaqui', pedi, 'me levanta, mas com cuidado, porque não estou passando bem.'

'Num instante ele se ajoelhou e me ergueu bem devagar.'

"'Vá em frente, meu filho', eu disse. 'Você está bloqueando a estrada.'

"Ele soltou um uivo de satisfação, e seguiu majestoso para fora da cabeceira do Tangi, a carreta do morteiro pendurada nas costas; e de trás dele veio o urro mais espantoso que já ouvi. E, então, minha cabeça começou a rodar, me deu um suadouro imenso, o Malaqui foi ficando alto e mais alto para mim, sentado nas costas dele, e eu disse, fraco e abobalhado, sorrindo para tudo em volta: "'Desce comigo, senão eu vou cair.'

"Depois, só me lembro de estar deitado na maca outra vez, mole feito um frangalho, mas curado da febre, e o Tangi vazio que nem a palma da minha mão. Eles tinham ido para a frente de combate, e dez dias depois eu também fui, depois de ter impedido e desimpedido a passagem de uma corporação inteira. O que o senhor acha disso?"

– Vou esperar até encontrar Learoyd – repeti.

– Estou aqui – disse uma sombra por entre as sombras. – Também ouvi o caso.

– É verdade, Jock?

– Ah! Verdade igual à sarna dessa cachorra. Ortheris, você não devia deixar os cachorros se meterem com ela.

6
Wee Willie Winkie

Oficial e cavalheiro.

O nome dele era Percival William Williams, mas tirou *o* outro nome de um livro infantil, e isso marcou o fim dos nomes de batismo. A camareira de sua mãe o chamava de Willie-*baba* mas, como ele nunca prestou a menor atenção ao que a camareira dizia, a opinião dela não pesou.

O pai era coronel do 195° e, logo que Wee Willie Winkie teve idade bastante para entender o que significava disciplina militar, o coronel Williams aplicou-a ao filho. Não havia outra maneira de controlar aquela criança. Quando ficava quieto durante uma semana, recebia um prêmio por bom comportamento, e quando fazia algo errado, perdia seu distintivo. Geralmente portava-se mal, pois a Índia oferece muitas oportunidades de enveredar pelo mau caminho quando se tem 6 anos.

As crianças negam-se a intimidades com estranhos, e Wee Willie Winkie era uma criança muito especial. Uma vez aceito o relacionamento, desfazia-se em amabilidades. Aceitou Brandis, oficial subalterno do 195°, à primeira vista. Brandis fora tomar chá com o coronel, e Wee Willie Winkie acabara de se apossar, com determinação, de um distintivo de bom comportamento, recebido por não correr atrás das galinhas em volta da casa. Observou Brandis com seriedade pelo menos por dez minutos, e depois emitiu sua opinião.

– Gosto de você – disse devagar, deixando sua cadeira para se aproximar de Brandis. – Gosto de você. Vou chamá-lo de Coppy, por causa do seu cabelo. Você se *importa* de ser chamado de Coppy? É por causa do cabelo, sabe?

Sem dúvida, essa era uma das singularidades mais embaraçosas de Wee Willie Winkie. Ele olhava para um estranho por algum tempo e depois, sem aviso ou explicação, dava-lhe um nome. E o nome ficava. Nenhuma punição institucional fora capaz de desestimular Wee Willie Winkie desse hábito. Perdeu seu distintivo de bom comportamento por batizar de "Pobs" a mulher do comissário; mas nenhuma providência do coronel fez com que a Estação esquecesse o apelido, e a Sra. Collen continuou como "Pobs" até o fim de sua estada. Desta forma, Brandis foi batizado de "Coppy" e cresceu, portanto, na estima do regimento.

Se Wee Willie Winkie se interessasse por alguém, o eleito seria invejado igualmente por oficiais e praças. Mas não se tratava de inveja inspirada pelo interesse. O filho do coronel era venerado apenas por seus próprios méritos. No entanto, ele não era bonito. O rosto estava permanentemente coberto de sardas, como os joelhos permaneciam esfolados e, apesar dos protestos lacrimosos da mãe, insistira em cortar os longos cachos louros no estilo militar.

– Quero meu cabelo como o do sargento Tummil – disse Wee Willie Winkie e, com a cumplicidade do pai, o sacrifício foi consumado.

Três semanas depois da dedicação de seu afeto juvenil ao tenente Brandis – dali em diante chamado de "Coppy", por concisão –, Wee Willie Winkie estaria destinado a presenciar fatos estranhos e muito além de sua compreensão.

Coppy retribuiu com interesse sua simpatia. Deixara-o usar por cinco minutos sua grande espada – exatamente da mesma altura que Wee Willie Winkie. Prometera-lhe um cãozinho *terrier* e lhe permitira testemunhar a extraordinária operação de barbear-se. Como se não bastasse, Coppy dissera que ele mesmo, Wee Willie Winkie, cresceria e teria seu próprio estojo com navalhas reluzentes, uma saboneteira de prata e um pincel de barba com base de prata. Decididamente, ninguém, exceto seu pai, que podia dar e tomar distintivos de bom comportamento a seu bel-prazer, detinha metade da sabedoria, força e coragem de Coppy, com suas medalhas afegãs e egípcias no peito. Por que, então, Coppy seria culpado da fraqueza pouco própria de um homem de beijar – beijar vigorosamente – uma "menina grande", ou seja, a Srta. Allardyce? Durante um passeio matinal a cavalo, Wee Willie Winkie vira Coppy em tal atitude e, sendo o cavalheiro que era, imediatamente fez o retorno e galopou para junto de seu cavalariço, a fim de que não presenciasse a cena.

Em circunstâncias habituais, ele teria falado com o pai, mas intuiu que este era um assunto sobre o qual Coppy deveria ser consultado em primeiro lugar.

– Coppy – gritou Wee Willie Winkie, detendo-se à entrada do bangalô dos subalternos, um dia de manhã cedo. – Quero falar com você, Coppy!

– Entre, rapaz – respondeu Coppy, que tomava seu café da manhã junto aos cães. – Que travessuras andou fazendo até agora?

Por três dias Wee Willie Winkie não fizera nada que pudesse ser considerado mau e, assim, colocara-se em um pedestal de virtudes.

– *Eu* não fiz nada errado – disse ele, enroscando-se em uma espreguiçadeira, como fazia o coronel depois de uma revista cansativa.

Enfiou o nariz sardento em uma xícara de chá e com os olhos cravados na borda perguntou:

– Queria saber, Coppy, se é direito beijar as meninas maiores?

– Nossa! Você começou cedo, hein! Quem você quer beijar?

– Ninguém. Minha mãe me beija o tempo todo, até eu mandar parar. Se não é direito, por que você estava beijando a filha mais velha do major Allardyce ontem de manhã, junto do canal?

Coppy franziu a testa. Ele e a Srta. Allardyce conseguiram com grande habilidade manter secreto seu compromisso por 15 dias. Havia razões urgentes e imperativas para que o major Allardyce não fosse informado a respeito dos acontecimentos por pelo menos mais um mês, e este pequeno intrometido descobrira coisas demais.

– Vi você – disse Wee Willie Winkie calmamente –, mas o *sais* não viu. Eu disse: *"Hut jao!"*

– Ah, você teve muito juízo, danadinho – resmungou o pobre Coppy, entre aliviado e aborrecido. – E a quem mais você contou isso?

– Só a mim mesmo. Você não contou a ninguém que tentei montar no búfalo quando meu pônei estava mancando; e achei que você não ia gostar.

– Winkie – disse Coppy entusiasmado, apertando a mãozinha dele –, você é o meu melhor amigo. Olhe aqui, você ainda não compreende essas coisas. Um dia desses, espere, como vou fazer você entender?... Vou me casar com a Srta. Allardyce, então ela vai ser a Sra. Coppy, como você diz. Se a sua cabecinha ficou escandalizada com a ideia de beijar as garotas grandes, então conte tudo ao seu pai.

– O que vai acontecer? – perguntou Wee Willie Winkie, que acreditava cegamente na onipotência do pai.

– Vou ter problemas – disse Coppy, jogando seu curinga com um olhar suplicante para o dono do ás.

– Então, não conto – assegurou, decidido, Wee Willie Winkie. – Mas meu pai diz que ficar sempre beijando não é coisa de homem, e eu acho que *você* não faria uma coisa dessas, Coppy.

– Não fico sempre beijando, companheiro. É só uma vez ou outra, e quando você for maior vai fazer a mesma coisa. Seu pai quis dizer que isto não fica bem para meninos pequenos.

– Ah! – exclamou Wee Willie Winkie, agora satisfeito com o esclarecimento. – É como o pincel de barba?

– Exatamente – respondeu Coppy com seriedade.

– Mas acho que nunca vou querer beijar as meninas grandes, a não ser minha mãe. Isso eu tenho de fazer, entende?

Houve uma longa pausa, interrompida por Wee Willie Winkie.

– Você é amigo dessa menina grande, Coppy?

– Demais! – disse Coppy.

– Mais amigo que do Bell, do Butcha... ou de mim?

– É diferente – disse Coppy. – Você sabe, um dia desses a Srta. Allardyce vai ser minha, mas você vai crescer, comandar o regimento e... muitas coisas mais. É bem diferente, entende?

– Muito bem – disse Wee Willie Winkie levantando-se. – Não vou contar a ninguém que você é amigo da menina grande. Agora preciso ir.

Coppy levantou-se e o acompanhou até a porta, acrescentando:

– Você é o meu melhor amigo pequeno, Winkie. Vou lhe dizer. Daqui a trinta dias você pode contar, se quiser. Contar a qualquer pessoa.

Desta forma, o segredo do compromisso Brandis-Allardyce ficava dependendo da palavra de uma criança. Coppy, que conhecia o conceito de verdade de Wee Willie Winkie, sentia-se à vontade, pois sabia que ele não quebraria a promessa. O menino, por sua vez, passou a revelar um particular e incomum interesse pela Srta. Allardyce e, girando vagarosamente em torno da jovem constrangida, costumava observá-la sem nem piscar. Tentava descobrir por que Coppy a teria beijado. Ela não tinha metade da graça de sua própria mãe. Por outro lado, era propriedade de Coppy, e dele seria quando chegasse a hora. Portanto, convinha tratá-la com o mesmo respeito dedicado à grande espada e à reluzente pistola de Coppy.

A ideia de partilhar com Coppy um grande segredo manteve Wee Willie Winkie sossegado por três semanas. Então, o Pecado Original manifestou-se, e ele fez o que chamou de uma "fogueira", no fundo do quintal. Como poderia prever que as fagulhas ligeiras iriam incendiar o amontoado de feno do coronel e consumir uma semana de ração para os cavalos? Pronto e rápido veio o castigo: privação do distintivo de bom comportamento e, mais triste que tudo, dois dias de confinamento no quartel (a casa e o quintal), além de lhe ser negado o convívio paterno.

Aceitou a sentença como homem que se esforçava para ser, ficou em posição de sentido, com um lábio trêmulo, bateu continência e, logo que se afastou da sala, correu para chorar amargamente em seu quarto, chamado por ele de "meus aposentos". Coppy veio à tarde e tentou consolar o acusado.

– Estou preso – disse melancólico – e não devia falar com você.

No dia seguinte, de manhã bem cedo, ele subiu no telhado da casa (não era proibido) e viu a Srta. Allardyce saindo para passear a cavalo.

– Aonde você vai? – gritou.

– Ao outro lado do rio – respondeu ela, e seguiu a trote.

O acantonamento no qual o 195° agora se encontrava era limitado ao norte por um rio, seco no inverno. Desde a mais tenra idade Wee Willie Winkie fora proibido de ir para a outra margem do rio, e percebera que mesmo Coppy, o quase onipotente Coppy, nunca lá pusera os pés. Leram uma vez para Wee Willie Winkie, em um grande livro de capa azul, a história da princesa e os duendes: um conto maravilhoso sobre um lugar onde os duendes estavam sempre em guerra com os filhos dos homens até serem derrotados por um menino curdo. A partir de então, pareceu-lhe que as nuas colinas preto e púrpura do outro lado do rio eram habitadas por duendes e, de fato, todos contavam que lá viviam homens maus. Até em sua própria casa, a parte mais baixa das janelas era coberta de papel verde por causa dos homens maus, que poderiam, devassando o interior, atear fogo em salas amplas e quartos confortáveis. Sem dúvida, depois do rio, que era o fim do mundo inteiro, viviam os homens maus. E ali estava a filha mais velha do major Allardyce, propriedade de Coppy, decidida a se aventurar a seus domínios! O que diria Coppy se algo lhe acontecesse? Se os duendes fugissem com ela como fizeram com a princesa dos curdos? Ela precisava ser detida, a todo custo.

A casa estava deserta. Wee Willie Winkie refletiu por um momento na intensa fúria do pai, e... fugiu da prisão! Era um crime horrível. O sol nascendo atirava sua sombra, muito ampla e negra, nos jardins bem cuidados, quando ele desceu à estrebaria e pediu seu pônei. Parecia-lhe, no silêncio da alvorada, que todo o grande mundo fora convidado a se calar e olhar para Wee Willie Winkie, culpado de motim. O sonolento *sais* lhe deu sua montaria e, já que uma grande falta torna todas as outras diminutas, Wee Willie Winkie disse que ia passear com o *sahib* Coppy, e saiu a passo normal, pisando no solo macio das cercas vivas.

A trilha deixada pelo pônei era o último crime, que eliminaria por completo a complacência da Humanidade para com ele. Dirigiu-se à estrada, inclinou-se para a frente e fez o pônei correr tudo o que podia em direção ao rio.

Mas o mais veloz dos pôneis pouco pôde diante do galope ligeiro de um *Waler*.* A Srta. Allardyce já ia muito na frente;

---

*Raça de cavalos que se desenvolveu na Austrália em 1800, foi exportada em grande quantidade para a Índia britânica para uso militar. (*N. do E.*)

passara pelas plantações, pelo Posto Policial, onde todos os guardas dormiam, e sua montaria espalhava os seixos do leito do rio quando o menino deixou o acantonamento e a Índia britânica para trás. Curvado sobre o animal e ainda açoitando-o, Wee Willie Winkie alcançou o território afegão e pôde apenas ver a Srta. Allardyce, um ponto negro ao longe, tremeluzindo do outro lado da planície pedregosa. O motivo de seu passeio era bem simples. Coppy, em um tom de autoridade precipitadamente assumida, dissera-lhe na véspera que não devia passear a cavalo para os lados do rio. E ela o fizera para pôr à prova sua própria coragem e dar uma lição em Coppy.

Quase no sopé da inóspita colina, Wee Willie Winkie viu o *Waler* tropeçar e cair pesadamente. A Srta. Allardyce lutou para se libertar, mas seu tornozelo sofrera grave distensão, e não podia ficar de pé. Já tendo demonstrado toda sua coragem, chorou, e ficou surpresa com a aparição de uma criança branca, de olhos arregalados, vestida de cáqui, sobre um pônei exausto.

– Está muito ferida? – gritou Wee Willie Winkie logo que ficou ao seu alcance. – Você não devia estar aqui.

– Não sei – disse a Srta. Allardyce pesarosa, ignorando a repreensão. – Santo Deus, menino, o que *você* está fazendo aqui?

– Você disse que ia para o outro lado do rio – afirmou ele ofegante, saltando do pônei. – E ninguém, nem o Coppy, deve cruzar o rio; vim atrás de você, foi tão difícil, mas você não parou, e agora se machucou, e o Coppy vai ficar zangado comigo, e... eu fugi da prisão! Eu fugi da prisão!

O futuro coronel do 195° sentou-se e soluçou. Apesar da dor no tornozelo, a moça se comoveu.

– Você veio do acantonamento, rapazinho? Para quê?

– Você pertencia ao Coppy. Coppy me contou! – lamentou-se Winkie, desconsolado. – Eu o vi beijando você, e ele disse que era mais seu amigo que do Bell, do Butcha, ou de mim. E por isso eu vim. Você tem que se levantar e voltar. Você não devia estar aqui. Este é um lugar ruim, e eu fugi da prisão.

– Não posso me mexer, Winkie – disse a Srta. Allardyce com um gemido. – Machuquei o pé. O que vou fazer?

Ela demonstrou disposição para chorar novamente, o que equilibrou Wee Willie Winkie, que fora educado para crer que lágrimas são o que existe de menos adequado a um homem. Entretanto, quando alguém é um grande pecador como ele, mesmo a um homem deve ser permitido se abater.

– Winkie – disse a moça –, quando você tiver descansado um pouco, volte e lhes peça que mandem alguma coisa para me carregar. Está doendo horrivelmente.

O menino sentou-se em silêncio por pouco tempo e a Srta. Allardyce fechou os olhos; a dor quase a fazia desmaiar. Foi despertada por Wee Willie Winkie amarrando as rédeas no pescoço do pônei e despachando-o com um golpe de chicote para cavalos treinados. O animalzinho voltou-se para o acantonamento.

– Oh, Winkie, o que você está fazendo?

– Ande rápido! – ordenou. – Vem vindo um homem; um dos homens maus. Devo ficar com você. Meu pai diz que um homem deve *sempre* cuidar de uma moça. Jack chegará em casa, e aí virão nos buscar. Foi por isso que o deixei ir.

Não um, mas dois ou três homens surgiram de trás das rochas de uma colina, e o coração de Wee Willie Winkie afundou dentro do peito, pois era exatamente desse modo que os duendes costumavam aparecer, furtivos, e assustar o menino curdo. Fora assim que agiram no jardim do curdo (ele vira a ilustração), e assim amedrontaram a aia da princesa. Ele os ouviu conversarem entre si, e identificou com alegria o dialeto *pushtu* que aprendera com um cavalariço de seu pai há pouco demitido. Pessoas que falassem aquela língua não poderiam ser os homens maus. Afinal, eram apenas nativos.

Eles subiram ao penedo no qual o cavalo da Srta. Allardyce tropeçara.

Então, elevou-se da rocha Wee Willie Winkie, filho da raça dominante, com 6 anos, e disse, breve e enfático:

– *Jao!*

O pônei cruzara o leito do rio.

Os homens riram, e risadas de nativos eram a única coisa que Wee Willie Winkie não podia tolerar. Perguntou-lhes o que queriam e por que não se afastavam. Outros homens, de faces mais diabólicas, com armas de coronhas recurvadas, mostraram-se das sombras das colinas, até que, de repente, o menino viu-se diante de uma audiência de uns vinte homens. A Srta. Allardyce gritou.

– Quem são vocês? – perguntou um dos homens.

– Sou o filho do s*ahib* coronel, e minha ordem é para partirem imediatamente. Vocês, negros, estão assustando a s*ahib* senhorita. Um de vocês deve correr ao acantonamento e levar a notícia de que a *sahib* senhorita se machucou, e que o filho do coronel está aqui com ela.

– Vamos cair nessa armadilha? – foi a resposta zombeteira.

– Escutem a conversa deste menino!

– Digam que eu os enviei. Eu, o filho do coronel. Eles lhes darão dinheiro.

– Qual a utilidade de tanta conversa? Levem a criança e a moça, e poderemos ao menos pedir um resgate. Nossas são as cidades nas alturas – disse uma voz ao fundo.

Esses *eram* os homens maus, piores que os duendes, e foi preciso todo o treinamento de Wee Willie Winkie para evitar que irrompesse em lágrimas. Mas sentia que chorar diante de um nativo, com a única exceção da camareira de sua mãe, seria infâmia mais grave que um motim. Além do mais, ele, como futuro coronel de 195º, tinha o implacável regimento às costas.

– Vão nos levar embora? – perguntou Winkie muito pálido e embaraçado.

– Vamos, pequeno *sahib bahadur* – disse o homem mais alto –, e depois os comeremos.

– Isto é coisa de criança – disse Wee Willie Winkie. – Homens não comem homens.

O estrondo de uma gargalhada o interrompeu, mas ele prosseguiu com firmeza:

– E se vocês não nos levarem, digo-lhes que todo o meu regimento virá um dia e matará todos vocês, sem deixar um só. Quem levará minha mensagem ao *sahib* coronel?

Falar em qualquer língua, e Wee Willie Winkie conhecia três, era fácil para o menino que ainda não sabia pronunciar o erre.

Outro homem juntou-se à assembleia, gritando:

– Oh, insensatos! O que o pequeno diz é verdade. Ele é o coração do coração daquelas tropas brancas. Para manter a paz, deixem que partam, pois se ele ficar retido, o regimento sairá para destruir o vale, e não escaparemos. Aquele regimento é de demônios. Quebraram o osso esterno de Khoda Yar a pontapés quando ele tentou lhes tomar os rifles; e se tocarmos nesta criança vão incendiar, violentar e saquear durante um mês, até não restar mais nada. O melhor é enviar um homem com a mensagem, e receber a recompensa. Digo-lhes que esta criança é o deus deles, e que não nos pouparão, nem as nossas mulheres, se o molestarmos.

Foi Din Mahommed, o antigo cavalariço do coronel, quem fez esta divagação, e a ela se seguiu acalorado debate. Wee Willie Winkie, postado à frente da Srta. Allardyce, aguardava o desenlace. Sem dúvida, seu "regimento", seu próprio "regimento", não o abandonaria se conhecesse a gravidade da situação.

O PÔNEI SEM CAVALEIRO levou as notícias ao 195°, se bem que uma hora antes já se encontrasse o lar do coronel em profunda aflição. O animalzinho chegou pelo campo de treinamento diante do quartel principal, onde os homens se assentavam para jogar *spoilfive* até a tarde. Devlin, o sargento porta-bandeira da companhia E, vislumbrou a sela vazia e seguiu direto para os alojamentos, levantando a pontapés cada cabo de guarda que encontrava.

– Levantem-se, miseráveis! Aconteceu alguma coisa com o filho do coronel – gritava.

– Ele não podia cair! *Não podia!* – disse entre lágrimas o rapaz do tambor. – Vamos procurar do outro lado do rio. Se ele está em algum lugar, é lá, pode estar com os afegãos. Pelo amor de Deus, não procurem nos riachos! Vamos para o outro lado do rio.

– Faz sentido o que Mott está dizendo – afirmou Devlin. – Companhia E, marchando acelerado para o rio. Rápido!

E, assim, a Companhia E, quase toda em mangas de camisa, dobrou o passo como se disso dependesse a própria vida e, na retaguarda, avançava com dificuldade o sargento, transpirando, incitando-os a que marchassem ainda mais depressa. O acantonamento revigorou-se com os homens do 195º procurando por Wee Willie Winkie, e o coronel finalmente alcançou a Companhia E, exausta demais para se queixar, lutando com os seixos do leito do rio.

No alto da colina, ao pé da qual os homens maus discutiam sobre a conveniência de levar a criança e a moça, uma sentinela deu dois tiros.

– O que eu disse? – gritou Din Mahommed. – Este é o aviso! Os *pulton* já saíram e estão atravessando a planície. Vamos embora! Não deixem que nos vejam com o menino.

Os homens hesitaram por um instante, e então, ao ser disparado outro tiro, retiraram-se para as colinas tão silenciosamente como haviam aparecido.

– O regimento está chegando – disse Wee Willie Winkie confiante à Srta. Allardyce –, e está tudo bem. Não chore!

Também ele precisava deste tipo de conselho, pois, dez minutos depois, quando seu pai chegou, chorava amargamente com a cabeça no colo da moça.

E os homens do 195° o levaram para casa com vivas e felicitações; Coppy, que fizera seu cavalo dar o máximo, encontrou-o e, para profundo constrangimento do menino, beijou-o na presença dos homens.

Mas houve um consolo para sua dignidade. O pai lhe garantiu que não apenas a fuga da prisão seria tolerada, mas que o distintivo de bom comportamento seria restituído assim que sua mãe o costurasse na manga da túnica. A Srta. Allardyce contou ao coronel uma história que o deixou orgulhoso do filho.

– Ela pertencia a você, Coppy – disse Wee Willie Winkie, apontando para a Srta. Allardyce o dedinho encardido. – Eu *sabia* que ela não devia ir para o outro lado do rio, e também que o regimento nos encontraria se eu mandasse o Jaky de volta para casa.

– Você é um herói, Winkie – falou Coppy –, um *pukka* herói.

– Não sei o que isso quer dizer – replicou Wee Willie Winkie –, mas você não deve me chamar nunca mais de Winkie. Eu sou Percival Will'am Will'ams.

E assim Wee Willie Winkie entrou na adolescência.

7
O pequeno Tobrah

"A cabeça do prisioneiro desaparecia atrás do encosto do banco dos réus", teria dito um jornal inglês. Esse caso, no entanto, não foi noticiado, já que ninguém se importava com a vida ou a morte do pequeno Tobrah. Os jurados permaneceram no tribunal toda uma tarde longa e quente, e cada vez que lhe perguntavam algo, fazia uma reverência e gemia. O veredito foi que a evidência era inconcludente, e o juiz concordou. É verdade que o corpo da irmã do pequeno Tobrah fora encontrado no fundo do poço e que o pequeno Tobrah era o único ser humano em um raio de um quilômetro naquele momento; mas a criança deveria ter caído por acidente. Assim, o pequeno Tobrah foi absolvido, e foi-lhe dito que poderia ir aonde quisesse. Essa permissão não era tão generosa quanto possa parecer, pois ele não tinha para onde ir, nada para comer e nada para vestir.

Saiu ligeiro para o pátio do tribunal e sentou-se na beirada do poço, pensando que um mergulho malsucedido na água escura poderia ter resultado em uma viagem forçada para a prisão do outro lado das Águas Negras. Um cavalariço atirou no chão um embornal vazio e o pequeno Tobrah, faminto, pôs-se a catar os grãos úmidos desprezados pelo cavalo.

– Ah, ladrão! E mal acaba de se livrar do terror da Lei! Venha comigo! – disse o cavalariço, e o pequeno Tobrah foi puxado pela orelha até o grande e gordo Inglês, que ouviu o relato do furto.

— Ah! — fez o Inglês por três vezes (só que usou uma expressão mais forte). — Ponha-o na carroça e leve-o para minha casa.

Assim, o pequeno Tobrah foi atirado para dentro da carroça e, sem duvidar de que seria fustigado como um porco, foi conduzido à casa do Inglês.

— Ah! — fez o Inglês como antes. — Grão molhado, por Deus! Alimentem o pobrezinho, algum de vocês, e lhe ensinaremos a montar a cavalo! Estão vendo? Grão molhado, meu Deus!

— Explique-se — ordenou o chefe dos cavalariços ao pequeno Tobrah, depois de terminada a refeição, quando os empregados descansavam em seus alojamentos atrás da casa. — Você não pertence à casta dos cavalariços, a não ser por razões de estômago. Como chegou ao tribunal, e por quê? Responda, cria do capeta!

— Não havia o que comer — respondeu calmamente o pequeno Tobrah. — Aqui é um bom lugar.

— Não fuja do assunto — disse o cavalariço-chefe —, ou eu o farei limpar o estábulo daquele reprodutor que morde como um camelo.

— Nós somos *telis*, prensadores de óleo — disse o pequeno Tobrah, riscando a poeira com os dedos do pé. — Nós éramos *telis*: meu pai, minha mãe, meu irmão, mais velho que eu quatro anos, e a irmã.

— A que foi encontrada morta no poço? — perguntou alguém que ouvira falar do julgamento.

— Isso mesmo — disse o pequeno Tobrah com seriedade. — A que foi encontrada morta no poço. A epidemia, não sei dizer quando, chegou à aldeia onde ficava nossa prensa de óleo; primeiro, minha irmã foi atingida nos olhos, e ficou sem visão, pois era *mata*, a varíola. Depois, meu pai e minha mãe morreram da mesma doença, e assim ficamos sozinhos: meu irmão, que tinha 12 anos, eu, que tinha 8, e a irmã que não enxergava. Também ficaram o touro e a prensa de óleo, e fizemos o possível para prensar o óleo como antes. Mas o sargento Dass, vendedor de semente, nos enganou nas contas; e ainda havia um touro teimoso para conduzir. Colocamos flores de cravos-da-Índia para os deuses no pescoço do touro e na haste da trituradeira, que era mais alta que o telhado, mas não ganhamos nada com isso, e o sargento Dass era um homem difícil.

– *Bapri-bap* – sussurraram as mulheres dos cavalariços –, enganar uma criança dessa maneira! Mas *nós* sabemos o que é a mesquinharia do povo *bunnia*, irmãs.

– A prensa era antiga, e não éramos homens fortes, meu irmão e eu, nem podíamos prender o braço da haste com firmeza na corrente.

– Certamente que não – disse a mulher do cavalariço-chefe, juntando-se ao grupo muito bem-vestida. – Isso é trabalho para um homem forte. No meu tempo de moça, na casa de meu pai...

– Paz, mulher – interrompeu o cavalariço-chefe. – Continue, garoto.

– Tudo bem – disse o pequeno Tobrah. – A grande trituradeira rompeu o telhado um dia, não me lembro quando, e com o telhado caiu boa parte da parede de trás, e tudo em cima do nosso touro, que quebrou as costas. E, assim, ficamos sem casa, prensa e touro – meu irmão, eu e a irmã que ficou cega. Saímos chorando daquele lugar, de mãos dadas, pelos campos; nosso dinheiro eram 7 anás e 6 centavos de rupia. Era época de fome naquele lugar. Eu não sei o nome do lugar. Assim, uma noite, enquanto dormíamos, meu irmão apanhou os 5 anás que nos restavam e foi embora. Não sei para onde. Que a maldição de meu pai caia sobre ele. Eu e a irmã mendigamos comida nas aldeias, mas não havia o que dar. Os homens diziam apenas: "Vão aos ingleses, que eles darão." Eu não sabia o que eram os ingleses, mas eles disseram que eram brancos e viviam em barracas. Segui em frente, mas não sei dizer para onde fui, e não havia mais comida nem para mim nem para a irmã. E uma noite quente, com ela chorando e pedindo comida, fomos a um poço, mandei que ela se sentasse na beirada, e empurrei-a lá dentro, porque, na verdade, ela não enxergava, e é melhor morrer que passar fome.

— Ai, aai! — lamentaram-se as mulheres dos cavalariços em coro. — Ele empurrou-a lá dentro, pois é melhor morrer que passar fome!

— Eu também ia me atirar, mas ela não estava morta e me chamava do fundo do poço; eu fiquei com medo e corri. E alguém saiu da plantação dizendo que eu tinha matado minha irmã e sujado o poço, e me levaram diante de um Inglês, branco e terrível, que vivia em uma barraca, e ele me mandou para cá. Mas não havia testemunhas, e é melhor morrer que passar fome. Ela, além do mais, não enxergava e era só uma criança pequena.

— Era só uma criança pequena — repetiu a mulher do cavalariço-chefe. — Mas quem é você, frágil como um pássaro e pequeno como um potro recém-nascido, quem é você?

— Eu, que estava vazio, agora estou cheio — disse o pequeno Tobrah, espreguiçando-se na poeira. — E vou dormir.

A mulher do cavalariço cobriu-o com um pano, enquanto o pequeno Tobrah dormia o sono dos justos.

8
O túmulo dos ancestrais

Há quem diga que se houvesse em toda a Índia um único pedaço de pão este seria igualmente repartido entre os Plowdens, os Trevors, os Beadons e os Rivett-Carnacs. Esta é apenas a maneira de dizer que algumas famílias servem à Índia geração após geração como os golfinhos seguem em fila pelo mar aberto.

Tomemos um pequeno caso obscuro. Houve pelo menos um representante dos Chinns de Devonshire na Índia Central, ou próximo dali, desde os dias do tenente do Corpo de Bombeiros Humphrey Chinn, do Regimento Europeu de Bombaim, que assistiu à queda de Seringapatam, em 1799. Alfred Ellis Chinn, irmão mais novo de Humphrey, comandou o regimento dos Granadeiros de Bombaim de 1804 a 1813, quando presenciou algumas lutas internas. E em 1834 John Chinn, da mesma família – vamos chamá-lo John Chinn –, destacou-se como brilhante administrador, em uma época turbulenta, na região chamada Mundesur. Morreu jovem, mas deixou sua marca no novo país; a Honorável Junta Diretora da Honorável Companhia das Índias Orientais decidiu incorporar suas virtudes em uma resolução estatal, e pagou as despesas de seu túmulo nas colinas de Satpura.

Sucedeu-lhe seu filho, Lionel Chinn, que deixou o lar na antiga e pequena Devonshire para ficar seriamente ferido em um motim. Passou sua vida ativa em um raio de 240 quilômetros da sepultura de John Chinn, e chegou a comandar um regimento de homens das colinas, pequenos e primitivos, dos quais a maioria conhecera seu pai. Seu filho John nasceu no pequeno acantonamento, de telhado de sapé e paredes de barro, que até hoje fica a 13 quilômetros da ferrovia mais próxima, no coração de um país de campos cerrados e tigres. O coronel Lionel Chinn serviu durante trinta anos e foi transferido para a reserva. No Canal, carregando seu filho rumo ao leste para as obrigações familiares, o vapor ultrapassou o navio-transporte de tropas, para fora da fronteira.

Os Chinns têm mais sorte que a maioria das pessoas, pois sabem exatamente o que fazer. Um Chinn inteligente passa pelo Serviço Civil de Bombaim e vai para a Índia Central, onde todos ficam felizes ao vê-lo. Um Chinn ignorante entra para o Departamento de Polícia ou de Parques e Florestas e, mais cedo ou mais tarde, também aparece na Índia Central, e é por isso que se diz que "a Índia Central é habitada por *bhils, mairs* e Chinns, todos muito parecidos". A raça é de compleição franzina, morena e retraída, e os mais ignorantes são bons atiradores. John Chinn II era até inteligente mas, sendo o primogênito, entrou para o exército, segundo a tradição dos Chinns. Seu dever era penar no regimento do pai até o fim de seus dias, embora a maior parte dos homens estivesse disposta a pagar caro para evitar aquela corporação. Os membros da corporação eram soldados irregulares, baixos, morenos e encardidos, vestidos de verde-oliva com adornos de couro preto, e os amigos os chamavam de *wuddars*, nome de uma raça de pessoas de baixa casta que desenterram ratos para comer. Mas os *wuddars* não se magoavam com isso. Eram apenas *wuddars*, mas tinham do que se orgulhar.

Primeiro, possuíam menos oficiais ingleses que qualquer regimento nativo. Em segundo lugar, seus subalternos não desfilavam montados nas paradas, como é regra geral, mas caminhavam à frente de seus homens. Um homem que consegue acompanhar os *wuddars* em seu passo acelerado deve gozar de boa saúde. Em terceiro, eram os melhores *pukka shikarries* (genuínos caçadores) de toda a Índia. Do quarto até o centésimo lugar – eles eram *wuddars*: soldados irregulares de Chinn recrutados da raça *bhil* nos velhos tempos, mas agora, daqui em diante e para sempre, os *wuddars*.

Nenhum inglês entrava nessa confusão, a não ser por amor ou costume familiar. Os oficiais falavam com seus soldados em uma língua que não era entendida por duzentos homens brancos na Índia; os homens eram como seus filhos, e descendiam dos *bhils*, que são, talvez, a mais estranha das muitas raças estranhas da Índia. Eram, e no fundo são, homens selvagens, furtivos, acanhados, cheios de superstições inconfessas. As raças que chamamos de nativas encontraram a *bhil* de posse da terra quando apareceram naquela parte do mundo, há milhares de anos. Os livros chamam-nos de pré-arianos, aborígines, dravidianos e assim por diante; em outras palavras, é como os *bhils* chamam a si mesmos. Quando um chefe rajaputro, cujos bardos podem remeter sua linhagem até 1.200 anos atrás, senta-se *no* trono, sua investidura não estará completa até que seja marcado na testa com sangue das veias de um *bhil*. Os rajaputros dizem que o ritual não tem significado, mas os *bhils* sabem que é a última sombra de seus antigos direitos *como* primeiros proprietários do solo.

Séculos de opressão e massacre fizeram dos *bhils* saqueadores cruéis e ladrões de gado, e quando os ingleses chegaram, pareciam quase tão abertos à civilização quanto os tigres de suas próprias florestas. John Chinn I, pai de Lionel, avô de nosso John, veio para o seu país, viveu entre eles, aprendeu sua língua, matou os cervos que roubavam suas pobres plantações e conquistou sua confiança, de modo que alguns *bhils* aprenderam a semear e arar a terra, enquanto outros foram encaminhados ao serviço da Companhia para policiar seus amigos.

Quando compreenderam que ficar em formação não significava execução instantânea, aceitaram servir como soldados, como se aquilo fosse um esporte incômodo mas divertido, e eram zelosos em manter os *bhils* selvagens sob controle. Esse era o lado bom. John Chinn I fez-lhes promessas escritas de que, se fossem bons a partir de certa data, o governo perdoaria ofensas prévias. E como nunca se teve notícia de que John Chinn tivesse quebrado uma promessa – certa vez prometera enforcar um *bhil* considerado intocável no local, e enforcou-o diante de sua tribo por sete assassinatos comprovados –, os *bhils* se estabeleceram no maior sossego possível. Foi um trabalho lento, invisível, do tipo que hoje é feito por toda a Índia; e embora a única recompensa de John Chinn viesse, como já disse, sob a forma de uma sepultura por conta do governo, o povo das colinas nunca o esqueceu.

O coronel Lionel Chinn também os conhecia e amava, e, para *bhils*, já estavam razoavelmente civilizados antes de terminar seu tempo de serviço. Muitos deles poderiam passar por fazendeiros hindus de baixa casta tranquilamente, mas, no sul, onde John Chinn I fora enterrado, os mais selvagens ainda aderiam às fileiras de Satpura, acalentando a lenda de que algum dia Jan Chinn, como o chamavam, voltaria para o meio deles. Enquanto isso, desconfiavam do homem branco e de seus métodos. O menor estímulo provocaria neles uma debandada, com saques a esmo, e mortes aqui e ali; mas quando repreendidos com moderação, entristeciam-se como crianças, e prometiam nunca mais repetir o malfeito.

Os *bhils* do regimento – os homens uniformizados – tinham muitas qualidades, mas exigiam paciência no trato. Sentiam-se entediados e saudosos de casa, se não fossem levados como batedores na caça ao tigre. E sua audácia e sangue-frio – os *wuddars* caçavam tigre a pé: é a marca de sua casta – maravilhavam mesmo os oficiais. Perseguiriam um tigre ferido tão despreocupados como se fosse um pardal com uma asa partida; e isto em um país cheio de grutas, brechas e abismos, onde um animal selvagem pode encurralar uma dúzia de homens à sua mercê. De vez em quando, algum homenzinho era levado ao quartel com a cabeça quebrada ou as costelas partidas, mas seus companheiros nunca aprendiam a ter cuidado; contentavam-se com liquidar o tigre.

O jovem John Chinn foi despejado na varanda do refeitório deserto dos *wuddars*, do assento traseiro de uma charrete de duas rodas, com os coldres cascateando à sua volta. O rapaz esbelto, pequeno, de nariz aquilino, parecia indefeso como um bode desgarrado quando bateu a poeira branca dos joelhos; a charrete foi-se aos trancos pela estrada luminosa. Mas, no fundo, estava satisfeito. Afinal, aquele era o lugar onde nascera, e as coisas não estavam muito mudadas desde que, em criança, fora mandado à Inglaterra, havia 15 anos.

Algumas construções eram novas, mas o ar, o cheiro e o sol eram os mesmos; e os homenzinhos verdes que cruzavam o campo de treinamento tinham uma aparência muito familiar. Três semanas atrás John Chinn teria dito que não se lembrava de uma palavra da língua *bhil* mas, à porta do refeitório, sentiu os lábios movendo-se em frases que não compreendia – de velhas canções de ninar e de ordens que o pai costumava dar aos homens.

O coronel observou-o subindo os degraus e riu.

– Olhe! – disse ele ao major. – Nem precisa perguntar a casta do rapaz. É um *pukka* Chinn. Poderia ser o pai na década de 1950.

– Espero que também atire bem – disse o major. – Ele veio bem equipado.

– Não seria um Chinn se não o fizesse. Veja como assoa o nariz. O mesmo bico dos Chinn. Uso o lenço como o pai. É a segunda edição, linha por linha.

– Um conto de fadas, caramba! – disse o major, espreitando pela persiana. – Se pensa que é a lei aqui, ele vai se... O velho Chinn não ia mais passar por esse frangote sem achar que era...

– O filho dele! – disse o coronel, levantando-se de um pulo.

– Bem, vou cair em desgraça! – disse o major.

A cortina de bambu, pendurada a um canto entre as colunas da varanda, atingiu o olho do rapaz, e, mecanicamente, ele puxou a ponta para nivelá-la. Durante muitos anos o velho Chinn praguejara contra aquela cortina três vezes ao dia, sem nunca conseguir colocá-la a contento. Seu filho entrou na antessala em meio ao silêncio. Deram-lhe as boas-vindas por causa de seu pai e, à medida que o avaliavam, por causa dele mesmo. Chegava a ser ridícula sua semelhança com a fotografia do coronel na parede e, depois de tirar um pouco da poeira que ainda ficara na garganta, foi para o alojamento com o curto e silencioso passo de selva do velho.

– É hereditariedade demais – disse o major. – Que vem de três gerações entre os *bhils*.

– E os homens sabem disso – comentou um oficial. – Eles esperaram por esta volta à juventude com ansiedade. Tenho certeza de que, se ele não sair distribuindo pancada, vão se prostrar e adorá-lo.

– Nada como ter um pai famoso – manifestou o major. – Sou um *parvenu* no meio desse pessoal. Só estou no regimento há vinte anos, e meu venerado pai era um simples fazendeiro. Não há meio de entender um *bhil* a fundo. Agora, *por que* o maravilhoso carregador que o jovem Chinn trouxe consigo vai fugindo de trouxa na mão?

Caminhou até a varanda e gritou pelo homem, o criado típico de subalterno recém-alistado, que fala inglês e engana o patrão.

– O que foi? – perguntou.

– Aqui muito homem mau. Já vou, senhor – foi a resposta. – Pegou chaves do *sahib* e disse me matar.

– Resposta lúcida, resposta convincente. Como batem pernas esses ladrões do interior! Alguém o assustou um bocado.

O major caminhou até seu alojamento a fim de se vestir para o almoço.

O jovem Chinn vagava como um homem em sonho, procurando uma bússola por todo o acantonamento, antes de ir para seu próprio chalé. No alojamento do capitão, onde nascera, deteve-se um pouco mais; depois, olhou o poço no campo de treinamento, onde muitas tardes se sentara com seu pajem, e a capela de três por quatro, onde os oficiais assistiam ao serviço se por ali aparecesse o capelão de algum credo oficial. Afigurava-se agora muito pequena, se comparada com a gigantesca construção que costumava admirar, mas era o mesmo local.

De tempos em tempos, passava por um grupo de soldados silenciosos, que o cumprimentavam. Na certa, seriam os mesmos homens que o carregavam nas costas quando usou suas primeiras calças compridas. Uma tênue lamparina queimava em seu quarto; ao entrar, duas mãos se agarraram a seus pés e uma voz murmurou algo.

– Quem é? – disse o jovem Chinn, sem saber que falava na língua *bhil*.

– Eu o carreguei em meus braços, *sahib*, quando eu era um homem forte e você era pequenino, chorando, chorando, chorando! Sou seu servo, como fui de seu pai. Somos todos seus servos.

O jovem Chinn não podia acreditar no que acontecia, e a voz continuou:

– Tomei suas chaves daquele estúpido estrangeiro e mandei-o de volta, e os botões do colarinho já estão em sua camisa para o almoço. Quem saberia, se eu não soubesse? E, assim, o bebê se fez homem, e se esqueceu de seu pajem; mas meu sobrinho dará um bom criado, ou o espancarei duas vezes ao dia.

Foi então que se levantou, com um chocalhar, ereta como uma flecha *bhil*, a pequena, encanecida e encarquilhada imitação de homem, com medalhas e comendas em sua túnica, balbuciando, fazendo mesuras e tremendo. Atrás dele, um jovem e forte *bhil*, uniformizado, tirava das formas as botas de Chinn para o almoço.

Os olhos de Chinn se encheram de lágrimas. O velho segurava suas chaves.

– Os estrangeiros são maus. Esse nunca mais voltará. Somos todos servos do filho de seu pai. O *sahib* se esqueceu de quem o levou para ver o tigre enjaulado na vila, do outro lado do rio, quando sua mãe estava tão assustada e ele tão corajoso?

A cena voltou a Chinn em *flashes*.

– Bukta! – gritou. E no mesmo fôlego: – Você me prometeu que nada me atingiria. É você, Bukta?

O homem estava a seus pés pela segunda vez.

– Ele não se esqueceu. Ele se lembra de seu próprio povo como seu pai se lembrava. Agora já posso morrer. Mas, primeiro, viverei e mostrarei ao *sahib* como matar tigres. *Aquele* ali é meu sobrinho. Se não for um bom criado, espanque-o, e o mande a mim, que certamente o matarei, pois agora o *sahib* está entre seu próprio povo. Ai, Jan *baba*, Jan *baba*! Meu Jan *baba*! Ficarei aqui para ver se ele faz o serviço direito. Tire as botas dele, idiota. Sente-se na cama, *sahib*, e deixe-me olhar para você. É o Jan *baba*!

Empunhou a espada como um sinal de serviço, honra prestada apenas a vice-reis, governadores, generais ou criancinhas muito amadas. Chinn tocou mecanicamente o punho com três dedos, murmurando não sabia o quê. Tratava-se da antiga resposta de sua infância, quando Bukta de brincadeira o chamava de pequeno *sahib* general.

O alojamento do major ficava em frente ao de Chinn, e quando ouviu seu criado dar um grito de surpresa, olhou para o quarto do outro lado. Então, o major sentou-se na cama e assobiou, pois o espetáculo de um oficial nativo graduado e comissionado do regimento – um *bhil* "puro", Membro da Ordem da Índia Britânica, com 35 anos de serviços imaculados no exército, e uma posição entre seu próprio povo superior à de muitos principezinhos bengalis –, servindo de criado a um subalterno recém-alistado, era um pouco demais para seus nervos.

As cornetas roucas tocaram a Hora do Rancho, de longa tradição. Primeiro, poucas notas agudas como os gritos estridentes dos batedores em um esconderijo distante e, em seguida, longo, cheio e suave, o refrão da canção selvagem: "E, oh, e, oh, o verde pulso de Mundore, Mundore!"

– Todas as criancinhas já estavam na cama quando o *sahib* ouviu este chamado pela última vez – disse Bukta, passando a Chinn um lenço limpo.

O chamado trouxe de volta lembranças de sua cama sob o cortinado, o beijo de sua mãe e o som de passos crescendo indistintos enquanto adormecia entre seus homens. E, assim, abotoou o colarinho escuro de sua nova jaqueta de refeições, e foi jantar como um príncipe que acabasse de herdar a coroa de seu pai.

O velho Bukta desfilou arrogante, enrolando as suíças. Tinha consciência de seu próprio valor, e nenhum dinheiro, nenhuma promoção do governo o faria colocar botões em colarinhos de jovens oficiais ou entregar-lhes gravatas limpas. No entanto, quando despiu seu uniforme naquela noite, e se agachou entre os companheiros para fumar com calma, contou-lhes o que fizera, e consideraram a atitude adequada. Por esse motivo, Bukta propôs uma teoria que soaria a um homem branco como um delírio insano; mas os sussurrantes e prudentes homenzinhos da guerra a julgaram sob todos os pontos de vista, e concluíram que era de grande interesse.

No refeitório, sob a luz dos lampiões de óleo, a conversa girava, como sempre, em torno do infalível assunto do *shikar* – esporte de tiro de qualquer tipo e sob quaisquer circunstâncias. O jovem Chinn arregalou os olhos quando escutou que cada um de seus companheiros matara diversos tigres no estilo *wuddar* – quer dizer, a pé –, sem dar maior importância ao fato, como se a fera fosse *um* simples cão.

– Em nove de cada dez casos – disse o major – o tigre é tão perigoso quanto um porco-espinho. E, no décimo, é melhor correr para casa.

A conversa girou apenas em torno deste assunto, e bem antes da meia-noite a cabeça de Chinn fervilhava com histórias de tigres: comedores de gente ou matadores de gado, cada qual persistente em seu negócio, tão metódicos quanto funcionários de escritório; novos tigres que acabaram de chegar neste ou naquele distrito; animais velhos e amistosos, de grande astúcia, conhecidos por apelidos no refeitório – como o "Buldogue", que era preguiçoso, de patas enormes, e a "Inconveniente", que aparecia quando menos se esperava fazendo ruídos de fêmea. Falaram depois das superstições *bhils*, um campo vasto e pitoresco, até o jovem Chinn perceber que alguém lhe cutucava a perna.

– Não somos tolos – disse o homem à sua esquerda. – Sabemos tudo sobre você. É um Chinn e tudo mais, e tem aqui uma espécie de direito adquirido, mas se não acredita no que contamos, o que vai fazer quando Bukta começar com suas histórias? Ele sabe de tigres fantasmas, de tigres que vão para o inferno lá deles, de tigres que caminham só nas patas traseiras e também do tigre que seu avô montava. É estranho que ainda não tenha falado nisso.

– Você sabe que tem um antepassado enterrado no caminho para Satpura, não sabe? – indagou o major, enquanto Chinn sorria indeciso.

– É claro que sei – disse Chinn, que sabia de cor a crônica do Livro dos Chinns. – Está inscrito em uma lápide antiga e gasta com moldura de laca chinesa, atrás do piano, na casa de Devonshire, e aos domingos permitem que as crianças a vejam.

– Bem, eu não tinha certeza. Seu venerado ancestral, meu rapaz, segundo os *bhils*, tem seu próprio tigre: um tigre de montaria, que ele cavalga por todo o país quando assim o deseja. *Eu* não acho isso decente para o fantasma de um ex-caçador, mas os *bhils* do sul acreditam nisso. Até mesmo nossos homens, considerados moderadamente frios, não se importam de bater todo o país se ouvirem dizer que Jan Chinn passou por lá em seu tigre. Supõe-se que seja um animal malhado, não listrado, mas manchado, como um gato cor de tartaruga. Uma fera perfeita, é o que ele é, e um sinal garantido de guerra, peste ou... ou alguma coisa. É uma bela tradição de família para você.

– Qual a origem dela, na sua opinião? – quis saber Chinn.

– Pergunte aos *bhils* de Satpura. Deus fez do velho Jan Chinn um caçador poderoso. Talvez seja vingança do tigre, ou talvez ele ainda os cace. Você deve ir ao túmulo dele um dia desses e indagar. Bukta, provavelmente, o acompanhará. Ele esteve me perguntando antes de você chegar se por uma falta de sorte você já teria capturado algum tigre. Do contrário, pretende tomá-lo sob sua proteção. É claro que para você é um assunto urgente. Terá lições de primeira com Bukta.

O major não estava errado. Bukta observava ansioso o jovem Chinn durante o treinamento, e foi notável a primeira vez que o novo oficial levantou a voz para dar uma ordem e toda a formação estremeceu. Até mesmo o coronel ficou perturbado, pois era como se fosse Lionel Chinn voltando de Devonshire para começar vida nova. Bukta continuou a desenvolver sua curiosa teoria entre os mais íntimos, e foi aceita como dogma de fé entre a formação, já que cada palavra ou gesto da parte do jovem Chinn a confirmavam.

O velho logo providenciou para que seu favorito se livrasse do estigma de nunca ter atirado em um tigre; mas não se contentaria em caçar o primeiro animal que aparecesse. Em suas próprias aldeias, ele ministrava alta, média e baixa justiça, e quando seu povo, nu e alvoroçado, vinha até ele com a notícia de marcas da fera, aconselhava-os a espionar os locais de matança e bebedouro, pois queria ter certeza de que a presa estaria à altura da dignidade daquele homem.

Por três ou quatro vezes os ousados trilhadores voltaram, dizendo com franqueza que o animal era doente, mirrado – uma fêmea desgastada pela amamentação ou um velho macho de dentes partidos –, e Bukta continha a impaciência do jovem Chinn.

Finalmente, foi encontrado um animal nobre: um matador de gado de 3 metros, com várias dobras de pelo no ventre, de pelo lustroso, com rugas até o nariz, de bigodes, brincalhão e jovem. Diziam que assassinara um homem por puro prazer.

– Deixem que o alimentem – declarou Bukta, e os aldeões obedientes levavam vacas para entretê-lo, pois era provável que aparecesse por perto.

Príncipes e potentados embarcaram para a Índia e gastaram fortunas para apenas vislumbrar animais com a metade das qualidades daquele.

– Não convém – disse ele ao coronel, quando este perguntou sobre a caçada – que o filho do meu coronel que vai ser... que o filho do meu coronel perca sua virgindade com qualquer animal da selva. Isso vem depois. Esperei muito tempo pelo que pudesse chamar de tigre. Veio do país de Mair. Dentro de sete dias voltaremos com a pele.

O refeitório rangeu os dentes de inveja. Bukta, se tivesse que escolher, teria convidado todos eles. Mas saiu sozinho com Chinn, dois dias em uma carroça de caça e um dia a pé, até chegarem a um luminoso vale com rochas e um lago de água limpa. Era um dia quente e o rapaz, muito naturalmente, despiu-se e entrou para se banhar, deixando Bukta junto às roupas. O corpo branco se destacava de tudo ao redor, e o que Bukta contemplou nas costas e no ombro direito de Chinn arrastou-o para a frente, passo a passo, de olhos arregalados.

"Esqueci-me de que não é decente me despir diante de um homem da posição dele", pensou Chinn, mergulhando na água. "Como o diabrete me encara!"

– O que é, Bukta?
– O sinal! – foi a resposta sussurrada.
– Não é nada. Você sabe que é da minha gente!

Chinn estava aborrecido. O sinal de nascença avermelhado em seu ombro, algo semelhante à mancha mongólica convencional, escapara à sua lembrança, do contrário não se teria banhado. O sinal ocorria, assim diziam em casa, em gerações alternadas, aparecendo, de maneira bastante curiosa, oito ou nove anos após o nascimento e, a não ser pelo fato de fazer parte da herança Chinn, não podia ser considerado bonito. Correu para fora da água, vestiu-se novamente, e prosseguiram até encontrar dois ou três *bhils*, que imediatamente se jogaram ao chão.

– Meu povo – resmungou Bukta, sem se dignar a reparar neles. – E, portanto, seu povo, *sahib*. Quando eu era jovem, éramos poucos, mas não tão fracos. Agora somos muitos, mas uma linhagem pobre. Assim seremos lembrados. Como vai atirar nele, *sahib*? De uma árvore, de um abrigo que meu povo construir, de dia ou de noite?

– A pé e de dia – disse o jovem Chinn.

– Era o seu costume, conforme ouvi dizer – observou Bukta para si mesmo. – Procurarei saber dele. Então nós iremos até lá. Levarei uma arma. Você terá a sua. É o bastante. Que tigre resistirá ao *sahib*?

Ele estava parado junto a uma pequena cisterna em frente de uma ravina, empanturrado e semiadormecido sob o sol de maio. Saltou como uma perdiz e voltou-se para lutar pela vida.

Bukta não fez menção de levantar seu rifle, mas manteve os olhos em Chinn, que enfrentou o rugido formidável da carga com um único tiro – pareceu-lhe ter levado horas para fazer pontaria –, que rasgou a garganta, estraçalhando ruidosamente a espinha dorsal abaixo do pescoço e entre os ombros. A fera deu um bote e caiu asfixiada, e antes que Chinn entendesse direito o que acontecera, Bukta pediu-lhe que ficasse quieto enquanto media em passos a distância dos seus pés e a marca das mandíbulas.

– Quinze – disse Bukta. – Poucos passos. Não é necessário um segundo tiro, *sahib*. Sangrará limpo onde está, e não estragaremos a pele. Eu disse que não precisaria deles, mas vieram assim mesmo... para o caso de precisar.

Repentinamente, os lados da ravina foram coroados pelas cabeças do povo de Bukta, uma força que teria feito voar as costelas do animal se o tiro de Chinn falhasse; mas suas armas estavam escondidas, e se apresentaram como batedores curiosos, uns cinco ou seis, esperando a ordem de esfolar. Bukta observou a vida desaparecendo dos olhos selvagens, levantou a mão e girou a pata traseira.

– Não é necessário demonstrar que *nós* nos importamos – disse ele. – Agora, depois disto, podemos matar o que escolhermos. Estenda a mão, *sahib*.

Chinn obedeceu. O animal estava totalmente rijo e Bukta balançou a cabeça.

– Esse também era seu costume. Meus homens esfolam rápido. Eles levarão a pele ao acantonamento. O *sahib* viria até minha pobre aldeia por esta noite e, talvez, esqueceria que sou seu oficial?

– Mas aqueles homens, os batedores. Eles trabalharam muito e talvez...

– Ah, se eles esfolarem de mau jeito, nós os esfolaremos. São o meu povo. Na formação sou uma coisa. Aqui, sou outra.

Era verdade. Quando Bukta livrou-se do uniforme e retornou à vestimenta fragmentária de seu povo, deixou sua prática de civilização de lado. Aquela noite, depois de uma ligeira conversa com seus súditos, dedicou-se a uma orgia; e uma orgia *bhil* é coisa sobre a qual não se pode escrever com segurança. Chinn, carregado em triunfo, estava no meio deles, mas o significado dos mistérios permanecia oculto. Veio gente selvagem e cobriu-o de oferendas até os joelhos. Ele deu seu cantil aos mais velhos da aldeia. Eles se tornaram eloquentes e colocaram em sua cabeça grinaldas de flores. Presentes nem todos decentes, foram-lhe jogados, a música infernal retumbou e enlouqueceu-os em volta de fogueiras rubras, enquanto os cantores entoavam canções dos velhos tempos e dançavam danças curiosas. As bebidas aborígines são muito poderosas, e Chinn foi compelido a experimentá-las muitas vezes, mas se não continham nenhuma droga, como teria caído em sono profundo e repentino, e acordado tarde no dia seguinte... a meio caminho da aldeia?

– O *sahib* estava muito cansado. Um pouco antes da alvorada foi dormir – Bukta explicou. – Meu povo carregou-o até aqui e agora é hora de voltarmos ao acantonamento.

A voz, suave e respeitosa, os passos, firmes e silenciosos, tornavam difícil de acreditar que poucas horas antes Bukta gritava e pulava com os outros diabos nus do cerrado.

– Meu povo ficou muito feliz em ver o *sahib*. Eles nunca se esquecerão. Da próxima vez que o *sahib* sair recrutando, vá ao meu povo, e lhe darão quantos homens precisarmos.

Chinn foi discreto, exceto quanto à caça ao tigre, e Bukta floreou a história sem pudor. A pele, por certo, era uma das melhores já penduradas no refeitório, e a primeira de muitas que se seguiram. Quando Bukta não podia acompanhar o rapaz nas viagens de caça, cuidava para que ficasse em boas mãos, e Chinn aprendeu mais sobre a mentalidade e aspirações dos selvagens *bhils* em suas marchas e acampamentos, por conversas ao entardecer ou em lagos à margem do caminho, que um homem sem a sua educação teria aprendido durante toda uma vida.

Logo os homens do regimento se sentiram à vontade para falar de seus parentes – quase todos com problemas – e contar casos de costumes tribais anteriores a ele. Diziam, agachados na varanda ao entardecer, após o descanso, no confidencial estilo dos *wuddars*, que fulano... que é solteiro... fugira com a mulher de beltrano, em uma aldeia longínqua. Então, quantas vacas o *sahib* Chinn consideraria uma multa justa? Ou, ainda, se chegasse uma ordem escrita do governo para que um *bhil* comparecesse a uma cidade fortificada da planície para dar testemunho em um tribunal, seria indicado ignorar a ordem? Por outro lado, se fosse obedecida, o temerário viajante voltaria vivo?

– Mas o que eu tenho a ver com todas essas coisas? – indagou Chinn a Bukta, impaciente. – Sou um soldado. Não conheço a lei.

– Ah! A lei é para os tolos e os homens brancos. Dê-lhes uma ordem em voz bem alta e será atendido. *Sahib* é a lei deles.

– Mas por quê?

A expressão do rosto de Bukta era de constrangimento. A ideia deve ter-lhe perturbado pela primeira vez.

– Quem sabe! – respondeu. – Talvez seja por causa do nome. Um *bhil* não gosta de coisas estranhas. Dê-lhes ordens, *sahib*: duas, três, quatro ao mesmo tempo, o máximo que a compreensão deles aguentar. É o bastante.

Chinn então passou a dar ordens, corajosamente, sem ter consciência de que uma sentença proferida às pressas antes da refeição tornava-se a terrível e inapelável lei de várias aldeias além das colinas enfumaçadas. Na verdade, era nada menos que a Lei de John Chinn I que, segundo a lenda, voltara à terra para guiar a terceira geração, em carne e ossos de seu neto.

Não podia haver nenhum tipo de dúvida a esse respeito. Todos os *bhils* sabiam que Jan Chinn reencarnado honrara a aldeia de Bukta com sua presença, depois de matar seu primeiro tigre nesta vida; que comera e bebera com o povo, como costumava fazer; e – Bukta deve ter drogado em demasia a bebida de Chinn – em suas costas e ombro direito todos os homens viram a mesma nuvem voadora tempestuosa e vermelha que altos deuses colocaram na carne de Jan Chinn I quando chegou ao povo *bhil*. Para o ridículo mundo branco que não tem olhos, ele era apenas um esbelto e jovem oficial dos *wuddars*; mas seu próprio povo sabia que era Jan Chinn, que fez dos *bhils* verdadeiros homens; e, assim, apressaram-se em levar suas palavras, zelosos para que não se alterassem no caminho.

O pequeno povo mantinha para si suas convicções, porque o primitivo, como a criança que brinca sozinha, tem horror de que caçoem dele ou que lhe façam perguntas; e o coronel, que pensava conhecer seu regimento, nunca imaginou que cada um dos seiscentos soldados rasos, de pés ligeiros e olhos pequenos e brilhantes, com a atenção fixa na mira de seus rifles, acreditava serena e inabalavelmente que o subalterno no flanco esquerdo da formação era um semideus renascido, entidade padroeira de sua terra e de seu povo. Os próprios deuses da Terra caracterizaram a encarnação, e quem ousaria duvidar da obra dos deuses da Terra?

Chinn, por estar praticamente acima de todas as coisas, via que seu sobrenome lhe servia tanto nas formações quanto no acampamento. Seus homens não lhe davam trabalho – não se cometem ofensas em um regimento no qual um deus se encarrega da justiça – e podia contar com os melhores batedores daquela jurisdição, quando deles precisava. Acreditavam que a proteção de Jan Chinn descera sobre eles, e estavam seguros desta crença além do limite máximo da ousadia de agitados *bhils*.

Seu alojamento adquiriu a aparência de um museu de história natural, apesar das duplicatas de cabeças, chifres e crânios que enviou a casa em Devonshire. O povo, humanitariamente, passou a conhecer o ponto fraco de seu deus. É verdade que ele era insubornável, mas pássaros, borboletas, besouros e, mais do que tudo, notícias de uma grande caçada agradavam-lhe. Em outros assuntos, também, vivia à altura da tradição Chinn. Era a prova de febre. Uma noite em claro no lombo de um bode em um vale pantanoso, que provocaria no major um mês de malária, não fazia efeito sobre ele. Tinha sido, como diziam, "salgado antes de nascer".

Agora, no outono de seu segundo ano de serviço, um boato constrangedor surgira e corria entre os *bhils*. Chinn não soube de nada até que um colega oficial lhe disse à mesa do refeitório:

– Seu venerado ancestral teve um acesso de fúria no país de Satpura. É conveniente ir procurá-lo.

– Não quero faltar com o respeito, mas estou um pouco cansado dessas histórias de meu venerado ancestral. Bukta não fala em outra coisa. O que o rapaz andou fazendo desta vez?

– Anda montando o tigre que o acompanha à luz da lua por todo o país. Esta é a história. Foi visto por cerca de duzentos *bhils*, saltando sobre os *satpuras* e assustando-os até a morte. Acreditam nisso cegamente, e todos os homens de Satpura estão venerando seu santuário, quero dizer, túmulo. Acho que deveria realmente ir até lá. Deve ser esquisito ver seu avô ser tratado como um deus.

– O que o faz pensar que existe um fundo de verdade nisso? – indagou Chinn.

– Porque todos os nossos homens o negam. Dizem que nunca ouviram falar no tigre de Chinn. Ora, é uma mentira comprovada, pois todo *bhil já* ouviu falar disso.

– Só há uma coisa que você não levou em consideração – disse o coronel, pensativo. – Um deus local que volta à terra é sempre motivo para algum tipo de problema; e aqueles *bhils* de

Satpura são ainda quase tão selvagens quanto na época em que seu avô os deixou, meu jovem. Isto quer dizer alguma coisa.

– Que podem tomar o caminho da guerra? – indagou Chinn.

– Não sei dizer... por enquanto. Não me surpreenderia nem um pouco.

– Não me disseram nada.

– O que reforça ainda mais a questão. Estão escondendo alguma coisa.

– Bukta me conta tudo. Por que não haveria de me contar isso?

Chinn colocou a questão diretamente ao velho aquela noite e a resposta o surpreendeu.

– Por que contaria ao *sahib* o que é do conhecimento de todos? Sim, o Tigre Malhado apareceu no país de Satpura.

– O que os *bhils* selvagens acham disso?

– Ainda não sabem o que achar. Esperam. *Sahib*, o que *vem* por aí? Diga uma única palavra e ficaremos satisfeitos.

– Ficaremos? Que têm os casos do sul, onde vivem os *bhils* da selva, a ver com homens treinados?

– Quando Jan Chinn se levanta, não é tempo de nenhum *bhil* ficar parado.

– Mas ele não se levantou, Bukta.

– *Sahib* – Os olhos do velho encheram-se de terna reprovação –, se ele não desejasse ser visto, por que sairia à luz da lua? Sabemos que se levantou, mas não o que deseja. É um sinal para todos os *bhils*, ou diz respeito apenas ao povo de Satpura? Diga uma palavrinha, *sahib*, que levarei às formações e enviarei às nossas cidades. Por que Jan Chinn saiu cavalgando? Quem fez algo errado? É peste? É doença no gado? Nossos filhos morrerão? É o fio da espada? Lembre-se, *sahib*, somos seu povo e seus servos, e nesta vida eu o embalei em meus braços sem saber disso.

"Bukta bebeu demais esta noite", pensou Chinn. "Mas se houver algo que eu possa fazer para acalmar o velhote, creio que devo fazê-lo. É como o rumor de um motim em pequena escala "

Sentou-se na funda poltrona de vime, onde fora atirada sua primeira pele de tigre, e o peso do corpo nas almofadas fez caírem as patas com garras sobre seus ombros. Acomodou-as mecanicamente enquanto falava, puxando o pelo pintado, como um manto, sobre si.

– Agora lhe direi a verdade, Bukta – disse, inclinando-se para a frente, o focinho seco em seu ombro, para forjar uma mentira especial.

– Sei que é verdade – foi a resposta, em voz trêmula.

– Jan Chinn sai entre os *satpuras*, montado no Tigre Malhado, você diz? Assim seja. Portanto, o sinal do milagre é apenas para os *bhils* de Satpura, e não afeta os *bhils* lavradores do norte e do leste, os *bhils* de Khandesh, ou quaisquer outros, só os *bhils* de Satpura que, como sabemos, são selvagens e insensatos.

– Trata-se, então, de um sinal para *eles*. Bom ou mau?

– Sem dúvida, bom. Por que razão Jan Chinn faria mal àqueles que transformou em homens? As noites longínquas são quentes; só os enfermos ficam deitados muito tempo sem se mexer, e Jan Chinn queria estar outra vez com seu povo. Por isso, se levantou, chamou seu Tigre Malhado, e saiu. Se os *bhils* de Satpura ficassem em suas aldeias, em vez de passear depois de escurecer, não o veriam. Na verdade, Bukta, ele quis apenas ver de novo a luz em seu próprio país. Mande estas notícias para o sul, e diga que é a minha palavra.

Bukta curvou-se até o chão.

"Valha-me Deus!", pensou Chinn. "E este pagão de antolhos é um oficial de primeira ordem, da maior seriedade! É melhor arrematar com capricho." E continuou:

– Se os *bhils* de Satpura perguntarem o significado do sinal, diga-lhes que Jan Chinn veio ver se mantiveram as promessas de bem viver. Talvez tenham saqueado; talvez pretendam desobedecer às ordens do governo; talvez haja um homem morto na selva; e assim Jan Chinn veio verificar se tudo está em ordem.

– Ele está zangado, então?

– Ora! Por acaso, alguma vez eu fiquei zangado com meus *bhils*? Digo palavras ásperas e ameaço muita coisa. *Você* sabe, Bukta. Vejo que você está sorrindo. Eu sei, e você sabe. Os *bhils* são meus filhos. Já disse isso muitas vezes.

– Sim. Somos seus filhos – concordou Bukta.

– E o mesmo se dá com Jan Chinn, o pai de meu pai. Ele veio ver a terra que amou e seu povo mais uma vez. É um fantasma bom, Bukta. Vá dizer-lhes. E espero realmente – acrescentou – que isso os acalme.

Jogando para trás a pele de tigre, levantou-se com um longo bocejo, deixando à mostra os dentes bem cuidados.

Bukta escapuliu para ser recebido nas formações por uma torrente de perguntas.

– É verdade – disse Bukta. Enrolou-se na pele e falou. – Ele veio ver novamente seu país. O sinal não é para nós e, na realidade, ele é jovem. Deveria permanecer imóvel noite após noite? Diz que sua cama é quente demais e que o ar é ruim. Anda de um lado para outro porque gosta de passear à noite. Foi o que disse.

O grupo de suíças grisalhas estremeceu.

– Diz que os *bhils* são seus filhos. Vocês sabem que ele não mente. Ele disse isso para mim.

– Mas e os *bhils* de Satpura? Que significa o sinal para eles?

– Nada. É apenas um passeio noturno, como eu falei. Ele cavalga para ver se eles obedecem ao governo, como lhes disse que fizessem em sua primeira vida.

– E se não fizerem?

– Ele não disse nada sobre isso.

A luz se apagou no alojamento de Chinn.

– Olhem – disse Bukta. – Agora ele sai. No entanto, é um fantasma bom, pelo que disse. Como podemos temer Jan Chinn, que fez do povo *bhil*, homens? Que sua proteção caia sobre nós; e vocês sabem que Jan Chinn nunca transgrediu sua proteção falada ou escrita no papel. Quando for mais velho e encontrar uma esposa, ficará em sua cama até o amanhecer.

Um oficial comandante geralmente percebe o estado de espírito do regimento antes de seus homens; e foi por isso que o coronel afirmou, poucos dias depois, que alguém implantara o temor de Deus entre os *wuddars*. Como era a única pessoa oficialmente autorizada a fazer isso, ficou incomodado ao constatar que a aceitação havia sido total.

– É bom demais para durar – comentou. – Só gostaria de poder descobrir o que pretendem os homenzinhos.

A explicação veio com a mudança da lua, quando ele recebeu ordens para se manter de prontidão a fim de "evitar possíveis distúrbios" entre os *bhils* de Satpura, que estavam, para não dizer coisa pior, agitados porque um governo paternalista lhes enviara um vacinador treinado do estado de Mahratta, com bisturis, linfa e um bezerro oficialmente registrado. Na linguagem do estado, eles tinham "manifestado forte objeção a qualquer medida profilática" e "estavam à beira do descaso ou evasão de suas obrigações tribais".

– Isto quer dizer que estão morrendo de medo, como na época do recenseamento – disse o coronel. – Não podemos permitir que debandem para as colinas ou nunca mais os agarraremos, nem que comecem a pilhar até novas ordens. Quem é o maldito imbecil que está tentando vacinar os *bhils*? Eu sabia que ia haver problema. O único ponto positivo é que eles só usarão pessoal local, e podemos desfechar o que chamaremos de uma campanha, e deixá-los à vontade. Imagine termos que correr atrás de nossos melhores batedores porque não querem ser vacinados! Eles só estão loucos de medo.

– O senhor não acha – disse Chinn no dia seguinte – que poderia me dar duas semanas de licença para caçar?

– Deserção diante do inimigo, caramba! – O coronel riu. – Posso, mas terei que antedatar, pois fomos notificados que devemos permanecer em serviço, como você deve saber. No entanto, vamos fazer supor que a licença foi solicitada há três dias, e agora você já está a caminho do sul.

– Gostaria de levar Bukta comigo.

– É claro que sim. Acho que será o melhor plano. Você tem um tipo de influência hereditária sobre os homenzinhos, e eles devem ouvi-lo, ao passo que um vislumbre de nossos uniformes os tornaria selvagens. Você nunca esteve naquela parte do mundo, não é? Tome cuidado para que, sendo jovem e inexperiente, não o mandem para o mausoléu da sua família. Creio que será muito bom se conseguir que eles o ouçam.

– Também acho, senhor; mas se... se eles acidentalmente forçarem... fizerem asneiras... devem, o senhor entende... espero que o senhor considere que estavam apenas amedrontados. Não há nenhum traço de perversão, e eu jamais me perdoarei se alguém da... com meu nome lhes causar problemas.

O coronel balançou a cabeça, mas não disse nada.

Chinn e Bukta partiram imediatamente. Bukta não disse que desde que o oficial vacinador fora jogado entre os *bhils*, entre os indignados *bhils*, um mensageiro após outro esgueirara-se até as formações, implorando, com a testa no pó, que Jan Chinn fosse e explicasse aquele terror desconhecido que pairava sobre seu povo.

O presságio do Tigre Malhado estava agora claro demais. Deixassem Jan Chinn se acalmar por si mesmo, pois vão era o auxílio dos homens mortais. Bukta suavizara essas súplicas com um simples pedido da presença de Chinn. Nada agradaria mais ao velho que uma campanha violenta contra os *satpuras*, que ele, como *bhil* "puro", desprezava; mas ele tinha uma obrigação diante de toda a sua nação como intérprete de Jan Chinn, e acreditava de fato que quarenta pragas cairiam sobre sua aldeia se faltasse com esse dever. Além do mais, Jan Chinn sabia todas as coisas, e montava o Tigre Malhado.

Cobriram 50 quilômetros por dia a pé e em pôneis, chegando à formação murada dos *satpuras* o mais rapidamente possível. Bukta estava muito calado.

Começaram a escalada íngreme pouco depois do meio-dia, mas antes do entardecer atingiram a plataforma de pedra na fenda da colina coberta de vegetação, onde Jan Chinn I estava enterrado, como desejara, para que pudesse zelar por seu povo. Por toda a Índia se encontram sepulturas abandonadas que datam do início do século XVIII, túmulos de esquecidos coronéis pertencentes a corporações há muito dissolvidas; imediatos dos Navios do Leste que saíram em expedições de caça e nunca mais voltaram; vendedores, agentes, escritores e membros da Honorável Companhia das Índias Orientais às centenas, milhares e centenas de milhares. O povo inglês se esquece rápido, mas os nativos possuem memória longa, e se um homem fizer o bem durante a vida, será lembrado após a morte. O túmulo quadrangular de mármore descorado de Jan Chinn estava ornamentado com flores silvestres e nozes, favos de cera e mel, garrafas de bebidas nativas e charutos ordinários, com chifres de búfalo e penachos de grama seca. De um lado estava a tosca imagem em argila de um homem branco, com uma cartola fora de moda, montado em um tigre empalhado.

Bukta inclinou-se em respeitosa reverência quando se aproximaram. Chinn descobriu a cabeça e tentou compreender a inscrição indistinta. O que conseguiu ler, palavra por palavra e letra por letra, foi:

EM MEMÓRIA DO ESCUDEIRO JOHN CHINN

Último Coletor dos...
...em derramamento de Sangue ou... alta de Autoridade
Emprego... apenas... eios Conciliat... e Confian...
Promovera a... otal Sujeição...
um Povo Predatório e sem Le...
...les Instruíra a... lecer Governo
por meio de Conqu... sobre... Espíritos
O mais perman... e racional Modo de Domin...
...Governador-geral e Conselh... engal...
a Vós Ordenara... erigir
...Partira desta Vida a 19 de agosto de 184... Ag...

Do outro lado da sepultura estavam antigos versos, também muito gastos.

O que Chinn pôde decifrar dizia:

...o selvagem bando
Desertaram de seus Postos e b... eu Comando
...reparou... rais empecilho um... como presa
E... sendo Aldeias provam sua gene... dureza
Humanidade... registro... oites restaura...
Uma nação... escudo... subjugou sem Espada.

Por algum tempo ele se apoiou no túmulo, pensando naquele morto, um homem de seu próprio sangue e da casa de Devonshire; depois, inclinando-se para as planícies, disse:

– É. É muito trabalho – tudo isso –, até minha pequena parte. Ele deve ter sabido bem... Bukta, onde está meu povo?

– Não aqui, *sahib*. Nenhum homem vem aqui a não ser com sol a pino. Eles esperam lá em cima. Vamos subir e ver.

Mas Chinn, lembrando-se da primeira lei da diplomacia oriental, disse tranquilamente:

– Vim de tão longe apenas porque o povo de Satpura é tolo, e não ousou chegar até nossas formações. Agora, convide-o a me visitar *aqui*. Não sou o servo, mas o mestre dos *bhils*.

– Eu vou, eu vou – cacarejou o velho.

A noite caía, e a qualquer momento Jan Chinn poderia chamar seu pavoroso corcel de dentro do cerrado escurecido.

Pela primeira vez em sua longa vida Bukta desobedeceu a um comando legal e desertou; em vez de voltar, apressou-se em chegar ao cume plano da colina, e chamou baixinho. Os homens agitaram-se em torno dele: homenzinhos trêmulos com arcos e flechas que observavam os dois desde o meio-dia.

– Onde ele está? – sussurrou um deles.

– No lugar dele. Ele os convida a ir até lá – disse Bukta.

– Agora?

– Agora.

– Ele pode soltar o Tigre Malhado sobre nós. Não vamos.

– Nem eu, embora o tenha embalado em meus braços quando era criança nesta vida. Vou aguardar aqui o raiar do dia.

– Mas ele vai se zangar.

– Vai se zangar mesmo, porque não tem o que comer. Mas ele me disse várias vezes que os *bhils* são seus filhos. Sob a luz do sol, creio nele, porém... à luz da lua, não tenho certeza. Que loucura vocês tramaram, porcos *Satpuras*, para precisarem dele?

– Alguém veio até nós em nome do governador com umas faquinhas assombradas e um bezerro mágico, querendo nos transformar em gado com um corte em nossos braços. Ficamos com muito medo, mas não matamos o homem. Ele está aqui, amarrado: um preto; acreditamos que vem do Oeste. Disse que tem ordem para cortar todos nós com as facas, principalmente mulheres e crianças. Não ouvimos falar nessa ordem, portanto, ficamos com medo, e permanecemos nas colinas. Alguns de nossos homens trouxeram pôneis e novilhos das planícies, e outros, panelas, roupas e pertences.

– Alguém foi assassinado?

– Por nossos homens? Ainda não. Mas os jovens são atiçados de todos os lados por muitos rumores, como chamas no alto da colina. Enviei mensageiros para perguntar a Jan Chinn, antes que fizesse pior, se poderia vir até nós. Foi este o medo que ele predisse com o sinal do Tigre Malhado.

– Ele afirma outra coisa – disse Bukta; e repetiu, aumentando, tudo que o jovem Chinn lhe contara na consulta da poltrona de vime.

– Você acha – disse o inquiridor, ao final – que o governo vai nos atacar?

– Não – replicou Bukta. – Jan Chinn dará uma ordem e vocês vão obedecer. No mais, é entre o governo e Jan Chinn. Eu mesmo conheço alguma coisa sobre as facas assombradas e os arranhões. É um feitiço contra a varíola. Mas como é feito, não sei dizer. Não é motivo de preocupação.

– Se ele nos apoiar diante da ira do governo, obedeceremos rigorosamente a Jan Chinn, só... só não vamos descer àquele lugar esta noite.

Podiam ouvir o jovem Chinn gritando por Bukta; mas se agacharam e calaram, aguardando o Tigre Malhado. O túmulo fora um espaço sagrado por quase meio século. Se Jan Chinn escolhesse dormir ali, quem teria mais direito? Mas não desceriam até o dia clarear.

A princípio, Chinn ficou extremamente irritado, até lhe ocorrer que era provável que Bukta tivesse uma razão para agir assim (e, na verdade, tinha) e que arriscaria sua dignidade se continuasse a gritar sem obter resposta. Acomodou-se ao pé da sepultura e, alternando entre cochilar e fumar, passou a noite abafada orgulhoso de ser um legítimo Chinn à prova de febre.

Preparou seu plano de ação como seu avô teria feito, e quando Bukta apareceu de manhã com abundante estoque de comida, não falou sobre a deserção da noite anterior. Bukta poderia ser arrasado com um acesso de raiva humana, mas

Chinn terminou sua refeição lentamente, e fumou um charuto, antes de fazer qualquer sinal.

– Eles estavam com muito medo – disse Bukta, que não era lá muito corajoso. – Faltam apenas as ordens. Dizem que obedecerão se o *sahib* interceder por eles junto ao governo.

– Isso eu sei – disse Chinn, perambulando vagarosamente pelo planalto.

Alguns dos homens mais velhos sentaram-se em semicírculo na clareira, mas a maior parte da população (mulheres e crianças) ficou escondida na mata. Não queria enfrentar a primeira cólera de Jan Chinn I.

O jovem Chinn fumou seu charuto até o fim sentado na rocha, ouvindo a respiração profunda dos homens ao seu redor. Então, gritou, tão de repente que eles saltaram:

– Tragam o homem que estava preso!

Um ruído de passos e um grito foram seguidos pelo aparecimento de um vacinador hindu, grasnando de medo, preso pelas mãos e pelos pés, como os antigos *bhils* costumavam prender seus sacrifícios humanos. Foi cuidadosamente empurrado até a presença do jovem Chinn, que não olhou para ele.

– Eu disse o homem que *estava* preso. Vocês estão zombando de mim? Ele está amarrado como um búfalo. Desde quando um *bhil* pode prender gente a seu bel-prazer? Cortem!

Meia dúzia de facas ligeiras cortaram as correias, e o homem rastejou até Chinn, que colocou no bolso sua caixa de bisturis e tubos de vacina. Depois, dirigiu-se, impetuoso, para o semicírculo com um significativo indicador em riste e, como se fosse fazer um elogio, disse clara e distintamente:

– Porcos!

– Ai! – murmurou Bukta. – Agora ele fala. Desgraça para o povo insensato!

– Vim a pé de minha casa – O grupo estremeceu. – para esclarecer um assunto que qualquer outro que não fosse um *bhil* de Satpura teria visto com os dois olhos a distância. Vocês conhecem a varíola, que deixa marcas e cicatrizes em seus filhos igual a um favo de mel. É ordem do governo que todos sejam arranhados no braço com estas faquinhas que eu estou segurando e têm o feitiço contra a varíola. Todos os *sahibs* já foram enfeitiçados, e muitos e muitos hindus. Esta é a marca do feitiço. Vejam!

Suspendeu a manga até a axila e mostrou a cicatriz clara da vacina sobre a pele branca.

– Venham ver.

Poucos espíritos audazes se aproximaram, e balançaram a cabeça com ar de compreensão. Havia a marca, e eles bem sabiam que outras marcas terríveis estavam ocultas sob a camisa. Misericordioso era Jan Chinn, que não proclamara naquele momento sua divindade.

– Agora, é bom fazer tudo o que o homem que estava preso já disse.

– Eu disse... mil vezes, mas eles responderam com socos – gemeu o operador, massageando os pulsos e os tornozelos.

– Mas, sendo porcos, vocês não acreditaram; e, assim, cheguei eu aqui, primeiro, por causa da varíola, depois, por causa de uma tolice de medo e, por último, talvez, por causa da corda e da prisão. Não ganho nada com isso; não fico alegre com isso; mas em consideração àquele que está no além, que fez dos *bhils* verdadeiros homens – apontou para o sopé da colina –, eu, que sou do seu sangue, filho de seu filho, vim para transformar seu povo. E falo a verdade, como Jan Chinn.

A multidão murmurou reverente, e os homens saíram da mata em grupos de dois ou três para se juntar aos outros. Não havia cólera na face de seu deus.

– Estas são as minhas ordens. (O céu mandou, eles vão acatar, mas parece que impressionei o pessoal até agora!) Eu mesmo permanecerei aqui enquanto este homem tiver de arranhar o braço de vocês com as facas, conforme a ordem do governo. Em três, talvez cinco ou sete dias, o braço de vocês vai inchar, coçar e arder. É o poder da varíola lutando na base do seu sangue contra as ordens do governo. Portanto, ficarei com vocês até ver que a varíola foi vencida, e não irei embora até que homens, mulheres e crianças me mostrem a marca igual a que acabei de mostrar a vocês. Trago comigo duas boas armas, e um homem cujo nome é conhecido de homens e animais. Caçaremos juntos, eu e ele, e seus jovens e os outros comerão e beberão em sossego. Esta é minha ordem.

Houve longa pausa até a vitória pesar na balança. Um pecador de cabelos brancos, inquieto, disse com voz estridente:

– Há pôneis, uns poucos novilhos, e outras coisas para as quais precisamos de um *kowl* (salvo-conduto). Coisas que *não* foram obtidas no comércio.

A batalha estava ganha, e Jan Chinn deu um suspiro de alívio. Os jovens *bhils* foram atacados de surpresa, mas, se fossem rapidamente vencidos, seriam todos postos no caminho certo.

– Redigirei um *kowl* assim que os pôneis, os novilhos e as outras coisas forem contados em minha presença e devolvidos ao seu local de origem. Mas antes colocaremos a marca do governo naqueles que ainda não foram visitados pela varíola.

Em um tom mais baixo, para o vacinador:

– Se mostrar que está com medo, nunca mais vai ver sua terra, meu caro.

– O estoque de vacina não é suficiente para toda a população – disse o homem. – Eles destruíram o bezerro oficial.

– Não vão notar a diferença. Arranhe todo mundo, e me dê uns bisturis; vou cuidar dos mais velhos.

O idoso diplomata que solicitara o salvo-conduto foi a primeira vítima. Caiu nas mãos de Chinn e não ousou gritar. Assim que se libertou, arrastou um companheiro e segurou-o firme, e a crise transformou-se no que realmente era: uma brincadeira de criança. Os vacinados iam buscar os não vacinados para o tratamento, jurando que toda a tribo deveria sofrer por igual. As mulheres davam gritinhos e as crianças corriam aos berros, mas Chinn ria, e balançava seu bisturi de ponta afiada.

– É uma honra – gritava. – Diga-lhes, Bukta, que grande honra é ser marcado por mim. Mas não posso marcar todos; o hindu tem que fazer o serviço dele; mas tocarei todas as marcas que ele fizer, de modo que terão o mesmo mérito. É assim que os rajaputros espetam os porcos. Ei, irmão de um olho só! Traga aquela moça até mim. Não precisa correr, pois não é casada, nem vou pedi-la em casamento. Ela não vem? Então, vai ser desonrada por um irmãozinho, um rapaz gordo, corajoso. Ele estende o braço como um soldado. Vejam! *Ele* não se encolhe diante do sangue. Algum dia estará em meu regimento. E, agora, mãe de muitos, nós a tocaremos levemente, pois que a varíola esteve aqui antes de nós. É verdade, realmente, que este feitiço anula o poder do Cão. Não haverá mais rostos esburacados entre os satpuras, e assim poderemos pedir muitas vacas para cada donzela que se casar.

E assim seguiu, com um discurso de ator, temperado pelos provérbios de caça *bhils* e sua própria contribuição de humor vulgar, até que os bisturis ficaram cegos e os dois operadores, exaustos.

Mas como a natureza é a mesma em todo o mundo, os não vacinados enciumaram-se de seus camaradas marcados, e quase chegaram à violência. Então, Chinn declarou-se tribunal de justiça, não mais posto médico, e fez um interrogatório formal sobre os últimos roubos.

– Somos os ladrões de Mahadeo – disseram os *bhils* simplesmente. – É nosso destino, e estávamos assustados. Quando estamos assustados, sempre roubamos.

Simples e diretos como crianças, contaram a história do saque, ao todo dois novilhos e algumas bebidas que estavam faltando (as quais Chinn prometera pagar do próprio bolso), e dez chefes foram despachados para a planície com um maravilhoso documento, escrito em uma folha de caderno e endereçado ao superintendente de polícia do distrito. A nota prenunciava desastre iminente, e Jan Chinn os avisou, mas qualquer coisa era preferível à perda da liberdade.

Armados do salvo-conduto, os assaltantes arrependidos desceram a colina. Não pretendiam se encontrar com o Sr. Dundas Fawne, da polícia, de 22 anos e fisionomia alegre, nem desejavam revisitar o local de seus roubos. Desviando-se no meio do caminho, correram para o acampamento do capelão do governo, que prestava assistência aos soldados irregulares da corporação de um distrito com cerca de 2.400 quilômetros quadrados, e pararam diante dele com uma nuvem de poeira. Era, por assim dizer, um padre que eles conheciam e, o que mais interessava, um bom perdedor, que pagava generosamente os parceiros de jogo.

Ele riu ao ler a nota de Chinn, o que foi considerado de bom presságio, até que chamou os policiais, que amarraram os pôneis e novilhos em estacas junto ao depósito de materiais, e caíram com mãos de ferro sobre três sorridentes ladrões de Mahadeo. O próprio capelão conduziu-os magistralmente com um chicote de montaria. Aquilo era doloroso, mas Jan Chinn o profetizara. Eles se submeteram, mas não abriram mão da proteção escrita, temendo a prisão. Em seu caminho de volta, encontraram o Sr. D. Fawne, que ouvira falar nos roubos, e não gostara.

– Certamente – disse o mais velho da quadrilha, quando terminou a segunda entrevista –, certamente o salvo-conduto de Jan Chinn protegeu a nossa liberdade, mas parece que é pancada demais para um pedacinho de papel. Guarda-o.

Um deles subiu em uma árvore e fincou a carta em uma fenda a 12 metros do chão, onde não pudesse fazer mal. Exaltados, feridos, mas satisfeitos, os dez voltaram a Jan Chinn no dia seguinte, e o encontraram sentado entre *bhils* aflitos, todos olhando para o braço direito, presos pelo terror da desaprovação de seu deus no caso de não se deixarem arranhar.

– Foi um bom *kowl* – disse o líder. – Primeiro o capelão, que riu, tomou nosso saque e bateu em três de nós, conforme o prometido. Em seguida, encontramos o *sahib* Fawne, que franziu o cenho, e nos perguntou sobre o saque. Dissemos a verdade, e ele bateu em todos nós, um depois do outro, e nos xingou de nomes escolhidos. Depois, nos deu estes dois pacotes – Deixaram uma caixa de uísque e uma caixa de charutos. – e viemos embora. O *kowl* foi deixado em uma árvore, porque tem a capacidade de, logo que o mostramos a um *sahib*, nos fazer apanhar.

– Mas sem aquele *kowl* – disse Jan Chinn firme – vocês estariam marchando para a prisão com um policial de cada lado. Venham agora servir-me como batedores. O povo está infeliz, e vamos caçar até que melhorem. Hoje à noite daremos uma festa.

Está escrito na crônica dos *bhils* de Satpura, junto a diversos outros assuntos pouco adequados a serem impressos, que durante cinco dias, a contar do dia em que colocou sobre eles sua marca, Jan Chinn I caçou para seu povo; e nas cinco noites a tribo esteve total e gloriosamente embriagada. Jan Chinn comprou bebidas do campo extremamente fortes, e matou porcos do mato e cervos sem conta, de modo que, se alguém se sentisse mal, teria dois bons motivos.

Entre as dores de cabeça e as de estômago, não encontraram tempo para pensar em seus braços, e seguiram Jan Chinn obedientes pela selva, mas todos os dias, homens, mulheres e crianças escapuliam furtivamente para suas aldeias, depois que o pequeno exército passava. Levavam notícias de que era bom e certo ser arranhado com facas fantasmas; que Jan Chinn realmente tinha reencarnado como deus da comida e bebida fartas, e que, de todas as nações, os *bhils* de Satpura eram os primeiros em sua preferência, desde que evitassem se coçar. Dali em diante, aquele gentil semideus ficaria relacionado com refeições copiosas, vacinas e bisturis de um governo paternalista.

– Amanhã voltarei para minha casa – disse Jan Chinn aos poucos fiéis, a quem nem a bebida, nem a superalimentação, nem as glândulas inchadas puderam abater. É difícil para as crianças e os primitivos comportarem-se todo o tempo com cerimônia diante dos ídolos de suas fantasias, e eles haviam se divertido muito com Jan Chinn. Mas a referência a sua casa lançou o desalento sobre o povo.

– E o *sahib* não virá outra vez? – perguntou o que fora vacinado primeiro.

– Isto verei – respondeu Chinn, cauteloso.

– Vinde, mas como homem branco, vinde como o jovem que conhecemos e amamos; pois, como sabe, somos um povo fraco. Se virmos novamente seu... seu cavalo... – Eles retomavam a coragem.

– Não tenho cavalo. Vim a pé, com Bukta, de longe. Do que você está falando?

– *Sahib* sabe... a Coisa que escolheu para as cavalgadas noturnas.

Os homenzinhos contorciam-se de medo e respeito.

– Cavalgadas noturnas? Bukta, qual é a última história dos meninos?

Bukta fora um líder silencioso na presença de Chinn desde a noite de sua deserção, e ficou grato pela oportunidade indireta que lhe deu a pergunta.

– Eles sabem, *sahib* – murmurou. – É o Tigre Malhado. Aquele que vem do local onde você pernoitou uma vez. É seu cavalo... como têm sido estas três gerações.

– Meu cavalo! Foi um sonho dos *bhils*!

– Não é sonho. Sonhos deixam grandes pegadas na terra? Por que ser hipócrita diante de seu povo? Eles sabem das cavalgadas noturnas, e eles... e eles...

– Estão com medo, e querem que isso acabe.

Bukta balançou a cabeça.

– Se o *sahib* não precisar mais dele. É seu cavalo.

– A coisa deixa rastro, então? – indagou Chinn.

– Nós o vimos. É como uma estrada para a aldeia partindo de sob o túmulo.

– Vocês podem descobrir e segui-lo para mim?

– À luz do dia... se alguém vier conosco e, principalmente, ficar por perto.

– Ficarei próximo, e providenciaremos para que Jan Chinn não passeie nunca mais.

Os *bhils* gritaram as últimas palavras repetidamente.

Para Chinn, aquela perseguição era apenas mais uma entre muitas – colina abaixo, entre rochas lascadas, cheias de frestas, insegura, talvez, para um homem que não se mantivesse em alerta, mas não era pior que vinte outras que ele empreendera. Já seus homens recusavam-se terminantemente a abater a coisa, seguiam apenas a trilha, gotejando suor a cada movimento. Mostraram as marcas de enormes patas que corriam, sempre colina abaixo, até poucos metros acima do túmulo de Jan Chinn, e desapareciam à entrada de uma gruta. Era uma estrada arrogantemente desprotegida, uma estrada principal, percorrida a descoberto.

– O miserável deve estar pagando aluguel e imposto – resmungou Chinn, antes de perguntar se o paladar do amigo tendia para gado ou gente.

– Gado – foi a resposta. – Duas bezerras por semana. Nós as levamos até ele no sopé da colina. É seu costume. Se não, pode ir nos buscar.

– Extorsão e pirataria – murmurou Chinn. – Não pretendo entrar na gruta atrás dele. O que devo fazer?

Os *bhils* recuaram quando Chinn foi para trás de uma rocha com o rifle preparado. Os tigres, ele sabia, eram animais cautelosos, mas um que tivesse sido durante tanto tempo alimentado com gado naquele estilo suntuoso poderia revelar-se mais audacioso.

– Ele fala! – alguém soprou na retaguarda. – E também entende.

– Bem, *só* faltava o atrevimento infernal! – disse Chinn.

Da caverna veio um rosnado de irritação – um desafio direto.

– Venha, então – gritou Chinn. – Saia daí! Queremos ver você.

A fera sabia muito bem que havia alguma relação entre os nus e morenos *bhils* e sua bonificação semanal; mas aquele capacete branco à luz do sol aborreceu-a, e não aprovou a voz que interrompia o seu repouso. Preguiçosa como uma cobra saciada, arrastou-se para fora da gruta, e ficou bocejando e piscando. A luz do sol incidiu do seu lado direito, e Chinn espantou-se. Nunca vira antes um tigre tão notável. Com exceção da cabeça, de um listrado berrante, era manchado, não estriado, mas manchado como um cavalinho de balanço para crianças, de ricas sombras de negro esfumaçado sobre fundo ouro-avermelhado. O ventre e a garganta, que deveriam ser brancos, eram laranja, e a cauda e as patas eram negras.

Fitou tranquilo o homem por uns dez segundos e então, deliberadamente, baixou a cabeça e deixou cair o queixo, encarando-o atentamente. O efeito disto foi projetar para a frente o crânio em arco, cruzado por duas longas listras abaixo das quais resplandeciam os olhos faiscantes. Ali parado, a cabeça para a frente, exibia algo semelhante a uma máscara teatral diabolicamente sombria. Era parte do hipnotismo natural que praticara muitas vezes com sua presa, e embora Chinn não fosse uma novilha apavorada, parou por um instante, tomado pela extraordinária originalidade do ataque. A cabeça – o corpo atrás dela parecia separado –, a feroz cabeça em forma de caveira, foi se chegando, até sacudir-se em um golpe furioso da cauda na relva. À esquerda e à direita os *bhils* se dispersaram para que Jan Chinn domasse seu próprio cavalo.

"Tenho certeza!", pensou. "Ele está tentando me assustar!", e atirou entre os enormes olhos saltando para o lado.

Um grande vulto expelindo matéria, cheirando a carniça, passou por ele em um pulo colina acima, e ele o seguiu discretamente. O tigre não fez qualquer tentativa de voltar para a selva: lutava para ver e respirar – nariz para o alto, boca aberta, as tremendas patas dianteiras raspando o cascalho aos trancos.

– Acabado! – disse Jan Chinn, observando o voo. – Se fosse uma perdiz, conseguiria se erguer. Os pulmões devem estar cheios de sangue.

A fera se atirara sobre um penhasco e desaparecera do outro lado. Jan Chinn inspecionou com a arma preparada. Mas a trilha vermelha levava direto como um raio ao túmulo de seu avô, e lá, entre garrafas quebradas de bebida e fragmentos da imagem de barro, a vida fugiu com um tremor e um grunhido.

– Se meu valoroso ancestral pudesse ver isto – disse Jan Chinn –, haveria, de se orgulhar de mim. Olhos, maxilar inferior e pulmões. Um tiro muito bonito. – Assobiou para Bukta enquanto esticava a trena sobre a massa rija.

– Três... dois... dois e meio... por Deus! São quase três... digamos três. Pata dianteira, sete... um e meio... dois. A cauda é curta, também: um metro. Mas *que* pele! Oh, Bukta! Bukta! Os homens com as facas, rápido.

– Tem certeza de que ele está morto? – indagou uma voz apavorada atrás de uma rocha.

– Não foi assim que matei meu primeiro tigre – disse Chinn. – Não pensei que Bukta fosse correr. Não tive um segundo atirador.

– É... é o Tigre Malhado – disse Bukta ignorando a zombaria. – Está morto.

Se todos os *bhils,* vacinados e não vacinados, dos Satpuras, foram ver o animal abatido, Chinn não podia dizer; mas todo o flanco da colina farfalhava com homenzinhos gritando, cantando e batendo os pés. No entanto, até que ele desse o primeiro corte na esplêndida pele, nenhum homem pegaria em uma faca. Quando as sombras caíram, correram do túmulo manchado de rubro, e só voltaram no alvorecer. Assim, Chinn passou uma segunda noite ao relento, protegendo a carcaça dos chacais e pensando em seu ancestral.

Voltou à planície sob o canto triunfal de uma escolta de trezentos fortes, o vacinador de Mahratta colado em seus calcanhares e a pele seca de maneira tosca como um troféu. Quando aquele exército desapareceu repentina e silenciosamente, como codornas em milho alto, convenceu-se de que estava próximo da civilização, e uma curva da estrada deixou-o no acampamento de uma ala de sua corporação. Deixou a pele em um reboque para que todos vissem e foi atrás do coronel.

– Eles tinham razão – explicou com seriedade. – Não estavam fazendo nada de errado. Só ficaram amedrontados. Vacinamos a turma toda, e eles adoraram. O que... o que tem acontecido por aqui, senhor?

– É o que estou tentando descobrir – disse o coronel. – Ainda não sei se somos parte de uma brigada ou uma força policial. No entanto, acho que seremos chamados de força policial. Como foi que conseguiu vacinar os *bhils*?

– Bem, senhor – disse Chinn –, estive pensando no assunto e, até onde posso deduzir, consegui um tipo de influência hereditária sobre eles.

– Isso eu sei, ou não o teria enviado; mas o *quê*, exatamente.

– É meio estranho. Parece que sou meu avô reencarnado, e andei tirando o sossego do país por montar um tigre à noite. Se eu não tivesse feito isso, acho que eles não teriam se oposto à vacinação, mas os dois juntos eram mais do que podiam suportar. E, assim, senhor, vacinei-os e matei o tigre-cavalo como prova de boa-fé. O senhor nunca viu na vida uma pele como aquela.

O coronel puxou o bigode pensativamente.

– Agora, que diabo – disse ele –, como vou incluir isso em meu relatório?

Na verdade, a versão oficial da debandada antivacinação dos *bhils* não mencionou o tenente Jan Chinn, sua divindade. Mas Bukta, a corporação e cada *bhil* das colinas de Satpura sabiam.

E agora Bukta zela para que Jan Chinn se case logo e confira seus poderes a um filho, pois, se a sucessão dos Chinn se interromper, e os pequenos *bhils* forem deixados à mercê de sua própria imaginação, logo haverá problemas entre os Satpuras.

9
Georgie Porgie

> Georgie Porgie, café com pão,
> Hoje um beijo, depois um não.
> Quando a garota mais pedia
> Georgie Porgie sumia.

Quem acha que não deve entrar na sala quando a empregada estiver arrumando as coisas e limpando o pó, concordará que pessoas civilizadas, que comem em porcelana chinesa e possuem cartões de visita, não têm o direito de aplicar seu padrão de certo ou errado a uma terra despovoada. Quando o lugar for preparado para a recepção por homens especialmente destacados para esse serviço, essas pessoas podem lançar moda, trazendo nas malas sua própria sociedade, o Decálogo e todo o seu aparato. Nos lugares onde a Lei da Rainha não vigora, é irracional pretender uma observância de princípios menos rígidos. Os homens que andam à frente dos carros da decência e propriedade e trilham os tortuosos caminhos da selva não podem ser julgados da mesma maneira que a gente acomodada das fileiras do *Tchin* regular.

Há alguns meses a Lei da Rainha chegava até poucos quilômetros ao norte de Thayetmyo, no Irrawaddy. Naqueles confins, a opinião pública não era muito poderosa, mas se fazia notar o suficiente para manter os homens sossegados. Quando o governo decidiu que a Lei da Rainha deveria atingir Bhamo e a fronteira com a China, foi expedida uma ordem, e alguns homens, que desejavam sempre estar um pouco adiante na corrida pela respeitabilidade, correram em bandos com as tropas. Eram homens que nunca conseguiriam passar nos concursos, e tinham opiniões individualizadas demais para o gosto das províncias administradas por repartições públicas. O governo supremo interveio logo que se fez necessário com código, regulamentações, e tudo mais, acabando por reduzir a Nova Birmânia ao nível infame da Índia. Mas, até que isso ocorresse, houve um curto período em que homens fortes tornaram-se indispensáveis para abrir caminho.

Entre os precursores da civilização estava Georgie Porgie, considerado por todos um homem forte. Ocupava um posto na Baixa Birmânia quando chegou a ordem de penetrar na fronteira; seus amigos o chamavam de Georgie Porgie pela maneira singular de cantar, à moda dos birmaneses, uma canção cujo primeiro verso começa com alguma coisa parecida com as palavras "Georgie Porgie". A maioria dos homens que esteve na Birmânia deve conhecer a canção: "Puf, puf, puf, puf, grande navio a vapor!" Georgie cantava-a com seu banjo, e os amigos acompanhavam com tanto entusiasmo que se podia ouvir de longe, no meio da floresta.

Quando foi para a Alta Birmânia, não tinha nenhuma preferência especial por Deus ou Homem, mas sabia como se fazer respeitar, e como levar a cabo as obrigações civis e militares que competiam a quase todos os homens nos últimos meses.

Executava seu serviço de escritório e distraía, aqui e ali, os destacamentos de soldados exaltados que percorriam seu pedaço de mundo à procura de algum bando de ladrões. Às vezes, expulsava e espancava os ladrões por conta própria, pois o país era um caldeirão pronto para entrar em ebulição. Apreciava o tumulto, mas os ladrões, não. Todos os oficiais que o conheciam partiam com a ideia de que Georgie Porgie era uma pessoa de valor e capaz de tomar conta de si mesmo, e, com base nessa impressão, deixavam-no agir por conta própria.

Depois de alguns meses, Georgie Porgie estava saturado daquela solidão, e planejou ter companhia e refinamento. A Lei da Rainha mal começara a vigorar no país, e a opinião pública, que é mais poderosa que a Lei da Rainha, ainda estava para chegar. Além do mais, havia um costume no país que permitia a um homem branco tomar para si uma esposa entre as Filhas do Lugar, desde que pagasse adequadamente. O casamento não era tão severo quanto a cerimônia *nikkah* entre os muçulmanos, mas a esposa era muito dedicada.

Quando todas as nossas tropas voltarem da Birmânia, terão nos lábios um provérbio: "Poupar como uma esposa birmanesa", e muitas senhoras inglesas ficarão imaginando o que isso significa.

O chefe da aldeia próxima ao posto de Georgie Porgie tinha uma linda filha que amava Porgie a distância. Quando correu a notícia de que o inglês de mão de ferro que vivia na paliçada procurava alguém para cuidar da casa, o chefe chegou e explicou que, por 500 rupias, confiaria sua filha à guarda de Georgie Porgie, para ser mantida com toda honra, respeito e conforto, com boas roupas, de acordo com o costume do país. O fato consumado, Georgie Porgie nunca se arrependeu.

Na casa antes tumultuada havia, agora, ordem e conforto; suas despesas, até então incontroláveis, foram reduzidas à metade; e ele próprio mimado e valorizado por sua nova aquisição, que se sentava à cabeceira da mesa, cantava para ele, dava ordens aos criados do Mar de Madras, e era, sob todos os aspectos, uma mulher tão suave, risonha, honesta e encantadora quanto o mais exigente celibatário teria desejado. Nenhuma raça que os homens dizem conhecer produz tão boas esposas e donas de casa como a birmanesa. Quando o próximo destacamento marchou para a guerra, o subalterno em comando descobriu à mesa de Georgie Porgie uma anfitriã merecedora de respeito, uma mulher para ser tratada, sob todos os aspectos, como se ocupasse uma posição garantida. Quando juntou seus homens no crepúsculo seguinte e novamente mergulhou na selva, lembrou-se com saudade do agradável jantar, do rosto gracioso, e invejou Georgie Porgie do fundo do coração. Só que *ele* estava comprometido com uma moça de sua terra... Assim são certos homens.

O nome birmanês da moça não era bonito, mas foi prontamente batizada de Georgina por Porgie, que não se importou com a falta de imaginação. O inglês achava bom o carinho e o conforto, e jurava que nunca empregara 500 rupias tão bem.

Depois de três meses de vida doméstica, uma grande ideia lhe ocorreu. O matrimônio – matrimônio inglês – não poderia ser tão ruim assim. Já que ele estava confortavelmente instalado naquele fim de mundo com essa moça birmanesa que fumara charuto, como seria estar com uma gentil donzela inglesa, que não fumasse charuto e tocasse piano em vez de banjo? Além disso, tinha o desejo de voltar a sua terra, de ouvir uma banda mais uma vez e saber como se sentiria de novo em um traje a rigor. Decididamente, o matrimônio seria muito bom. Pensou no assunto durante várias noites, quando Georgina cantava para ele, ou lhe perguntava por que estava tão calado, e se fizera algo que o aborrecesse. Enquanto pensava, fumava, e, enquanto isso, olhava para a jovem, em seus sonhos transformada em uma linda, simpática, agradável e sorridente mocinha inglesa, com o cabelo caído na testa, e talvez um cigarro nos lábios. Certamente, não seria um grande e grosso charuto da Birmânia, do tipo que a birmanesa fumava. Ele se casaria com uma moça com os olhos de Georgina e muitas de suas características, mas não todas. Seria uma Georgina aperfeiçoada. Ele soprou largas espirais de fumaça e se espreguiçou.

Experimentaria o casamento. Georgina o ajudaria a poupar, e ele tinha seis meses de licença acumulados.

– Olhe aqui, mulher – disse ele –, temos de economizar mais nos próximos três meses. Preciso de dinheiro.

Foi uma crítica direta à administração doméstica de Georgina, pois ela se orgulhava de sua poupança; mas, já que seu deus queria dinheiro, ela faria todo o possível.

– O senhor quer dinheiro? – disse ela com uma risadinha. – Eu *tenho* dinheiro. Veja! – Correu para seu quarto e pegou uma pequena bolsa de rupias. – De tudo o que o senhor me deu, separei algum. São 107 rupias. Precisa de mais dinheiro do que isto? Tome. Será um prazer se o senhor utilizá-lo.

Ela espalhou o dinheiro na mesa e empurrou-o na direção do homem com os dedos ligeiros, pequenos, de um amarelo pálido.

Georgie Porgie nunca mais tornou a falar em economia dentro de casa.

Três meses mais tarde, depois de enviar e receber diversas cartas misteriosas que Georgina não podia compreender, e por isso detestava, Georgie Porgie disse que ia embora, e que ela deveria voltar para a casa do pai e lá ficar.

Georgina chorou. Acompanharia seu deus até o fim do mundo. Por que haveria de deixá-la? Ela o amava.

– Vou para Rangum – disse ele. – Estarei de volta em um mês, mas é mais seguro ficar com seu pai. Deixo-lhe 200 rupias.

– Se vai por um mês, qual a necessidade de 200 rupias? Acho que 50 rupias são mais que suficientes. Isso não é nada bom. Não vá; ou, pelo menos, deixe-me ir com o senhor.

Georgie Porgie até hoje não gosta de relembrar a cena. No fim, livrou-se de Georgina fazendo um acordo de 75 rupias. Ela não levaria mais nada. Pegou, então, o vapor e o trem para Rangum.

As misteriosas cartas lhe garantiram sua licença de seis meses. A fuga em si e a ideia de que talvez tivesse sido desleal incomodavam-no naquele momento, mas logo que o grande vapor se distanciou no azul as coisas se tornaram mais fáceis, e o rosto de Georgina, a singular casinha, a lembrança das corridas atrás dos ladrões e sua gritaria na noite, as súplicas e a luta do primeiro homem que matou com suas próprias mãos, mais uma centena de outras recordações íntimas, desapareceram aos poucos do coração de Georgie Porgie, e a visão da Inglaterra que se aproximava substituiu-as. O vapor estava repleto de homens em licença, almas plenas de jovialidade, que sacudiram a poeira da Alta Birmânia, alegres como crianças de escola. Eles ajudavam Georgie Porgie a esquecer.

Chegou, então, a Inglaterra com seu luxo, decência e conforto, e Georgie Porgie caminhava em agradável sonho pelas calçadas, os passos produzindo um som do qual quase se esquecera, imaginando por que um homem em seu juízo perfeito sairia da cidade. Aceitava o entusiasmo provocado pela licença como um reconhecimento por seus serviços. A Providência lhe deu novos motivos de alegria: todos os prazeres de uma tranquila conquista inglesa, totalmente diferente dos arranjos indecentes do Leste, com metade da comunidade a distância apostando no resultado e a outra metade imaginando o que a Sra. Fulana de Tal diria daquilo.

Era uma moça agradável e um verão incomparável, uma grande casa no campo próximo a Petworth, onde existem grandes extensões de urze púrpura e prados de grama alta para se percorrer. Georgie Porgie sentia que finalmente encontrara algo pelo qual valia a pena viver e, com naturalidade, achou que o próximo passo seria convidar a moça a partilhar sua vida na Índia. Ela, em sua ignorância, aceitou. Naquela ocasião, não houve permuta com um chefe de aldeia. Houve, sim, um elegante casamento de classe média no campo, com Papai corpulento e Mamãe chorosa, um padrinho de roxo e linho de boa qualidade e seis meninas de nariz arrebitado da escola dominical atirando rosas no caminho entre as lápides e a porta da igreja. O jornal local descreveu a cerimônia com detalhes, fornecendo até a letra das músicas por extenso. Isto porque a direção estava faminta de matéria.

Seguiu-se a lua de mel em Arundel, e Mamãe chorou copiosamente antes de permitir que sua única filha embarcasse para a Índia aos cuidados do esposo Georgie Porgie. Ele admirava imensamente sua mulher, e ela lhe era dedicada como se fosse o melhor e maior homem do mundo. Ao enviar seus relatórios a Bombaim, considerou justo solicitar um bom posto para conveniência de sua esposa. Por ter sido razoavelmente bem-sucedido na Birmânia, e porque começava a ser apreciado, concederam-lhe quase tudo o que pedira, e enviaram-no a um posto que chamaremos de Sutrain. Ficava depois de muitas colinas e era oficialmente denominado "sanatório", pela boa razão de ter seus esgotos abandonados por completo. Aí se estabeleceu Georgie Porgie, e descobriu que a vida de casado lhe chegou muito naturalmente.

Não delirava, como muitos recém-casados, com a surpresa e o prazer de ver seu verdadeiro amor sentado à sua frente no café da manhã "como se fosse a coisa mais natural do mundo". "Ele já esteve aqui", como dizem os americanos e, comparando as qualidades da atual Grace com as de Georgina, convencia-se cada vez mais de que acertara.

Mas, do outro lado do golfo de Bengala, não havia paz ou conforto sob as tecas, onde vivia Georgina com o pai, esperando pela volta de Georgie Porgie. O chefe envelhecia e recordava-se da guerra de 1851. Estivera em Rangum e sabia alguma coisa dos métodos dos *kullahs*. Sentado à tarde na porta de casa, ensinava a Georgina uma filosofia austera que não lhe trazia o menor consolo.

O problema era que ela amava Georgie Porgie da mesma maneira que a moça francesa dos livros de histórias inglesas amava o padre cuja cabeça fora estraçalhada pelos touros do rei. Um dia ela desapareceu da aldeia, com todas as rupias que Porgie lhe dera e os parcos conhecimentos de inglês, também obtidos com Georgie Porgie.

O chefe enfureceu-se a princípio, mas logo acendeu um charuto e disse qualquer coisa desfavorável ao sexo em geral. Georgina começou a procurar o inglês, que deveria estar em Rangum, ou do outro lado das Águas Negras, ou morto, pelo nada que ela sabia. Mas a sorte lhe sorriu. Um velho policial *sikh* lhe disse que Georgie Porgie cruzara as Águas Negras. Ela comprou uma passagem de terceira classe em Rangum e foi para Calcutá, mantendo consigo o segredo da busca.

Na Índia, tomou rumo ignorado durante seis semanas, e ninguém sabe as aflições que teve de passar.

Reapareceu, 64 quilômetros ao norte de Calcutá, firme em direção ao norte, muito esgotada e abatida, mas concentrada em sua determinação de encontrar Georgie Porgie. Não entendia a língua do lugar, mas a Índia é uma caridade infinita, e as mulheres do povo ao longo da Grande Estrada Principal lhe davam comida. Algo lhe fazia crer que Georgie Porgie seria encontrado ao fim da impiedosa estrada. Deve ter se informado com um sipaio que o conhecera na Birmânia, mas disso ninguém pode ter certeza. Finalmente, deparou com um regimento em formação de marcha, e lá descobriu um dos muitos subalternos que Porgie convidara para jantar nos dias longínquos de caça aos ladrões. Havia um clima descontraído nas barracas quando Georgina se atirou aos pés do homem e começou a chorar. Esse clima desapareceu quando contou sua história; fizeram uma coleta, o que foi mais adequado. Um dos subalternos sabia do paradeiro de Georgie Porgie, mas não de seu casamento. Portanto, contou-o a

Georgina, que seguiu alegremente seu caminho para o norte, em um vagão da estrada de ferro onde havia repouso para os pés cansados e sombra para a cabeça empoeirada. Eram penosas as caminhadas do trem até Sutrain pelas colinas, mas Georgina tinha dinheiro, e as famílias que viajavam em carros de boi lhe davam auxílio. Era uma jornada quase miraculosa, e a moça tinha certeza de que os espíritos bons da Birmânia velavam por ela. Fazia frio no trecho da estrada para Sutrain que ia pelas colinas, e Georgina apanhou um resfriado forte. Porém, no final de todas as dificuldades, estaria Georgie Porgie para tomá-la nos braços e acariciá-la, como costumava fazer nos velhos tempos, quando a paliçada era fechada para a noite e ele apreciara a refeição da tarde. Georgina continuou o mais rápido que pôde, e seus bons espíritos lhe fizeram um último favor.

Um inglês parou-a, ao crepúsculo, bem na curva da estrada para Sutrain, dizendo:

– Valha-me Deus! O que faz por aqui?

Era Gillis, o homem que fora assistente de Georgie Porgie na Alta Birmânia, e que ocupava o posto próximo ao dele na selva. Georgie requisitara-o para trabalhar com ele em Sutrain porque o admirava.

– Cheguei – disse Georgina simplesmente. – Foi um caminho tão longo, e levei meses para chegar. Onde é a casa dele?

Gillis suspirou. Conhecera bastante a Georgina dos velhos tempos para saber que as explicações seriam inúteis. Não se pode explicar as coisas aos orientais. É preciso mostrar.

– Vou levá-la até lá – disse, e conduziu a birmanesa para fora da estrada, rochedo acima, por um pequeno atalho, até os fundos da casa sobre uma plataforma cortada na encosta da colina.

Os lampiões acabavam de ser acesos, mas as cortinas ainda não estavam fechadas.

– Olhe agora – disse Gillis, parando em frente à janela da sala de visitas.

Georgina olhou e viu Georgie Porgie e a esposa.

Levou a mão aos cabelos que se desprenderam e se espalharam pelo rosto. Tentou ajeitar o vestido em frangalhos, mas estava mais que estragado, e tossiu um pigarro estranho, pois apanhara realmente um forte resfriado. Gillis olhou também, mas enquanto Georgina fitou a esposa apenas uma vez, mantendo os olhos sempre em Georgie Porgie, Gillis olhava para a esposa todo o tempo.

– O que vai fazer? – perguntou Gillis, que segurava Georgina pelo pulso para o caso de uma corrida inesperada para a luz do lampião. – Vai entrar e contar a essa inglesa que vivia com o marido dela?

– Não – disse Georgina, pálida. – Deixe-me ir. Vou embora. Juro que vou embora.

Ao se ver livre da mão de Gillis, virou-se e desapareceu na escuridão.

– Pobre animalzinho! – lamentou Gillis, voltando à estrada principal. – Eu devia ter dado qualquer coisa a ela para voltar para a Birmânia. Foi por um triz! E aquele anjo nunca teria perdoado.

Isto parece provar que a dedicação de Gillis não se devia unicamente a sua afeição por Georgie Porgie.

A esposa e o esposo saíram para a varanda após o jantar, para que a fumaça do charuto de Georgie Porgie não entranhasse nas cortinas novas da sala.

– Que barulho é aquele lá embaixo? – indagou a esposa.

Os dois escutaram.

– Ah! – disse Georgie Porgie –, acho que algum grosseirão das colinas andou batendo na mulher.

– Batendo... na... mulher! Que horror! – disse a esposa. – Imagine *você* batendo em *mim*!

Ela passou o braço na cintura do marido e, apoiando-se *em* seu ombro, olhou para o vale enevoado com profundo contentamento e segurança.

Tratava-se, no entanto, do choro de Georgina, solitária, no sopé da colina, entre as pedras do riacho onde os homens lavam a roupa.

10
No fim do caminho

> O céu é plúmbeo e o rosto, rúbeo,
> E os pórticos do Inferno abrem-se partidos,
> E os ventos do Inferno se soltam dirigidos,
> E voa a poeira até frente ao Céu,
> E as nuvens baixam qual lençol em brasa,
> Difícil de erguer e mais penoso suportar.
> E a alma do homem lhe abandona a casa,
> Sem levar o muito por que lutara.
> Corpo doente, coração exangue,
> Alma que voa qual poeira do lençol,
> Desprende-se da carne, vai e se extingue,
> Ao soar o clangor das trombetas da cólera.
>
> *Himalayan*

Quatro homens, todos dedicados à "vida, liberdade e procura da felicidade", sentaram-se à mesa para jogar uíste. O termômetro marcava, para eles, 38°C. A sala estava escura de modo que se distinguiam apenas os pontos das cartas e o rosto muito branco dos jogadores. Um abanador de tecido em frangalhos pendia do teto, misturando o ar pesado e gemendo inconsolável a cada batida. Do lado de fora corria o desânimo de um dia de novembro em Londres. Não havia céu, sol ou horizonte – nada, a não ser uma névoa quente cor de ferrugem. Era como se a terra estivesse morrendo de apoplexia.

De tempos em tempos, nuvens de poeira castanha erguiam-se do chão, sem vento ou aviso, arremessando-se como toalhas de mesa por entre os topos das árvores crestadas, e baixavam novamente. Então, o demônio do pó rodopiava em fuga pela planície por uns 3 quilômetros, mudava súbito de direção, e se dissolvia, embora não houvesse nada para apreciar seu voo, a não ser a longa linha de dormentes da estrada de ferro – brancos de poeira, um ajuntamento de casebres de barro, pilhas de trilhos condenados e o bangalô de quatro cômodos do engenheiro encarregado de um trecho em construção da linha que servia ao estado de Gaudhari.

Os quatro, vestidos apenas com roupas de baixo, jogavam uíste de mau humor, discutindo sobre a vez de quem e as cartas baixadas pelo parceiro. Não era a melhor maneira de jogar uíste, mas custara-lhes algum esforço chegar até lá. Mottram, do Levantamento da Índia, viajara 48 quilômetros a cavalo e 160 quilômetros de trem do seu solitário posto no deserto, desde a noite anterior; Lowndes, do Serviço Civil, lotado no departamento político, veio de quase tão longe para escapar por um instante das desprezíveis intrigas de um estado nativo empobrecido, cujo rei alternava bajulações e protestos para obter mais verbas dos parcos impostos pagos por camponeses em dificuldades e desesperados criadores de camelos; Spurstow, o médico da formação, deixara um campo de cules infestado de cólera à própria sorte por 48 horas para se juntar a homens brancos mais uma vez. Hummil, o engenheiro, era o anfitrião. Mantinha-se firme na decisão de receber seus amigos todos os domingos, se eles pudessem vir. Quando um deles deixava de aparecer, enviava um telegrama ao último endereço conhecido, para que pudesse saber se o infrator estava vivo ou morto. Em muitos lugares do Leste não é conveniente nem delicado perder de vista os conhecidos, mesmo que seja só por uma semana.

Os jogadores não demonstravam nenhuma consideração especial um pelo outro. Discutiam toda vez que se encontravam, mas desejavam ardentemente encontrar-se, como homens com sede que desejam beber. Eram pessoas solitárias, que sabiam o que significa solidão. Nenhum deles tinha mais de 30 anos, muito pouca idade para um homem possuir esse tipo de conhecimento.

– Pilsener? – indagou Spurstow, depois da segunda negra, enxugando a testa.

– A cerveja está em falta, sinto muito, e tenho pouca soda para hoje à noite – disse Hummil.

– Uma péssima administração! – rosnou Spurstow.

– Não posso fazer nada. Já escrevi e telegrafei, mas os trens agora não passam com regularidade. Semana passada acabou o gelo. O Lowndes sabe.

– Ainda bem que não vim. Mas eu podia ter lhe mandado um pouco, se soubesse. Arre! Está quente demais para ficar aqui jogando.

Lançou um olhar carrancudo para Lowndes, que se limitava a rir. Ele ofendia os outros sem piedade.

Mottram levantou-se da mesa e olhou pela fresta da persiana.

– Que dia agradável! – comentou.

O grupo bocejou ao mesmo tempo e pôs-se a investigar a esmo os objetos de Hummil: armas, romances sebentos, selaria e coisas do tipo. Eles já os tinham manuseado inúmeras vezes, porém não havia mais nada a fazer.

– Tem notícias novas? – disse Lowndes.

– A *Gazeta da Índia* da semana passada e um recorte de jornal da minha terra. Meu pai mandou. É bem interessante.

– Um desses membros leigos de conselho paroquial de novo? – indagou Spurstow, que lia os jornais do outro sempre que este os conseguia.

– É. Escutem só. O homem estava fazendo discurso para os eleitores, e desembestou. Um exemplo: "Afirmo categoricamente que o Serviço Civil da Índia é a reserva, a reserva de estimação, da aristocracia inglesa. O que a democracia, o que as massas recebem desse país? Eu respondo: absolutamente nada. Ele é arrendado sem concorrência pelos herdeiros da aristocracia para servir a seus próprios interesses. Eles cuidam bem de manter sua pródiga balança de rendimentos, de evitar ou reprimir quaisquer interrogatórios sobre a natureza e conduta de sua administração, forçando o infeliz camponês a pagar com o suor de seu rosto todo o luxo em que se atolam." – Hummil balançou o recorte acima da cabeça.

– Rasgue! Rasgue! – disse a plateia.

Então Lowndes disse, pensativo:

– Eu daria... daria meu salário de três meses para esse senhor passar um mês aqui comigo e ver como os príncipes nativos livres e independentes controlam as coisas. O Mau Caráter – era o título irreverente que aplicara a um honrado e condecorado príncipe feudal – foi viver minha vida na semana passada para ver se conseguia algum dinheiro. A última proeza dele foi me mandar uma das suas mulheres como suborno!

– Sorte sua! Você aceitou? – disse Mottram.

– Não. Mas agora me arrependo. Era uma figurinha simpática, e me contou umas mentiras sobre a penúria em que vivem as mulheres do rei. As favoritas passam quase um mês sem um vestido novo, e o velho quer comprar uma locomotiva em Calcutá – corrimão de prata maciça, lampiões de prata e ninharias desse tipo. Tentei enfiar na cabeça dele que já tinha feito o diabo com os impostos nos últimos vinte anos e que agora devia ir mais devagar. Mas ele não consegue entender.

– Mas ele pode sacar do cofre do tesouro dos antepassados. Deve ter pelo menos uns 3 milhões em joias e moedas naquele palácio – disse Hummil.

– Pegue um rei nativo violando o tesouro da família! Os sacerdotes só lançam mão disso em último caso. O Mau Caráter aumentou os depósitos do reino em um quarto de milhão.

– Mas de onde vem tudo isso?

– Do campo. A situação do povo é de botar você doente. Eu soube que o cobrador de impostos espera do lado da camela grávida até dar cria e depois a tira correndo da mãe em paga pelos atrasados. E o que posso fazer? Não posso exigir prestação de contas nos tribunais; não posso conseguir mais que um risinho do comandante em chefe, quando descubro que as tropas estão devendo mais de três meses; e o Mau Caráter começa a chorar quando falo com ele. Leva vida de rei mesmo – toma conhaque como se fosse uísque, e Heidsieck como se fosse soda.

– É disso que o Rao de Jubela gosta. Mesmo um nativo não pode durar muito desse jeito – disse Spurstow. – Ele vai cair.

– Não seria nada mau. Depois teríamos um conselho de regência e um tutor para o jovem príncipe, que receberia o reino com um acervo de dez anos.

– E, com isso, o jovem príncipe, depois de aprender todos os vícios da Inglaterra, iria pintar e bordar com o dinheiro e desfazer dez anos de trabalho em um ano e meio. Já vi isso antes – disse Spurstow. – Eu enfrentaria esse rei com jeito, se fosse você, Lowndes. Eles já o detestam mesmo.

– Está certo. De fora é fácil falar, mas você não limpa um chiqueiro com espanador e água de rosas. Sei o risco que corro, mas, por enquanto, ainda não me aconteceu nada. Meu empregado é um velho afegão, e cozinha para mim. Dificilmente eles iriam me subornar, e não aceito comida dos meus verdadeiros amigos, como eles mesmos se intitulam. Ah, é um serviço cansativo! Eu preferia ficar com você, Spurstow. A gente poderia caçar perto do seu campo.

– Preferia? Acho que não. Umas 15 mortes por dia não animam um homem a caçar coisa nenhuma a não ser ele mesmo. E o pior é que os pobres-diabos olham para você como se pudesse salvá-los. Deus sabe que já tentei de tudo. Minha última experiência foi empírica, mas salvou um velho. Ele me foi levado quase desenganado, e lhe dei gim e molho inglês com pimenta. Isso o curou, mas eu não recomendo.

– Geralmente, como os quadros evoluem? – indagou Hummil.

– Na verdade, é bem simples. Cloro, ópio, cloro, nitro, tijolos nos pés e depois... cremação. Acho que isso é a única coisa que acaba com o problema. É cólera negra, sabe. Pobres-diabos! Mas vou lhes dizer, o pequeno Bunsee Lal, meu farmacêutico, trabalha como um condenado. Pedi uma promoção para ele, se sair dessa vivo.

– E quais são as suas chances, meu velho? – disse Mottram.

– Não sei; não ligo muito; agora, eu dou as cartas. O que vocês têm feito por aí?

– Eu me escondo na barraca e cuspo no sextante para ver se esfria – disse o homem do levantamento. – Lavo os olhos para não ter conjuntivite, que vou acabar pegando, e tento fazer o meu assistente entender que um erro de 5 graus num ângulo não é assim tão pequeno como parece. Estou totalmente só, eu sei, e vou continuar assim até passar o calor.

– Hummil é um homem de sorte – disse Lowndes, atirando-se em uma espreguiçadeira. – Tem um telhado de verdade, roído até o forro, mas sempre um telhado em cima da cabeça. Vê um trem todos os dias. Consegue cerveja e soda, e gelo quando Deus ajuda. Tem livros, quadros – foram arrancados do *Graphic* –, a companhia do excelente empreiteiro Jevins, além do prazer de nos receber toda semana.

Hummil deu um sorriso sinistro.

– É. Sou um homem de sorte. Devo ser. Jevins teve mais sorte.

– Como? Não...

– É. Foi-se. Segunda-feira passada.

– Por suas próprias mãos? – indagou Spurstow, insinuando a suspeita que estava na mente de todos.

Não havia cólera perto da seção de Hummil. Mesmo a febre concede ao homem uma semana de misericórdia, e morte súbita, geralmente, implicava suicídio.

– Não julgo ninguém com esse calor – disse Hummil. – Ele teve uma insolação, imagino, pois na semana passada, depois que vocês saíram, entrou na varanda e me disse que ia para casa ver a mulher, na rua do Mercado, em Liverpool, naquela noite. Chamei o farmacêutico para cuidar dele, e tentamos fazer com que se deitasse. Depois de uma hora ou duas esfregou os olhos e disse que achava que ia ter um ataque e esperava não ter feito nenhuma besteira. O Jevins tinha grandes esperanças de subir na vida. Era muito parecido com as galinhas, na linguagem dele.

– Então?

– Ele foi para o bangalô e começou a limpar o rifle. Disse ao empregado que de manhã ia caçar cervos. É claro que ele segurou de mau jeito o gatilho e atirou na própria cabeça por acidente. O farmacêutico mandou um relatório ao meu chefe, e o Jevins foi enterrado por aí. Eu podia ter passado um telegrama para você, Spurstow, se você pudesse fazer alguma coisa.

– Você é um sujeito esquisito – disse Mottram. – Se tivesse matado o homem você mesmo, não ficaria tão quieto sobre o assunto.

– Meu Deus! Que diferença faz? – disse Hummil calmamente. – Tive que fazer boa parte do trabalho de supervisão dele, além do meu. Sou o único que ficou sofrendo. O Jevins está fora disso, por puro acidente, claro, mas fora disso. O farmacêutico vai escrever uma ladainha comprida sobre suicídio. Deixem o neném babar quando tiver vontade.

– Por que você não deixou passar como suicídio? – perguntou Lowndes.

– Falta de provas. A gente não tem muitos privilégios nesse país, mas tem pelo menos o direito de não saber manejar o próprio rifle. Além disso, algum dia posso precisar de alguém para abafar um acidente comigo mesmo. Viva e deixe viver. Morra e deixe morrer.

– Tome um comprimido – disse Spurstow, que estivera observando atentamente o rosto branco de Hummil. – Tome um comprimido e não seja burro. Esse tipo de conversa é bobagem. Sua preocupação com o suicídio está interferindo no seu trabalho. Se eu fosse Jó, ficaria tão interessado no que vinha pela frente que esperaria para ver.

– Ah! Perdi essa curiosidade – disse Hummil.

– Anda passando mal do fígado? – indagou Lowndes sensibilizado.

– Não. Pior. Não consigo dormir.

– Caramba! – fez Mottram. – Fico assim de vez em quando e a fase tem de passar por si. O que você está tomando?

– Nada. De que adianta? Não durmo dez minutos desde sexta-feira de manhã.

– Coitado! Spurstow, você tem que atender esse caso – disse Mottram. – Agora que você falou, seus olhos estão inchados e viscosos.

Spurstow, ainda observando Hummil, riu baixinho.

– Eu o conserto mais tarde. Vocês acham que está quente demais para andar a cavalo?

– Para onde? – perguntou Lowndes, aborrecido. – Temos que sair às 8 horas, e então vamos andar a cavalo até cansar. Detesto os cavalos quando tenho que usá-los por necessidade. Ah, céus! O que há para se fazer?

– Vamos voltar para o uíste, a 1 pinto* cada ponto e 1 *mohur* de ouro a batida – disse Spurstow imediatamente.

– Pôquer. Um salário a rodada para o bolo, sem limite, e uma moeda de 50 rupias o aumento. Alguém vai ficar quebrado antes de nos levantarmos – disse Lowndes.

---

*"Um pinto" corresponde a cerca de 8 *shillings*. (N. do T.)

– Eu é que não vou achar graça nenhuma em quebrar alguém daqui – disse Mottram. – Falta animação, além de ser um desatino.

Dirigiu-se para o gasto e danificado piano, despojo de uma família que ocupara o bangalô, e levantou a tampa.

– Está sem uso há muito tempo – disse Hummil. – Os empregados acabaram com ele.

O piano estava, de fato, irremediavelmente perdido, mas Mottram tentava fazer com que as notas rebeldes chegassem a um acordo, e ergueu-se do teclado em ruínas algo que deve ter sido um dia o fantasma de uma canção popular.

Os homens nas espreguiçadeiras se viraram, com evidente interesse, enquanto Mottram martelava com mais vigor.

– Isto é bom! – disse Lowndes. – Caramba! A última vez que ouvi isso foi em 1879, ou por aí, pouco antes de vir para cá.

– Ah! – fez, Spurstow com orgulho. – Eu estava em casa em 1880. – E mencionou uma canção popular daquela data.

Mottram executou-a grosseiramente. Lowndes criticou-o e ofereceu-se para corrigir. Mottram atacou outra canção, não do tipo de variedades, e fez menção de se levantar.

– Sente-se – disse Hummil. – Eu não sabia que você dava para a música. Continue tocando até não conseguir pensar em mais nada. Vou mandar afinar o piano para quando você voltar. Toque uma coisa alegre.

Na verdade, poucas eram as melodias que a arte de Mottram e as limitações do piano permitiam executar, mas os homens ouviam com prazer e nos intervalos falavam todos ao mesmo tempo sobre o que viram ou ouviram da última vez que estiveram em sua terra. Uma densa tempestade de areia formou-se do lado de fora e açoitou, rugindo, a casa, envolvendo-a na sufocante escuridão da meia-noite, mas Mottram continuava distraído, até que o louco tilintar alcançou seus ouvidos, acima das batidas do forro esfarrapado.

No silêncio que se seguiu à tempestade, ele passava das canções da Escócia mais diretamente pessoais, cantarolando-as enquanto tocava, para o "Hino da noite".

– Domingo – disse, balançando a cabeça.
– Continue. Não precisa se desculpar – disse Spurstow.
Hummil riu longa e desenfreadamente.
– Toque, de qualquer maneira. Hoje você está cheio de surpresas. Eu não sabia que você tinha o dom do sarcasmo. Como é que continua?

Mottram aumentou o volume.

– Lento demais desde a metade. Você pulou a nota da gratidão – disse Hummil. – Vai acabar na "polca do gafanhoto", desse jeito. – E cantou, *prestissimo*...

> Glória a vós, meu Deus, ao entardecer,
> Por vossa bênção que me vem esclarecer
> E me mostrar o quanto sinto vossa luz.

– Como continua?...

> Se na noite me deito em desalento,
> Enchei minh'alma de sagrado pensamento;
> Sem sonhos maus deixai-me descansar...

– Mais depressa, Mottram!

> E que as trevas não me venham molestar!

– Ora! Que velho hipócrita você é!
– Não seja burro – disse Lowndes. – Você tem plena liberdade de fazer piada com o que quiser, mas deixe esse hino de lado. Na minha cabeça ele está ligado às mais sagradas recordações...

– Noites de verão no campo... vitrais na janela... luzes se apagando, você e ela juntos sobre um livro de cânticos – disse Mottram.

– É, e um besouro gordo batendo no seu olho quando você voltava a pé para casa. Cheiro de feno, e uma lua grande feito uma caixa de chapéu, sentada no alto de um monte de feno; morcegos... leite e pequeninos – disse Lowndes.

– Mães também. Lembro-me bem da minha mãe cantando para eu dormir quando era pequeno – disse Spurstow.

A escuridão desceu sobre a sala. Podiam ouvir Hummil mexendo-se na cadeira.

– Então – disse ele, impaciente –, você só canta o hino quando está nas profundezas do Inferno! É um insulto à inteligência de Deus fingir que não passamos de pecadores arrependidos.

– Tome *dois* comprimidos – aconselhou Spurstow. – É fígado arrependido.

– O Hummil, geralmente tão calmo, está com um mau humor desgraçado. Tenho pena dos seus cules amanhã – disse Lowndes, enquanto os empregados acendiam os lampiões e preparavam a mesa para o jantar.

Ao tomarem seus lugares em volta das desprezíveis costeletas de cabrito e do fumegante pudim de tapioca, Spurstow teve oportunidade de cochichar para Mottram:

– Fez bem, Davi!

– Cuide do Saul, então – foi a resposta.

– O que estão cochichando? – perguntou Hummil desconfiado...

– Só estamos dizendo que você é um anfitrião miserável. Não se consegue cortar a carne – devolveu Spurstow com um sorriso gentil. – Você chama isso de jantar?

– Não posso fazer nada. Você estava esperando um banquete?

Durante todo o jantar Hummil dedicou-se com afinco a ofender direta e particularmente cada um de seus convidados, e a cada ofensa Spurstow chutava o agredido por baixo da mesa; não ousou, no entanto, trocar um olhar de entendimento com nenhum deles. O rosto de Hummil estava pálido e contraído, e os olhos muito abertos. Nenhum deles pensou por um momento em levar a sério suas excentricidades, mas logo que a refeição terminou apressaram-se em se despedir.

– Não, não vão. Vocês estão começando a ficar interessantes, rapazes. Espero não ter dito nada que os tenha contrariado. Vocês são diabinhos bastante comoventes!

Em seguida, mudando o tom para o de uma súplica quase torpe, Hummil acrescentou:

– Quero dizer, é claro, que vocês não estão indo?

– Na linguagem do bendito Jorrocks, onde eu como, eu durmo – observou Spurstow. – Quero dar uma olhada nos seus cules amanhã, se não se importar. Pode me arranjar um lugar para ficar?

Os outros alegaram a urgência de suas obrigações no dia seguinte, subiram em suas selas e partiram juntos, com Hummil convidando-os a voltarem no próximo domingo. Seguindo no trote, Lowndes desabafou com Mottram:

– ... E eu nunca passei por isso na minha vida, com vontade de chutar um homem por baixo da sua própria mesa. Ele disse que eu roubei no jogo, e me lembrou que eu estava devendo! Disse na sua cara que você não valia nada porque era um mentiroso! Você não se aborreceu a metade do que devia.

– Eu não – disse Mottram. – Pobre-diabo! Você já viu o velho Hummy se comportando dessa maneira alguma vez em algum lugar?

– Isso não é desculpa. O Spurstow chutou minha canela o tempo todo, por isso me contive. Senão, não sei...

– Sabe, sim. Você ia fazer o que o Hummy fez com o Jevins – não julgar ninguém com esse calor. Caramba! A rédea está fervendo na minha mão! Vamos a galope, para tirar os ratos das tocas.

Dez minutos de galope arrancaram de Lowndes uma sábia observação, ao se deter, suando por todos os poros:

– Foi uma boa coisa o Spurstow ficar com ele esta noite.

– É, é. Bom homem, o Spurstow. Nosso caminho se separa aqui. Vejo você no domingo que vem, se o sol não me derrubar.

– Acho que sim; a não ser que o ministro da fazenda do Mau Caráter resolva ornamentar minha comida. Boa noite e... Deus o abençoe!

– O que há de errado agora?

– Oh, nada.

Lowndes pegou o chicote e, ao golpear a égua de Mottram no lombo, acrescentou:

– Você não é um mau sujeito... só isso.

E a égua disparou 800 metros na areia.

No bangalô do engenheiro, Spurstow e Hummil fumavam juntos o cachimbo do silêncio, cada um observando atentamente o outro. A capacidade de um celibatário fixar residência é tão flexível quanto as suas acomodações. Um empregado tirou a mesa da sala de jantar, trouxe dois estrados nativos de tiras enfiadas em uma leve armação de madeira, jogou um retângulo da fresca esteira de Calcutá sobre cada um, colocou-os lado a lado, prendeu duas toalhas no abanador do teto, de modo que as pontas chegassem apenas acima do rosto dos que dormiam, e anunciou que as camas estavam feitas.

Os homens se deixaram cair, ordenando aos cules que movessem o abanador com a força de mil demônios. Todas as portas e janelas foram fechadas, pois o ar de fora era como o de um forno. A atmosfera no interior era de apenas 40 graus, como atestava o termômetro, e estava densa com o cheiro fétido dos lampiões de querosene em mau estado; e esse odor, combinado com o do tabaco nativo, do tijolo queimado e da terra seca, faz fraquejar o coração de muitos fortes, pois é o cheiro do Grande Império da Índia, quando se transforma por seis meses em uma sala de torturas. Spurstow enrolou firmemente os travesseiros, de modo a ficar reclinado e não deitado, com a cabeça em segurança, mais elevada que os pés. Não convém a quem tiver o pescoço grosso dormir com um travesseiro baixo no calor, pois pode, ressonando, passar do sono natural à profunda imobilidade da apoplexia pelo calor.

– Enrole seus travesseiros – disse o médico, ríspido, ao ver Hummil instalando-se em posição horizontal.

A luz do lampião estava bem distribuída; a sombra do abanador ondulava no quarto, acompanhada pelas *chicotadas* das toalhas e o suave gemido da corda pela abertura no teto. Então, o abanador vacilou, quase parando. O suor pingava da testa de Spurstow. Deveria sair e reclamar do cule? Levantou-se bruscamente e um alfinete caiu das toalhas. Quando foi reposto, um toque de tambor no acampamento dos cules começou a vibrar como o pulsar constante de uma artéria distendida em algum cérebro ardente em febre. Spurstow virou-se de lado e xingou baixinho. Não havia nenhum movimento da parte de Hummil. Mantinha-se rígido como um cadáver, as mãos pendendo dos lados. A respiração era rápida demais para qualquer indício de sono. Spurstow olhou para o rosto imóvel. O queixo estava caído, e havia uma ruga em volta das pálpebras trêmulas.

"Ele está fazendo o possível para se conter", pensou Spurstow, "O que estará acontecendo com ele?"

– Hummil! – chamou.

– Sim – disse com voz constrangida.

– Você não consegue dormir?

– Não

– Dor de cabeça? Garganta inchada? O que é?

– Nada, obrigado. Não durmo muito; você sabe.

– Está se sentindo mal?

– Muito mal, obrigado Tem um tambor tocando lá fora, não é? No começo pensei que fosse a minha cabeça... Ah, Spurstow, por piedade, me dê uma coisa para me fazer dormir, dormir profundamente, nem que seja por seis horas! – Levantou-se de um salto, tremendo da cabeça aos pés. – Há dias que não consigo dormir naturalmente; não aguento mais!... Não aguento mais!

– Pobre companheiro!

– Isso não adianta, nada. Me dê alguma coisa que me faça dormir. Estou lhe dizendo que estou ficando louco. Metade das vezes que abro a boca, não sei do que estou falando. Há três semanas eu pensava duas vezes em cada palavra que me vinha à boca, até criar coragem para falar. Isso não basta para levar um homem à loucura? Não vejo mais as coisas com nitidez, e perdi o tato. A minha pele dói... minha pele dói! Me faça dormir. Ah, Spurstow, pelo amor de Deus, me faça dormir profundamente. Não se trata apenas de me fazer sonhar. Me deixe dormir!

– Muito bem, meu velho, muito bem. Vá devagar. Você não tem metade do que pensa!

Uma vez quebradas as comportas da represa, Hummil grudou-se nele como criança apavorada.

– Você está apertando demais o meu braço.

– Eu quebro o seu pescoço se você não fizer alguma coisa por mim. Não, eu não quis dizer isso. Não fique zangado, velho camarada. – Limpava o suor como se lutasse para recuperar a compostura. – Ando meio cansado e meio fora de mim, você bem que podia me receitar uma fórmula para dormir... brometo de potássio.

– Brometo de nada! Por que você não me contou antes? Solte meu braço que vou ver se há alguma coisa na minha cigarreira que sirva para o seu caso.

Spurstow procurou entre suas roupas, acendeu o lampião, abriu uma pequena cigarreira de prata e avançou para o ansioso Hummil com delicada seringa mágica.

– O último recurso da civilização – disse ele – e uma coisa que eu detesto utilizar. Estenda o braço. Bem, a falta de sono não estragou os seus músculos, e que couro grosso! Igual a uma subcutânea num búfalo. Agora, em poucos minutos a morfina vai começar a agir. Deite-se e espere.

Um sorriso de idiota e de pura alegria escapou da face de Hummil.

– Acho – murmurou –, acho que vou enlouquecer. Puxa! É mesmo divino! Spurstow, você tem que me dar essa caixa para guardar; você... – A voz cessou quando a cabeça caiu para trás.

– Isso eu não garanto – disse Spurstow para o corpo inconsciente. – E, agora, meu amigo, insônia desse tipo é bem capaz de abrandar a sua força moral em pequenas questões de vida e de morte. Vou tomar a liberdade de desmontar as suas armas.

Rumou descalço para o quarto onde Hummil guardava a selaria, ajoelhou-se e desencaixotou um rifle calibre 12, um fuzil de repetição e um revólver. Do primeiro, desaparafusou os pentes de balas, e escondeu-os no fundo de uma caixa de arreios; do segundo, subtraiu a alavanca de carregamento, jogando-a atrás de um grande armário. O terceiro, abriu apenas, e arrancou o cão, dando uma pancada com o salto de uma bota de equitação.

– Está arrumado – disse, sacudindo o suor das mãos. – Com essas pequenas precauções, pelo menos você terá tempo de mudar de ideia. Você tem muita simpatia pelos acidentes com armas dentro de casa.

Ao se levantar, a voz espessa e abafada de Hummil gritou da soleira da porta:

– Seu imbecil!

É o tom que eles usam para falar com os amigos nos intervalos de lucidez do delírio, pouco antes de morrer.

Spurstow parou, deixando cair a pistola. Hummil continuava na porta, contorcendo-se em uma gargalhada impotente.

– Você foi muito bonzinho, tenho certeza – disse ele muito devagar, escolhendo as palavras. – Não pretendo me matar no momento. Estou lhe dizendo, Spurstow, essa armadilha não vai me pegar. O que devo fazer? O que devo fazer?

O pânico transparecia em seus olhos.

– Deite-se e espere um pouco. Deite-se já.

– Não tenho coragem. Só vai me levar até o meio do caminho, e dessa vez não vou conseguir escapar. Sabe que só agora consegui levantar? Em geral, sou mais rápido que um raio, mas você botou pedras nos meus pés. Quase fui enganado.

– Ah, sei, entendo. Vá se deitar.

– Não, não é delírio, mas foi uma armadilha terrível para me pegar. Sabe que eu podia ter morrido?

Como o apagador limpa um quadro-negro, algum poder desconhecido de Spurstow fez varrer do rosto de Hummil todas as características de um rosto de homem, e ele ficou de pé na soleira da porta com a expressão de sua inocência perdida. Mergulhou em uma infância aterrorizada.

"Será que ele vai morrer nesse instante?", Spurstow pensou.

– Muito bem, meu filho – disse em voz alta. – Volte para a cama, e me conte o que houve. Você não consegue dormir, mas como foi o resto do pesadelo?

– Um lugar... um lugar lá embaixo – disse Hummil, com total sinceridade.

A droga agia sobre ele em altos e baixos, fazendo-o passar do medo de um homem forte ao pavor de uma criança, quando seus nervos recuperavam os sentidos ou ficavam embotados.

– Valha-me Deus! Tive medo do lugar durante meses, Spurstow. Ele transformou minhas noites num inferno; e eu acho que não fiz nada de errado.

– Fique quieto, que lhe dou outra dose. Vamos acabar com os pesadelos, seu grande idiota!

– Está bem, mas você tem que me dar o bastante para eu não conseguir me levantar. Você tem que me fazer dormir de verdade, não basta dormir um pouco. Assim é tão difícil correr...

– Eu sei, eu sei. Também já senti isso. Os sintomas eram exatamente os que você descreveu.

– Ah, não ria de mim, raios o partam! Antes dessa maldita insônia me atacar, tentei descansar me apoiando no cotovelo e botei uma espora na cama para me espetar quando eu caísse. Olhe!

– Caramba! O homem foi esporeado como um cavalo! Livrando-se do pesadelo pela violência! E nós pensávamos que ele fosse uma pessoa sensível. Que a Providência nos ilumine! Você gosta de falar, não é?

– É, às vezes. Não quando estou com medo. *Aí*, eu tenho vontade de correr. E você?

– Sempre. Antes de eu lhe dar sua segunda dose, tente me dizer exatamente qual é o problema.

Hummil fez confidências desencontradas durante cerca de dez minutos, enquanto Spurstow olhava para suas pupilas, passando a mão diante delas por uma ou duas vezes.

No final da história, apareceu a cigarreira de prata, e as últimas palavras de Hummil ao se entregar pela segunda vez foram:

– Ponha-me para dormir de verdade, pois se me pegarem eu morro... morro!

– Claro, claro; isso acontece com todo mundo mais cedo ou mais tarde... graças a Deus, que põe termo às nossas misérias – disse Spurstow, ajeitando as almofadas sob a cabeça. – Agora me ocorreu que, se eu não tomar alguma coisa, vou morrer antes do tempo. Parei de suar e... estou usando colarinho 43.

Preparou para si um chá escaldante, excelente antídoto para a apoplexia pelo calor, se forem tomadas três ou quatro xícaras antes que seja tarde demais. Depois, ficou olhando para Hummil, que dormia.

– Um rosto cego, que chora e não pode enxugar os olhos, um rosto cego que o persegue pelos corredores! Hum! Decididamente, o Hummil precisa sair logo daqui. E, doente ou sadio, sem dúvida, ele esporeou a si mesmo com a maior crueldade. Bem, a Providência nos iluminou!

Ao meio-dia Hummil se levantou, com um gosto horrível na boca, mas os olhos sem névoas e o coração leve.

– Eu estive muito mal ontem à noite, não foi? – indagou.

– Já vi gente mais saudável. Você deve ter tido uma insolação. Olhe aqui: se eu lhe der um atestado caprichado, você pede uma licença agora mesmo?

– Não.

– Por que não? É o que você quer.

– É, mas posso aguentar até refrescar um pouco.

– Por que esperar, se você pode se livrar agora mesmo?

– Burkett é o único homem que eles podem mandar para cá, e ele é um idiota nato.

– Ah, não interessa o serviço. Você não é tão importante assim. Telegrafe pedindo a licença, se for preciso.

Hummil parecia pouco à vontade.

– Posso esperar as chuvas – disse evasivo.

– Não pode. Telegrafe à sede chamando Burkett.

– Não vou fazer isso. O Burkett é casado e a mulher dele acabou de ter bebê, e ela está em Shimla, no fresco, e o Burkett tem uma situação muito boa, que lhe permite ficar em Shimla de sábado a segunda-feira. A mulher dele não está nada bem. Se o Burkett for transferido, ela vai querer acompanhá-lo. Se ela abandonar o bebê, vai morrer de desgosto. Se vier, e o Burkett é do tipo egoísta que vive dizendo que lugar da mulher é do lado do marido, ela vai morrer. É assassinato trazer uma mulher para cá nesta época. O Burkett tem um físico de rato. Se ele vier, vai morrer; sei que ela não tem dinheiro, e tenho certeza de que ela vai morrer também. De certo modo, já estou curtido, e não sou casado. Espere as chuvas, e então Burkett pode vir morar aqui. Vou lhe fazer um grande favor.

– Quer dizer que você pretende enfrentar o que enfrentou até as chuvas chegarem?

– Ah, não vai ser tão difícil assim, agora que você me mostrou como sair dessa. E sempre posso lhe passar um telegrama.

Além do mais, agora que consegui dormir uma vez, está tudo bem. De qualquer maneira, não posso pedir licença. Em resumo, é isso.

– Meu grande Scott! Eu pensei que isso não existisse mais.

– Bobagem! Você ia fazer a mesma coisa. Eu me sinto um homem novo, graças à cigarreira. Você vai para o campo agora, não é?

– Vou, mas venho visitar você qualquer dia desses, se puder.

– Não estou tão mal assim. Não quero que se incomode. Dê aos cules gim e ketchup.

– Então, está se sentindo bem?

– Pronto para lutar pela vida, mas não para ficar sob o sol conversando com você. Vá em frente, meu velho, Deus o abençoe.

Hummil voltou-se para enfrentar a ressonante desolação de seu bangalô, e a primeira coisa que viu, de pé na varanda, foi sua própria figura. Já vira antes uma aparição semelhante, quando teve um esgotamento nervoso com a sobrecarga de trabalho e o excesso de calor.

– Isso é mau... – disse, esfregando os olhos. – Se a coisa deslizar para longe de mim no mesmo cômodo, que nem um fantasma, vou saber que só os meus olhos e o estômago não estão funcionando direito. Se andar... minha cabeça vai mal.

Aproximou-se da figura, que naturalmente mantinha-se a uma distância invariável, como é de praxe entre os espectros resultantes da sobrecarga de trabalho. Deslizou pela casa e dissolveu-se em pontinhos vertiginosos dentro de seu globo ocular, logo que atingiu a luz brilhante do jardim. Hummil ocupou-se de seus negócios até o anoitecer. Quando entrou para jantar, encontrou-se consigo sentado à mesa. A visão levantou-se e saiu abruptamente. Só que, dessa vez, sem dúvida alguma, era real sob todos os aspectos.

Nenhum homem vivo sabe o que aquela semana reservou para Hummil. Um aumento do surto epidêmico manteve

Spurstow no campo entre os cules, e tudo o que conseguiu foi telegrafar para Mottram pedindo-lhe que fosse ao bangalô e dormisse lá. Mas Mottram estava a 64 quilômetros do telégrafo mais próximo, e não sabia nada sobre coisa alguma, só sobre as necessidades de fazer o levantamento, até encontrar, no domingo de manhã cedo, Lowndes e Spurstow, a caminho da casa de Hummil para a reunião semanal.

– Espero que o coitado esteja de melhor humor – afirmou o primeiro, saltando do cavalo. – Acho que ele ainda não se levantou.

– Vou só dar uma olhada nele – disse o médico. – Se ainda estiver dormindo, não é preciso acordá-lo.

Um instante depois, pelo tom de voz de Spurstow chamando-os para entrar, os homens souberam o que acontecera. Não era preciso acordá-lo.

O abanador ainda se movia sobre o leito, mas Hummil partira desta vida havia pelo menos três horas.

O corpo estava de costas, as mãos pendendo dos lados, como Spurstow o vira sete noites atrás. Nos olhos arregalados havia o terror escrito, melhor que qualquer pena o escreveria.

Mottram, que entrara atrás de Lowndes, inclinou-se sobre o morto e tocou levemente a testa com os lábios.

– Ah, que sorte, que sorte dos diabos! – murmurou.

Mas Lowndes vira aqueles olhos, e recuou sobressaltado para o outro lado da sala.

– Pobre companheiro! Pobre velho companheiro! E da última vez que o encontrei fiquei com raiva dele. Spurstow, devíamos tê-lo vigiado. Ele...?

Com habilidade, Spurstow continuava sua investigação, encerrando-a com uma busca pela sala.

– Não, não foi – disse asperamente. – Não há nenhuma pista. Chamem os empregados.

Eles chegaram, oito ou dez, cochichando e espiando por sobre os ombros uns dos outros.

– Quando o seu *sahib* se deitou? – indagou Spurstow.

– Às 22 ou 23 horas, eu acho – disse o empregado pessoal de Hummil.

– Ele estava bem, então? Mas como vocês iam saber?

– Não estava doente, até onde vai o nosso entendimento. Mas ele dormia muito pouco havia três noites. Isso eu sei, porque o via andando pela casa, bem no meio da noite.

Quando Spurstow arrumou os lençóis, uma grande espora de caça rolou para o chão. O médico gemeu. O empregado espreitou o corpo.

– O que você acha, Chuma? – perguntou Spurstow, captando o olhar no rosto escuro.

– Nascido no céu, na minha humilde opinião, este que foi meu patrão desceu às profundezas, e lá ele foi capturado porque não conseguiu escapar com bastante rapidez. Nós temos a espora para provar que ele lutou contra o medo. Desse mesmo modo, já vi homens da minha raça usarem espinhos, quando alguém fazia um feitiço contra eles, para surpreendê-los durante o sono, e eles não tinham coragem de dormir.

– Chuma, você tem lama na cabeça. Saia e prepare os selos para colocarmos nos bens do *sahib*.

– Deus fez o nascido no céu. Deus me fez. Quem somos nós para contestar a Providência Divina? Vou mandar os outros empregados se afastarem enquanto o senhor faz o levantamento dos bens do *sahib*. São todos ladrões, e podem roubar.

– Pelo que pude deduzir, ele morreu de... ah, qualquer coisa: parada cardíaca, apoplexia pelo calor, ou de alguma outra manifestação – disse Spurstow aos companheiros. – Temos que fazer um inventário das coisas dele, e tudo mais.

– Ele estava morto de medo – insistiu Lowndes. – Vejam esses olhos! Por piedade, não o deixem ser enterrado de olhos abertos!

– Fosse o que fosse, ele agora está livre de todos os problemas – disse Mottram com suavidade.

Spurstow perscrutava os olhos abertos.

– Venham cá – chamou. – Estão vendo alguma coisa?

– Não consigo olhar para ele! – lamentou-se Lowndes. – Cubra o rosto! Existe algum medo no mundo que possa dar a alguém esta aparência? É horrível. Oh, Spurstow, cubra-o!

– Nenhum medo... no mundo – disse Spurstow.

Mottram apoiou-se em seu ombro e olhou atentamente.

– Não estou vendo nada a não ser umas manchas cinzentas na pupila. Não pode haver nada aí, você sabe.

– Mesmo assim. Bem, vamos pensar. Vou levar a manhã toda para arranjar um caixão; e ele deve ter morrido à meianoite. Lowndes, meu velho, saia e diga aos cules para cavarem ao lado da sepultura do Jevins. Mottram, dê uma volta pela casa com o Chuma e ponha os selos em tudo. Mande aqui uns dois homens, que eu vou me organizar.

Os inquietos empregados, ao voltarem para junto dos seus, contaram uma estranha história sobre o *sahib* doutor, tentando inutilmente fazer seu patrão voltar à vida por meio de artes mágicas, isto é, segurando uma caixinha verde que estalava em cima de cada olho do morto; ouviu-se um resmungar desnorteado, da parte do *sahib* doutor, que levou consigo a caixinha verde.

As vibrantes marteladas na tampa do caixão não são algo agradável de se ouvir, mas quem já passou por essa experiência sustenta que muito mais terrível é o leve farfalhar dos lençóis, o ranger das roldanas, quando aquele que ficou no meio do caminho baixa à sepultura, afundando pouco a pouco; à medida que se soltam as correias, até a forma enfaixada tocar o chão, sem protestos contra a falta de dignidade de tão precipitado arranjo.

No último momento, Lowndes foi tomado de escrúpulos.

– Você consegue ler o serviço religioso... do começo ao fim? – perguntou a Spurstow.

– É o que pretendo fazer. Você é o meu superior civil. Pode ficar com essa parte, se quiser.

– Não é nada disso. Só pensei que talvez pudéssemos encontrar um capelão em qualquer lugar... estou querendo pegar o cavalo e sair por aí... para dar ao coitado do Hummil mais uma oportunidade. É só isso.

– Bobagem! – disse Spurstow, preparando-se para pronunciar as tremendas palavras que dão início à cerimônia do enterro.

DEPOIS DO CAFÉ DA MANHÃ, fumaram cachimbo em silêncio, em memória do morto.

– Não constam da ciência médica – disse Spurstow, distraído.

– O quê?

– As coisas no olho de um morto.

– Faça-me o favor, deixe de lado esse horror! – exclamou Lowndes. – Já vi um nativo morrer de puro pavor quando um tigre o acossou. Eu sei o que matou o Hummil.

– Duvido que você saiba! Vou tentar descobrir.

E o médico se retirou para o banheiro com uma câmera Kodak. Depois de alguns minutos, ouviu-se o som de coisas partidas, e ele surgiu muito pálido.

– Tirou as fotografias? – quis saber Mottram. – O que saiu?

– Foi muito difícil, claro. Você não precisava ver, Mottram. Rasguei o filme. Não tinha nada. Era impossível.

– Isso – disse Lowndes com clareza, observando a mão trêmula que tentava reacender o cachimbo – é uma mentira deslavada.

Mottram riu, inquieto.

– O Spurstow está certo – disse ele. – Estamos num estado de nervos que podíamos acreditar em qualquer coisa. Por piedade, vamos tentar ser racionais.

Não houve mais conversa por um longo tempo. O vento quente soprava lá fora e as árvores secas arfavam. Logo o trem diário, cintilando o bronze, reluzindo o aço e gotejando vapor, parou resfolegante na intensa claridade.

– É melhor irmos – disse Spurstow. – Voltem ao trabalho. Já dei o meu atestado. Não podemos fazer mais nada aqui, e o trabalho há de nos devolver o bom-senso. Vamos.

Ninguém se moveu. Não é agradável enfrentar uma viagem de trem em junho, ao meio-dia. Spurstow pegou o chapéu e o chicote e, voltando-se da soleira da porta, disse:

– Existe inferno... existe céu. E nós aqui, vivemos ao léu?

Nem Mottram nem Lowndes se manifestaram.

fim

ATENDIMENTO AO LEITOR E VENDAS DIRETAS

Você pode adquirir os títulos da BestBolso através do Marketing Direto do Grupo Editorial Record.

- Telefone: (21) 2585-2002
  (de segunda a sexta-feira, das 8h30 às 18h)
- E-mail: mdireto@record.com.br
- Fax: (21) 2585-2010

Entre em contato conosco caso tenha alguma dúvida, precise de informações ou queira se cadastrar para receber nossos informativos de lançamentos e promoções.

Nossos sites:
www.edicoesbestbolso.com.br
www.record.com.br

EDIÇÕES BESTBOLSO
Alguns títulos publicados

1. *O mito de Sísifo*, Albert Camus
2. *A queda*, Albert Camus
3. *A peste*, Albert Camus
4. *O Lobo da Estepe*, Hermann Hesse
5. *O jogo das contas de vidro*, Hermann Hesse
6. *Baudolino*, Umberto Eco
7. *A ilha do dia anterior*, Umberto Eco
8. *O pêndulo de Foucault*, Umberto Eco
9. *O grande Gatsby*, F. Scott Fitzgerald
10. *Suave é a noite*, F. Scott Fitzgerald
11. *O diário de Anne Frank*, Otto H. Frank e Mirjam Pressler
12. *Pedro Páramo*, Juan Rulfo
13. *O abolicionismo*, Joaquim Nabuco
14. *Mensagem*, Fernando Pessoa
15. *Uma mente brilhante*, Sylvia Nasar
16. *O morro dos ventos uivantes*, Emily Brontë
17. *O jardineiro fiel*, John Le Carré
18. *Robinson Crusoé*, Daniel Defoe
19. *Antologia de contos extraordinários*, Edgar Allan Poe
20. *Fim de caso*, Graham Greene
21. *O poder e a glória*, Graham Greene
22. *As vinhas da ira*, John Steinbeck
23. *A pérola*, John Steinbeck
24. *Caetés*, Graciliano Ramos
25. *Riacho doce*, José Lins do Rego
26. *O livreiro de Cabul*, Åsne Seierstad
27. *O príncipe e o mendigo*, Mark Twain
28. *A taça de ouro*, Henry James
29. *O primo Basílio*, Eça de Queirós
30. *O Gattopardo*, Tomasi di Lampedusa

Este livro foi composto na tipologia Minion Pro Regular, em corpo 10,5/13, e impresso em papel off-set 56g/m² no Sistema Cameron da Divisão Gráfica da Distribuidora Record.